케핀 루시엘 리시안 밀피네 크레시아

broccoli lion
브로콜리 라이온 지음
ime 일러스트
춘상 옮김

5

성자 聖者

무 無双

쌍

weirdo priest the object X drinker
샐러리맨이 이세계에서 살아남기 위해 걷는 길

6장

이에니스의 내정을 맡다 · 준동하는 어둠

CONTENTS

6장

이에니스의 내정을 맡다 · 준동하는 어둠

01 미개척의 숲으로

　자유 도시국가 이에니스의 슬럼가를 나에게 일임한다는 언질을 대표 회의에서 받은 지 하루가 지났다.

　나는 이른 아침에 라이오넬과 수행원들을 이끌고 이에니스의 숲으로 곧장 향하기로 했다.

　명목은 충분한 자재를 미개척 숲에서 조달할 수 있는지 확인하기 위한 시찰이다.

　물론 그곳에서 자재를 충분히 얻을 수 있다는 건 이미 알고 있다. 예전에 모험가 길드에서 얻은 정보도 있고, 또한 실제로 숲에 가본 적이 있는 케핀 부대의 이야기도 들었기 때문이다.

　그런데 왜 굳이 이런 명목으로 이에니스를 나왔느냐 하면, 두 가지 이유가 있다.

　첫 번째 이유는 감시자가 붙기 전에 움직이고 싶었다.

　곧 슬럼가 일대를 재개발할 예정이라 자재들이 꽤 많이 필요하다. 이 자재들을 이에니스로 운반하려면 마법 주머니를 사용해야만 한다.

　평소에는 거리낌 없이 쓰고 있지만, 이 마법 주머니를 다른 사람 앞에서 사용한다면 성가신 일이 벌어질 거라고 교황님께서 조언해주셨다.

　나 역시 이에니스에 온 지 얼마 되지 않아서 각 종족의 대표들을 믿어도 좋은지 확신할 수가 없었기에 그 조언을 따르기로 했다.

그리고 이렇듯 이에니스를 위해서 적극적으로 행동하는 자세를 보임으로써 이에니스 주민들이 치유사 길드 및 치유사에게 품고 있는 적대감을 조금이라도 누그러뜨리고 싶었다. 이것이 두 번째 이유다.

성 슈를 공화국의 치유사 중에는 인족지상주의 사상에 물든 자들이 적잖다. 그들은 치유를 거부하거나, 충분한 치료도 해주지 않고 부당한 요금을 청구하면서 수인들을 차별했다.

그 탓에 수인들은 치유사 길드나 치유사들에게 경계심을 가득 품고 있었다.

뭐, 내가 시범적으로 모험가들을 무료로 치유해주고, '용살자' 칭호까지 얻은 덕분에 요즘은 치유사에 대한 감정이 조금이나마 개선된 것 같기도 하지만.

나는 이 틈에 이에니스 주민들로부터 호감을 살 수 있도록 이번 계획을 확실하게 수행하기로 목표를 세웠다.

솔직히 이만한 일도 달성하지 못한다면 치유사 길드에서 내 입장이…… 아니, 인재를 적재적소에 쓰겠다고 판단해서 업무를 분담한 거였으니까.

치유사 길드 운영은 조르드 씨에게 맡겨두면 문제없을 거다. 나는 치유사 길드의 간판으로서 이에니스 주민과의 감정적인 가교를 구축할 수 있는 일거리를 영업활동으로 따왔다고…… 생각하도록 하자.

조르드 씨도 출발할 즈음에 '치유사 길드는 저희 성치사대가 맡을 테니 루시엘 님은 루시엘 님답게 행동하십시오' 하고 배웅해주었고.

별문제는 없겠지. 다만 조금 고민거리가 있긴 하지만……

그나저나 이에니스에 온 지 한 달도 채 되지 않았는데도 머리가 어지러울 만큼 상황이 급변하고 있는 것 같은데.

지금까지 그래왔던 것처럼 상황이 좋은 방향으로만 흘러갔으면 좋겠다. 그러나 자칫 돌부리에라도 걸리는 날에는 무시무시한 반발이 돌아올 것이다.

실은 이에니스의 대표가 되기 열흘 전에 케핀 부대로부터 이에니스의 여러 사정을 자세히 들어두었다. 아니나 다를까, 쾌도난마로 해결할 수 없는 복잡한 과제들이 산적해 있었다.

나는 그 문제들을 조금이라도 개선하고자 각 수인족의 대표들에게 각 종족의 특징을 살린 새로운 사업을 제안했는데, 대표들이 하나같이 내 제안을 거절했다.

주민들이 기존에 해오던 일 때문에 바빠서 새로운 사업을 위해서 사람을 더 모으기 어렵다는 게 이유였다.

그래도 내가 제안을 들어달라고 하자 대표들은 주민의 8할이 일을 하고 있고, 나머지 2할은 일을 할 수 없는 어린아이나 장애인, 노인뿐이라는 대답을 돌려주었다.

하지만 우리가 알아본 바에 따르면 실질적으로 일하는 사람은 5할이고, 나머지 5할은 일하는 척만 하는, 있든 없든 별 상관이 없는 사람들이었다.

그리고 종족에 따라 맡을 수 있는 일이 정해져 있는지 일거리가 상당히 편중된 듯했다.

뭐, 대표 임기가 채 1년도 남지 않았으니 참견하지 말라고 무시한 거겠지.

다만 대표들이 과감한 변혁을 원하지 않는다는 것은 알았다. 그래서 슬럼가라도 어떻게든 개선하려고 이렇게 움직이기로 한 것인데…….

"푸르르르르."

이런저런 생각을 하고 있으니 포레 누와르가 다시 내 생각을 끊었다.

"아, 미안. 내가 또 다른 생각을 하고 있었네."

"루시엘 님, 아까부터 이맛살을 찌푸리고 계시는데, 무슨 문제라도 있습니까?"

"아니, 그런 건 아닌데……. 뭐, 이에니스에 온 뒤로 예상 밖의 일들을 너무나도 많이 겪었잖아. 이번 계획도 잘 될지 알 수가 없고. 다행히 오늘 작업은 아무런 걱정 없겠지만."

"그렇군요. 허나 그렇게 고민할 거 없습니다. 드란 님과 폴라가 있으면 건설 계획은 차질없이 진행될 테니."

"뭐, 그야 그렇겠지만……."

학교나 모험가들의 집을 짓는 작업은 아무런 걱정이 없다. 굳이 말하자면 눈을 뗀 순간 드란과 폴라가 상상을 초월하는 마개조를 할 것 같아 불안하다는 것 정도? 편리성을 추구하거나, 모두를 편하게 하고자 시설을 늘리는 건 상관없지만, 나중에 학교가 벌떡 일어나 골렘으로 변할까 진짜로 무섭다…….

"그나저나 미개척 숲을 탐사하는 건 참 가슴 뛰는 일이군요. 되도록 강한 마물과 싸우고 싶습니다."

"맞다냥. 루시엘 님은 평소에 너무 진지하다냥. 숲에서 쌓인 스트레스를 조금 푸는 게 좋겠다냥."

"우리는 이곳에 자재를 조달하러 왔다는 걸 잊지 않도록."

"냥."

두 사람 모두 꽤 즐거워 보였다. 그러나 나는 싸우면서 스트레스를 풀어본 적이 단 한 번도 없어서……. 되도록 마물이 나오지 않기를 바랐다.

뭐, 숲이니 산림욕이라도 하면 스트레스가 조금은 풀리겠지.

"그러고 보니 루시엘 님. 멜라토니 모험가 길드로 편지를 보내신 것 같더군요?"

나의 그런 속내를 읽은 것처럼 라이오넬이 화제를 바꾸었다.

"응. 그곳에는 이에니스의 사정을 잘 아는 늑대 수인 형제가 일하고 있거든. 이에니스의 현 상황과 앞으로의 계획을 전해두는 게 좋을 것 같다고 판단했어."

두 사람의 고향이기도 하니 혹시라도 도와주러 오지 않을까, 하는 기대를 담아 편지를 보냈다.

"그랬군요……."

내 말을 듣고 라이오넬은 생각에 잠겼다. 내 스승님을 생각하고 있는 건가? 상황이 그렇게 되자 이번에는 케티가 화제를 바꾸었다.

"그런데 자재는 얼마나 모으면 되냥?"

"마법 주머니의 용량이 얼마나 되는지 시험해본 적이 없어서 얼마나 들어갈지는 모르겠지만, 마법 주머니가 두 개나 있으니 되도록 오늘 필요한 자재를 다 모으고 싶어."

"야영은 안 하는 거냥?"

"뭐, 시찰한다는 명목으로 나왔으니 오랫동안 머물 수는 없지. 되도록 해가 지기 전에는 이니에스로 돌아갈 생각이야."

"그럼 저녁이 되기 전까지는 사냥하고 있어도 된다는 거냥? 기대된다냥."

케티는 그렇게 말하고서 콧노래를 흥얼거리기 시작했다. 케티가 폭주하지 못하도록 라이오넬에게 당부하도록 하자.

라이오넬과 케티는 내 호위로 따라왔을 뿐, 오늘 자재를 모으는 주역은 바로 드란과 폴라다.

그 밖에는 새로 구한 엘프 노예들 정도려나.

숲에 가봐야 알 수가 있겠지만, 어쩌면 계획이 크게 난관에 부딪힐지도 모르겠다…….

나는 뒤쪽에 있는 마차를 힐끗 본 뒤에 어렴풋하게 보이기 시작한 숲 쪽으로 시선을 되돌렸다.

한동안 오가는 모험가들이 발길로 다져놓은 오솔길을 따라 나아가니 머지않아 숲에 도착할 수 있었다.

숲이 상당히 깊은지, 겉으로 봐선 끝이 어딜지 짐작도 할 수 없었지만, 그것 빼고는 평범한 숲이었다.

이만한 숲이라면 자재를 무난하게 모을 수 있을 거다.

"그럼 드란 일행한테 내리라고 말해줄래?"

"알겠다냥."

케티가 드란 일행을 부르러 갔다. 이윽고 드란과 폴라를 따라서 엘프 세 명이 마차에서 내렸다.

저 엘프들이야말로 자재조달 작업에서 빼놓을 수 없는 새로운 전력이다.

왜 갑자기 엘프 노예가 나왔느냐고? 그건 케핀 부대에 이에니스의 정보를 모으도록 지시했던 때까지 거슬러 올라가야 한다.

호랑이 수인족 샤자가 미궁에서 죽어 돌아오자, 샤자와 함께 여러 음모를 획책했던 구로하라가 결국 범행을 자백했다.

그 결과, 라이오넬을 비롯해 여러 노예를 나에게 판 그 노예상이 실은 이에니스의 내부를 교란하려고 제국에서 보낸 자객이었다는 충격적인 사실이 밝혀졌다.

들자 하니 돈이 많은 수인이나, 욕망에 충실한 사람들을 가려내기 위해서 노예상을 하고 있었다는 모양이다.

그 이야기를 들은 고더스 공이 그 노예상을 붙잡으려고 급히 움직였지만, 그 노예상은 이미 종적을 감춘 뒤였다.

그러나 어지간히도 서둘러서 도망쳤는지 여성 엘프를 비롯한 14명의 쇠약해진 노예들이 그대로 버려져 있었다.

안타깝지만, 그날 면담을 했던 그 청년은 없었다. 아마도 누군가에게 팔렸든지, 노예상이 호위로 삼으려고 데려갔겠지.

이 세계에서 노예는 물건 취급을 받으니, 군이 따지자면 현장에

버려졌던 노예들은 가장 처음 발견한 고더스 공의 소유가 되는 게 원칙이었으나, 그는 샤자와 연줄이 있던 그 노예상을 놓쳐버려서 미안하다는 뜻으로 노예들의 소유권으로 우리에게 양도했다. 뭐, 이에니스에는 그곳 말고도 노예상이 둘이나 더 있으니 나에게 소유권을 양도함으로써 관계를 개선하고 싶었겠지.

애초에 남아 있던 게 하나같이 쇠약한 노예였기 때문에 그냥 떠넘긴 걸지도 모르지만.

그 사고방식에는 이의를 제기하고 싶었지만, 덕분에 귀중한 인재를 확보할 수 있었으니 그 점은 눈을 감아 주기로 했다.

하지만 노예를 부리는 게 익숙하지 않던 나는 그들을 곧장 노예에서 해방해주겠다고 이야기했다. 노예 문양은 그들이 받은 명령과 함께 디스펠로 다 지워버릴 생각이었다. 도망친 노예 상인이 남은 노예들에게 자폭하라는 등 이상한 명령을 내렸을 수도 있으니까. 노예 문양을 지우면 그들도 해방됐다는 걸 실감할 수 있겠지. 나는 그들에게 신뢰감을 얻을 수 있을 테고.

그러나 노예에서 해방된 뒤에 치유사 길드에서 일하고 싶다면 안타깝지만, 다시 노예 계약을 맺어야 한다는 점도 아울러 전했다. 치유사 길드에 숨겨야만 하는 정보가 넘쳐나기 때문이다.

나는 이 모든 것들을 설명한 뒤에 이번 일을 비밀로 할 것을 고더스 공을 비롯한 모두에게 맹약해달라고 부탁했다. 그러고는 노예 상점에 남겨진 14명의 노예를 구하기 위해서 디스펠과 회복 마법을 발동했다. 처음에는 귀찮았지만, 치유를 받고 기뻐하는 사람들을 보니 오랜만에 사람을 구했다는 실감이 들었다. 그래서 속으로 남몰래 안도했다.

그러나 문제는 거기서부터였다.

기껏 노예 문양을 없애주었더니 그들이 전부 치유사 길드를 위해 일하겠다고 나선 거다.

나는 뭔가 찜찜해서 어째서 노예가 되고 싶으냐고 물었다. 그중에는 이미 돌아갈 곳을 잃었다는 대답도 있었지만, 어느 용인족에게 내 노예가 되면 인도적인 보호를 받을 수 있다는 이야기를 들었다고 하는 사람도 있었다.

그 이야기를 듣고 내가 뒤를 돌아봤더니 고더스 공이 폭포처럼 땀을 쏟고 있었다.

뭐, 그 뒤로 우여곡절은 있었지만, 그들은 보호를 받는 것이 아닌, 스스로 복종하는 길을 택해 다시 노예가 되었다.

참고로 그들이 다시 치유사 길드의 노예가 되자 가장 기뻐한 건 나리아였다.

나리아는 그들을 교육해 장차 치유사 길드의 접수처 직원이나 집사, 시녀로 만들겠다는 의욕을 불태우기 시작했다.

이를 본 라이오넬은 머리를 싸쥐었고, 케티는 무슨 영문인지 크게 웃음을 터뜨렸다.

그런 이유로 노예들의 교육을 맡게 된 나리아는 오늘 자재를 조달하는 작업에는 참여하지 않았다.

참고로 나리아를 비롯한 노예들의 호위는 미궁에서 함께 싸웠던 바델 부대에 부탁했다.

나는 예전 세계에서도, 그리고 이 세계에서도 노예와 얽혀본 적이 없어서 그런지, 억지로 그들을 노예 취급하면 도리어 내 정신이 피곤해진다는 것을 깨달았다. 나는 속으로나마 그들을 협력자로 생각하기로 했다.

다만 그들을 보고 있으니 그 노예상이 자꾸만 떠올랐다.

"뭔가 그 상인에게 노예 상점을 인수한 것 같은 기분이 들어서 찜찜하단 말이지……."

"그래도 그들은 고마워하고 있다냥. 물론 나도 고맙다냥."

"마찬가지입니다. 은혜는 은혜로 갚으라……. 루시엘 님에게 쏟아지는 불똥은 저희가 치우도록 하지요."

두 사람의 웃음이 내 마음을 위로해주었다.

"둘 다 고마워. 그래도 그 노예 상인이 도망친 게 행운인지, 아니면 불운인지 아직도 잘 모르겠어……."

"루시엘 님은 구로하라가 자백한 말을 마음에 담아두고 계시는 겁니까? 제국이 노예 상인한테 노예를 알선해왔다는……."

"응. 그 노예 상인을 붙잡지 못해서 결국 제국과 어떤 관계였는지 밝혀내지 못했으니까. 이번 일로 괜히 제국의 원한만 산 게 아닌가 싶군."

노예 사업이 제국의 국책 사업이 아니길 바랄 뿐이다.

"큭큭큭. 루시엘 님께서는 14명의 목숨을 구했으니 그냥 기뻐하시면 됩니다."

"맞다냥. 적어도 치유사 길드가 거둔 노예들은 루시엘 님께 고마워하고 있다냥. 틀림없이 아군이 되어줄 거다냥."

"그리고 고아원을 세운 것도 훗날 이에니스 사람들이 높게 평가해줄 테지요."

"그건 드란과 폴라가 고아원을 세워주고, 나리아가 교육을 맡아
준 덕분이잖아. 설마 노예로 돌아가고 싶다고 부탁할 줄이야……."

"그야 어쩔 수 없다냥. 대부분 몸이 불편하고, 식사도 변변히
먹지 못했던 아이들뿐이니까. 낯선 곳에 내던져지는 것보다는 낫
지 않겠냥? 다들 루시엘 님한테 고마워하고 있다냥."

"음…… 그래. 계속 푸념을 늘어놓아서 미안. 마음을 다잡고 탐
색에 집중하도록 할까?"

"'옙'"

바로 그때 마차에서 내려 이쪽으로 다가온 드란 일행이 말다툼
을 벌이는 소리가 들렸다.

"대장일뿐만 아니라 마도구 제작도 드워프가 최고야."

"그건 손재주가 좋아서 그렇게 보일 뿐이에요! 마력을 제어하는
것이야말로 마도구 제작에서 가장 중요한 부분! 우리가 당신보다
더 좋은 마도구를 만들 수 있다고요!"

폴라와 엘프인 리시안은 처음에 만났을 때부터 마도구에 관한
열띤 논쟁을 벌이며 마도구 제작 실력을 겨뤄왔는데……. 지금은
입으로 겨루고 있었다.

"불과 흙의 사랑을 받는 우리 드워프야말로 루시엘 님께 도움
이 될 거다."

"늙은이가 잘도 떠드네요. 생명을 옮기는 바람과 모든 것을 윤
택하게 하는 물의 사랑을 받는 우리 엘프야말로 루시엘 님께 도
움이 될 거예요."

"누가 늙은이냐. 나보다 세 배는 더 오래 산 네가 더 늙은이 아 닌가?"

서로의 종족을 가호하는 정령을 자랑하면서 다투고 있는 드란과 밀피네.

"여, 여러분, 그만 다투세요⋯⋯."

그리고 인족과 엘프의 혼혈인 크레시아가 조마조마하며 말했다.

크레시아는 정령을 볼 수는 있지만, 대화를 나누지는 못하는 모양이다.

노예 상점에서 처음 만났을 때 보았던 슬픔과 절망은 이제 보이지 않았다. 솔직히 말해서 구하길 잘했구나 싶다.

그나저나⋯⋯.

"하아, 라이오넬. 저들한테 조용히 좀 해달라고 할 수 있겠어?"

"핫핫핫."

라이오넬은 그저 웃기만 했고, 케티는 그쪽을 보고 있다가 고개를 바깥으로 홱 돌렸다.

"하아⋯⋯ 여러분, 어서 모이세요. 우선 리시안과 밀피네는 크레시아한테 정령과 대화할 수 있는 법을 알려주면서 잘라도 되는 나무를 선별해주고."

""""예(알겠어요).""""

"케핀 부대는 세 사람을 도우면서, 숲에서 길을 헤매지 않도록 이 끈으로 서로의 몸을 묶도록 해."

""""예.""""

"드란과 폴라는 벌목에 집중하고, 라이오넬과 케티는 날 호위하면서 벌목하는 걸 도와줘."

""옙(음)(끄덕).""

"야르보 부대는 이곳에서 포레 누와르를 비롯한 말과 마차, 물자를 지키면서 마물이나 모험가가 이곳으로 다가오면 알려줘."

""예.""

곧장 일사불란한 경례가 돌아왔다. 언젠가 성치사대에 버금가는 부대가 될지도 모르겠다……. 만약에 그렇게 된다면 스승님께 전투를, 가르바 씨에게 적을 찾아내는 기술을 배우도록 할까? 재미있어질지도.

미개의 숲에 들어가자마자 리시안과 밀피네는 벌목할 나무들을 선별해나갔다. 주저 없이 고르는 걸 보아하니 꽤 많이 배어도 괜찮은 모양이다.

"좋은 나무가 많네."

"그런 것 같군요. 그럼 슬슬 루시엘 님께서 주신, 화염이 나오는 대검으로 나무를 베도록 하겠습니다."

"너무 신이 난 나머지 숲을 태우지 않도록."

"예."

이 세계의 달인들은 검의 날이 상하지 않도록 하면서 나무를 벨수 있는 모양이다.

나무가 서서히 기울어지며 쓰러지는 광경은 감동이었다. 케티가 바닥에 쓰러진 나무의 가지들을 쳐나갔다.

라이오넬뿐만 아니라 폴라도 골렘을 조종하여 나무를 쓰러뜨렸고, 드란은 평소에 쓰던 망치가 아니라 커다란 도끼를 들고서 나무꾼처럼 단숨에 나무를 베고 있었다.

내 역할은 쓰러진 나무들을 순서대로 마법 주머니에 집어넣는 편안한 작업이었다.

벌목 작업은 순조롭게 진행되었고, 30분도 채 되지 않아 백 그루가 넘는 나무가 사라졌다.

"드란, 이번 계획에서 자재가 얼마나 필요한지 여유분까지 포함하여 계산할 수 있겠어?"

"글쎄…… 이런 나무들이라면 슬럼가를 해체하면서 나오는 자재를 활용한다고 치고 한 600그루 있으면 어떻게든 될 것 같네만, 의료특구에 쓸 나무는 필요 없나?"

드란이 손을 올려두고 있는 나무는 어림잡아 높이가 20m, 지름이 5~7m쯤 되어 보였다.

"의료특구는 각 종족의 대표들이 맡기로 했으니까. 그나저나 600그루 정도면 생각보다 빨리 끝날 것 같네……."

나는 우선 새로 이주한 모험가들을 위한 집 50채와 치유사 길드보다 3배쯤 큰 규모의 학교를 짓기로 했다. 이건 대표들에게 돈을 받지 않을 생각이다. 물론 그만한 이유가 있지만.

"꺄악―――!"

그런 생각을 하고 있을 때 갑자기 비명이 들렸다.

"모두, 경계하면서 나아가도록 해. 라이오넬은 필요하다면 검에 화염을 감도록."

"옙."

"가자."

그 뒤에 우리는 비명이 들린 쪽으로 향했다. 그곳에는 케핀 부대가 쓰러져 있었다.

"적이 어디 있는지 알겠어?"

"……보이지 않는다냥."

"엔트의 소행인 줄 알았는데, 마력의 요동은 느껴지지 않는구면."

"그래? 그럼 경계를 해줘. 그나저나 방금 그 비명은 누구지?"

나는 에어리어 힐을 발동한 뒤 한 사람씩 리커버를 걸어주었다. 그러자 모두가 금세 머리에 손을 대거나, 흔들며 일어섰다.

우선은 무슨 일이 있었는지 케핀에게서 사정을 듣기로 했다.

"어떻게 된 거야?"

"떨어진 나무 열매를 주우려고 방해가 되는 풀을 뽑았더니……."

"맨드레이크였던 모양이에요. 멈추라고 말릴 새도 없었어요."

"……뭐, 무사해서 다행이야."

비명을 들으면 죽는다는 이야기가 있을 만큼 위험한 식물이다.

"이거 약의 원료로 쓸 수 있다고 했지?"

"예. 루시엘 님은 박식하군요. 다만, 지금 기술로는 불가능합니다. 맨드레이크를 재료로 쓰려면 정제를 해야 하는데 그 방법을 아는 게 약사 길드뿐입니다. 문제는, 그 약이 치유마법으로도 고칠 수 없는 병을 낫게 하는 만병통치약이라는 소문이 퍼지자 어느 귀족이 제작법을 독점하지 말라며 길드랑 분쟁을 벌였고, 그 과정에서 약사 길드가 제조법을 잃어버렸다는 거죠. 즉, 이제는 아무도 만들 수가 없습니다."

우와~ 웃을 수가 없는 이야기네. 어쩌면 영약이나 엘릭서의 재료가 될지도 모르는데 지금은 그냥 잡초 취급이란 거잖아…….

"그거 안타깝네. 어쨌든 다음부터는 조심하도록. 그런데 어쩐지 땅이 흔들리는 것 같지 않아?"

"……모두 조심해. 마물이 몰려온다!"

이거, 어쩌면 맨드레이크의 비명을 듣고 죽는다는 소문의 진실이 기절했을 때 마물의 습격을 받아 죽는 거였는지도 모르겠는데.

"다들 죽지 마! 목숨만 붙어 있으면 살려줄 테니까."

나는 마법 주머니에서 환상 지팡이와 방패를 꺼내 손에 쥐면서 모두에게 에어리어 배리어를 전개했다.

"리시안, 밀피네, 크레시아는 이 활을 쓰도록. 만약에 할 수 있으면 정령 마법을 써도 좋아."

""""예(알겠어요).""""

"드란과 폴라는 골렘으로 몰려오는 마물들을 막아줘."

""알겠네(끄덕).""

"케핀 부대는 마물들이 폴라와 리시안을 비롯한 비전투 요원한테 접근하지 못하도록 엄호해."

""""예.""""

"라이오넬과 케티는 날 신경 쓰지 말고 마음껏 날뛰도록."

"캇캇캇. 그 말을 들으니 온몸에서 기운이 용솟음치는군요."

"맡겨둬라냥."

지시를 다 내리자 적이 보이기 시작했다.

"숫자가 꽤 많긴 하지만 힘내자. 승리하면 보너스도 고려할 테니 절대로 죽지 마."

자재조달 작업은 예기치 않은 방향으로 흘러가고 있었다.

나는 나를 포함해 누구도 죽지 않게 하겠다고 다짐한 뒤 환상 지팡이를 고쳐 잡았다.

✳

이내 지축을 뒤흔들 만큼 엄청난 숫자의 마물이 나타났다.

가장 앞에서 야생동물들이 열심히 도망치고 있었고, 그 뒤로 늑대와 판타지 작품의 단골인 녹색 괴물, 고블린이 보였다.

"포레스트 울프에 고블린, 오크와 트롤까지…… 숫자가 좀 많은데."

라이오넬의 말과 동시에 엘프의 화살이 포레스트 울프를 향해 날아갔다. 화살에 놀란 늑대들이 주춤하자 케티가 그 틈을 놓치지 않고 뛰쳐나갔다.

"트롤은 제가 맡지요. 고블린과 오크를 부탁합니다."

"우선 놈들의 기세부터 꺾어야 해."

라이오넬이 커다란 방패를 들고 나아가자 폴라도 3m짜리 골렘을 조작하여 전투에 참전했다.

"루시엘 님은 멀리서 힐을 쓰는 데 집중하시게. 내가 근처로 마물들이 얼씬하지 못하도록 죄다 박살 내줄 테니."

드란은 그렇게 말하면서 큰 도끼를 들고 내 앞에 섰다.

케티가 포레스트 울프와 고블린 사이를 지나갈 때마다 마물들이 쓰러졌고, 라이오넬이 대검을 휘두르자 사람보다 큰 마물이 두 동강이 나면서 피를 뿜어냈다.

폴라의 골렘은 점핑 니 패드(상대방을 향해 힘껏 뛰어오른 뒤 얼굴에 니킥을 날리는 기술)로 오크를 날려버리더니 마치 무슨 의식처럼 왼쪽 팔꿈치를 만지더니 왼쪽 팔을 높이 쳐들고서 검지와 새끼를 세워 신호를 보내는 시늉을 하더니 골렘과 동시에 달리기 시작했다. 마치 승리를 선언하는 듯한 포즈였다. 그러고는 호쾌한 래리엇 (상대의 목이나 뒤통수를 팔로 후려치는 기술)으로 마물을 쓰러뜨리더니 그 마물의 다리를 붙잡아 자이언트 스윙으로 다른 마물들을 향해 냅다 던졌다. 골렘이 던진 마물은 나무를 부러뜨리고 날아가 달려오던 마물들과 충돌했다.

"지금이라면 드워프 못지않게 루시엘 님께 도움을 드릴 수 있어. '나무에 깃든 전령들이여, 내 부름에 응해다오. 이 마력과 맞바꾸어 악한 것들을 묶어라.'"

"숲은 엘프의 영역. 여자 드워프한테는 질 수 없어. '바람의 정령들이여, 내 마력과 맞바꾸어 악한 것들을 베어내는 바람의 날이 되어라.'"

"우와. 두 분 다 대단하네요. 전 화살이나 쏠게요."

밀피네가 정령 마법을 읊자 나무뿌리와 줄기가 마물의 다리와 몸통을 칭칭 얽맸고, 곧이어 리시안의 바람의 칼날이 마물을 산산조각을 냈다.

크레시아가 쏜 화살은 마물의 미간이나 몸통에 정확하게 명중했다.

이들의 공격을 피해 빠져나온 마물들은 케핀 부대가 처치했다.

나는 피비린내가 진동하는 숲에 정화 마법을 건 뒤, 마물들의 사체를 회수해나갔다.

그리고 어째서 지축을 뒤흔드는 소리가 들렸는지 생각했다.

마물의 숫자가 많기는 했지만, 이 녀석들이 뛰어온다고 땅이 흔들릴까?

나는 무심하게 주변을 둘러봤다. 어느샌가 나무가 늘어나 있었다.

"드란, 주변에 나무가 늘어났어. 엔트가 섞여 있나 봐."

"뭐라!? 하지만 도통 구별이 되질 않는구먼."

다들 마물을 상대하는 중이라 엔트가 나무 틈에 섞여 다가오는 걸 눈치채지 못한 모양이었다. 이런 혼전에서 기척을 감지하기란 어려울 테니까.

그렇다고 엔트를 상대할 여유도 없었다. 양쪽을 다 상대하려 했다간 밀려드는 마물을 처리하지 못하고 상황이 역전될 수도 있다. 나는 어쩔 수 없이 최후의 수단을 꺼내기로 했다.

"드란은 이걸 착용해."

"끄응…… 고맙구먼."

드란은 코마개를 보고 순간 망설이다가 얌전하게 받은 뒤 바로 장착했다.

나는 마법 주머니에서 물체X를 꺼냈다. 그러자 지축을 뒤흔드는 소리가 뚝 그쳤다.

"정말로 엔트가 있다면 이 환상 지팡이로 한 번 베어볼까? 드란, 여차할 땐 부탁해."

나는 물체X가 든 통을 몸에 매단 뒤 환상 지팡이를 검 형태로 바꾸고서 움찔거린 나무를 향해 다가갔다.

검에 마력을 담자 검이 푸르게 빛나더니 붉은색으로 물들었다.

"이거……. 그러고 보니 염룡이 환상 지팡이에도 가호 같은 걸 내려줬었지."

나는 그렇게 중얼거리고서 눈앞에 있는 커다란 나무를 베었다.

"구갸아아아아!"

엔트의 단말마의 비명이 들리더니 환상 검으로 벤 자리에서 푸른 불꽃이 타올랐다. 이내 엔트가 털썩 쓰러졌다.

이상하다. 칼이 나무에 부딪히는 느낌이 전혀 나질 않았다.

이거 치트 무기 아냐? 나는 그렇게 생각하면서 움직이는 나무들을 잇달아 베어 마법 주머니 안에 착착 담아나갔다.

그러다가 갑자기 칼날이 나무에 툭 하고 부딪혔다. 엔트가 아니라 진짜 나무였다.

"놀라운 성능이로구먼."

드란이 그렇게 중얼거렸다.

엔트는 그토록 쉽게 베었으면서 평범한 나무에는 상처밖에 입히지 못했기 때문이다.

실수로 상처를 입힌 나무에 힐을 걸고 있으니 드란이 눈을 감고 말하기 시작했다.

"마물밖에 벨 수가 없다는 건 무기로서 결함이지만, 마물을 상대로는 따라올 자가 없는 성능이로구먼……. 허나 상성이 맞지 않으면……."

"드란, 생각에 빠질 때가 아니야. 아직 안 끝났다고."

사고의 소용돌이 속으로 서서히 빠져드는 드란을 말류하고서 근처에 있는 엔트를 쓰러뜨렸다. 슬쩍 주변을 둘러보니 여성 엘프들은 마력이 고갈되기 시작했는지 무릎을 땅바닥에 대고 있었다.

라이오넬과 케티는 여전히 웃으면서 마물을 마구 처치하고 있었다. 마물의 숫자도 상당히 줄어있었다.

"다른 팀과 합류한 뒤 조금씩 후퇴하자."

드란에게 그렇게 말한 뒤 마물이 없는 경로를 정화하면서 마물의 사체를 회수해나갔다.

"마물의 시체를 다 회수하면 일단 숲 밖으로 나갈 거니까 두 사람도 슬슬 준비해!"

내가 라이오넬과 케티에게 그렇게 외치자 두 사람의 전투방식이 더욱더 사나워졌다. 마물을 단 한 마리도 놓치지 않겠다는 기세로 잇달아 쓰러뜨리더니, 이젠 오히려 마물이 겁을 먹고 달아나기 시작했다.

"역시 대단한 사람들이군."

나는 그렇게 중얼거리면서 마물의 시체를 회수했다.

전투 구역을 정화하며 돌아다니니 오랜만에 마력이 고갈되었다. 그래서 숲을 나와 휴식을 취하자고 선언했다.

＊

"루시엘 님. 아까부터 왜 그러십니까?"

밀피네가 걱정하며 말을 걸었지만, 나는 생각을 정리하지 못하고 있었다.

"조금 고민이 있어서……. 케핀, 이 숲이 미개척지라고 했지?"

"예."

"라이오넬, 희귀한 마물이 있었어?"

나는 고블린이나 오크를 처음으로 본지라 그것들이 희귀한지 흔한지 판단할 수가 없었다.

"……독기가 강한 숲에서만 출몰하는 트롤이나 맨드레이크는 희귀하다면 희귀하다고 할 수 있겠지요."

라이오넬은 최근 들어 다시 길어지기 시작한 턱수염을 쓰다듬으며 잠시 뜸을 들였다가 입을 열었다. 역시 예상대로 고블린과 오크는 흔한 마물인가보다.

"숲에 깊이 들어가지 않아서 그런지는 모르겠지만, 정말로 희귀한 마물이 존재할까? 이 숲에 희귀한 마물이 하나도 없는데 모험가들을 이 도시로 부르면 그건 사기가 되잖아?"

"그건 뭐라고 하면서 불렀느냐에 따라 다르겠죠……. 다만 이런 녀석들을 밖에 없다면 돈벌이가 되진 않겠군요."

이런 숲에 들어갈 바에야 차라리 각지에 있는 미궁에 들어가 마물들을 쓰러뜨려 마석을 회수하는 편이 더 돈벌이가 될 것 같은데.

"이에니스에 돌아가면 모험가 길드에 가서 한 번 정보를 조사해볼까."

고더스 공과 자이어스 공이 거절하진 않을 거다.

"그러는 편이 좋겠지요."

숲에서 나오는 길에 케핀 부대에 이 숲이 어떤 곳인지를 물었다.

그들은 어렸을 적에 레벨을 올리기 위해서 이 숲에 들어간 적이 있었다고 한다.

그러나 어느 정도 레벨을 쌓았을 때 돌스터 씨가 갑자기 이 숲에서 전투하는 것을 금지했다고 한다. 그래서 그 이후에는 미궁의 얕은 계층에서 싸워왔다고 한다.

돌스터 씨의 말에 따르면 강한 모험가가 이 숲의 깊은 곳에 들어가면 돌아오지 못한다고 한다.

케핀의 이야기를 듣고 있으니 시야 한구석에 엘프들이 어쩐지 침울해하는 모습이 비쳤다.

"다들 왜 그래? 뭐, 마음에 걸리는 거라도 있어?"

"저기…… 어쩐지 누가 붙잡는 듯한 느낌이 들어요."

"정령이?"

"아뇨, 그런데 무슨 영문인지 이 숲에서 나가려고 하니 갑자기 마음이 서글퍼져요."

"저도 그래요. 이런 경험은 처음이에요."

세 엘프가 숲을 바라보며 말했다.

나는 라이오넬을 비롯한 다른 사람들을 쳐다봤지만, 그렇게 느끼는 사람은 달리 없었다.

엘프라서 느끼는 무언가가 있는지도 모르겠다.

"흠, 뭔가가 있는 걸지도. 하지만 지금은 일단 쉬자. 세 사람 모두 마력이 고갈됐잖아?"

세 사람이 고개를 끄덕이는 것을 확인한 뒤 곧장 걸어 숲을 빠져나왔다.

"휴식을 취한 뒤에 케핀 부대와 야르보 부대는 임무를 교대하도록."

내가 그렇게 말하자 케핀 부대원들의 얼굴이 창백해졌다.

"아니, 일단 말해두겠는데 임무에 실패해서 교대하는 게 아니라 처음부터 교대할 예정이었어."

"""""예."""""

지금 노골적으로 안심했군?

"엘프 세 사람은 아까 숲에서 느낀 것이 무엇인지 확인해야 하니까 푹 쉬도록 하고."

"""""예."""""

"드란과 폴라는 마물들을 해체해서 마석을 꺼낼 거니까 도와줘."

"""음(끄덕끄덕끄덕)."""""

뭔가 리시안이 이쪽을 계속 보는 것 같았지만 나는 모른 척했다.

"그리고 라이오넬과 케티는 케핀 부대한테 설교를 해줘."

"맡겨두십시오."

"하고 싶은 말이 참 많았는데 다행이다냥."

라이오넬과 케티는 활짝 웃으며 케핀 부대를 쳐다봤다.

나는 드란과 폴라에게 해체 작업을 맡겨놓고 오늘 수확이 얼마나 되는지 세어보았다.

오늘 회수한 나무가 약 120그루. 엔트는 13마리였다.

2시간 작업한 것 치고는 상당한 수확이다만, 마물이 방해하지 않았으면 300그루도 가능했겠는데.

뭐, 다들 무사한 것만으로도 다행이지만…….

고개를 돌려보니 언제부턴가 드란이 커다란 구덩이를 파고 있었다. 해체가 끝난 마물을 거기다가 버릴 작정인가 보다.

내 시선을 알아챈 드란이 작업 결과를 보고했다.

"바람과 물 속성을 지닌 마석과 아무 속성도 없는 마석이 많은 듯하구먼."

"그렇군. 사체 처리가 좀 귀찮긴 하지만, 마석을 얻은 건 뜻밖의 행운이네."

"보너스 확정."

폴라가 마석을 보며 기뻐하자 누군가가 딴죽을 걸었다.

"그걸 당신 혼자 다 차지할 생각은 아니겠죠?"

"이건 내 보너스."

"당신 혼자 번 마석이 아니잖아요!"

폴라는 어쩔 수 없다는 얼굴로 리시안에게 작은 마석 하나를 건넸다.

"하나만 주겠다는 거예요?! 그것도 가장 작은걸?!"

리시안이 분개하며 산더미처럼 쌓은 마석을 향해 몸을 던지려고 했다. 그러나 폴라가 두 팔을 활짝 벌려 사수했다.

"난 당신보다 더 굉장한 마도구를 만들 수 있다고요! 이건 비겁해요!"

"그건 아냐."

리시안과 폴라의 사이에서 불꽃이 튀길 것 같았다. 나는 저 틈에 끼기 싫었으므로 얌전히 드란과 함께 해체 작업을 진행했다.

"그나저나 이 숲에는 생각보다 마물이 많은가 본데."

"나로서는 아주 기쁜 오산이지만. 게다가 해체가 다들 손질하기 쉬운 녀석들뿐이고."

"그럼 나머지 작업도 부탁해."

"맡겨주게나. 그 대신 점심에 고기나 좀 많이 부탁하네."

"알았어. 어이~ 조금 이르지만 이렇게 됐으니 일단 점심을 먹자! 오늘은 바비큐다!"

내가 그렇게 말하자 환호성이 터져 나왔다.

아침까지 거르면서 새벽 일찍 나온 탓에 다들 배가 고팠던 모양이었다.

일단 나는 먹을 수 있는 마물 고기를 마법으로 정화한 뒤 뜨거운 물에 담가 잡내를 없애고 향신료를 뿌렸다. 이렇게 손질을 해두면 엘프들도 고기를 맛있게 먹을 수 있겠지.

나는 꼬치에 미리 사둔 채소와 고기를 꼬치에 꽂기 시작했다. 참고로 이 꼬치는 드란이 만든 거다.

꼬치에 꽂을 필요가 없는 고기는 석쇠에 얹어 구워 먹기로 했······ 는데, 다들 구워지기가 무섭게 덥석덥석 가져다 먹는 바람에 금방 부족해졌다.

하는 수 없이 마법 주머니에 보관 중인 늘 먹던 식사를 꺼낸 뒤에야 나는 비로소 한숨을 돌리고 배를 채울 수 있었다.

즐거운 바비큐 파티는 순식간에 지나갔고, 다들 기력과 마력도 거의 다 되찾은 듯했다.

다만 세 엘프, 특히 밀피네와 리시안은 마나를 상당히 썼던지라 마차에서 좀 더 쉬도록 할까 생각했지만, 다들 그럭저럭 회복했는지, 자진해서 탐색에 나서겠다고 말했다.

"알았어. 다만 무리하지 않도록."

"""예."""

"루시엘 님, 나와 폴라는 하고 싶은 게 있는데 여기 남아도 되나?"

드란과 폴라가 없으면 효율이 떨어질 테지만, 뭐, 라이오넬을 비롯한 다른 사람들이 있으니 문제없으려나?

"알았어. 하지만 눈에 띄는 행동은 하지 않도록."

"으음, 조심하지."

그리하여 나는 미개의 숲 탐색 작업을 재개했다.

02 정령의 인도와 계시

숲으로 되돌아가 탐색 작업을 재개한 우리는 순조롭게 자재를 모아나갔다.

쩍…… 쿵, 하고 나무들이 쓰러지는 소리가 숲 여기저기에서 울렸다.

"이만큼 소란스러운데도 마물 한 마리 보이지 않는다니, 역시 맨드레이크의 비명이 마물을 불러들인 건가?"

"그럴지도 모르겠네요."

내가 중얼거리자 리시안이 대꾸해주었다.

"그래서 지금은 어때? 지금도 뭔가가 느껴져?"

"예. 하지만 어느 쪽인지를 잘 모르겠어요."

나는 밀피네와 크레시아를 쳐다봤지만, 두 사람 모두 고개를 가로저었다.

"그래? 그럼 나무를 선별하는 작업을 계속해줘. 뭔가 알아내면 보고하고."

"알겠습니다."

그런 대화를 나누며 작업을 진행했고, 휴식하기 전에 전투를 벌였던 곳에 이르렀다. 그런데 믿기지 않는 광경에 나는 눈을 의심했다.

"엉? ……아까 이런 건 없었잖아?"

"흠, 어쩌면 요정이나 정령이 장난을 치고 있는지도 모르겠군요."

"그렇게 느긋하게 있을 때가 아니다냥. 어서 떨어지는 편이 낫다냥."

케티가 초조해할 만도 했다. 오전까지만 해도 아무것도 없던 곳에 10개가 넘는 맨드레이크가 박혀 있었다.

제아무리 나도 이 사태에는 놀라지 않을 수가 없었다. 갑자기 맨드레이크가 출현하다니. 어떤 존재가 개입하고 있다고밖에 생각할 수가 없었다.

뭐, 케티도 아까 맨드레이크 비명을 듣고 괴로워했으니, 단순히 예민해져 있는 걸지도 모르지만. 사람보다 좋은 귀가 이번엔 화가 됐다.

뭐, 다소 황당하긴 하지만, 이미 대처법을 고안해 놓았다.

"안심해, 케티. 맨드레이크는 식물이니까 마법 주머니에 넣을 수 있어."

"냥? 생물은 마법 주머니에 넣을 수 없다고 하지 않았냥?"

"맨드레이크는 약초류이고, 설령 마법 주머니에 넣을 수 없다고 해도 생추어리 서클을 써서 막을 거니까 괜찮아."

"루시엘 님, 제법이다냥."

나는 만약을 위해 모두에게 물러나라고 했다. 그리고 실패하여 내가 기절한다면 나를 들쳐 메고 물러나라는 말도 함께 전했다.

"자, 해볼까?"

나는 맨드레이크가 마법 주머니 안에 들어가도록 머릿속으로 읊었다.

"……김이 팍 세네."

맨드레이크가 너무나도 쉽사리 주머니에 들어가 버렸다. 나는 어이없어하며 회수를 끝냈다.

"다 집어넣었어."

그러자 케티를 포함해서 다들 기뻐하는 표정을 지었으나, 세 엘프는 숲속을 바라보느라 정신이 팔려있었다.

"왜 그래?"

나는 그녀들의 시선을 따라 고개를 돌려보았지만, 그저 평범한 숲이 보일 뿐이었다.

"저기에 고위 요정이 있어요."

"보기에는 숲의 안내인인 '레시'인 것 같은데, 이상하네요……. 레시는 미혹의 숲에만 출현한다고 들었는데?"

"우와! 요정은 처음 봤는데, 생각보다 크네요."

"앗, 자길 따라오래요."

"루시엘 님에게 뭔갈 전하고 있어요. '다소 영악하긴 하지만 지혜 도 있는 것 같고 그럭저럭 실력도 좋은 것 같다…… 자길 볼 수 있는 사람과 같이 있는 걸 감사하라'라는데요."

그런 말을 들어도 나는 전혀 보이질 않으니 영 내키질 않는단 말이지. 나는 고개를 돌려 다른 일행들을 바라봤다. 다들 나랑 마찬가지인지 고개를 저었다. 역시 엘프 눈에만 보이는 모양이다. 하다못해 정령이었다면 정령 마법이 있으니 그러려니 할 텐데, 요정이라니? 그건 동화 속에나 나오는 장난을 좋아하는 생물이 아니었나?

그러나 그녀들이 거짓말을 할 이유도 없다. 그렇다면 요정이 우리에게 말을 걸었으니 뭔가 특별한 이벤트에 휘말릴지도 모른다는 이야기인데……. 나는 우선 레시라는 요정을 따라가라고 말했다.

"……요정인지 뭔지가 우릴 부르고 있다니 모른 척하기도 좀 그렇고. 가능하면 이런 일에 엮이고 싶지 않은데…… 하아, 경계하면서 조심히 가자."

"""예."""

요정이 보이는 세 사람에게 안내를 맡긴 뒤 우리는 경계하며 앞으로 나아갔다.

신기하게도 우리 앞을 가로막고 있던 풀들이 몸을 굽혀 알아서 길을 내주기 시작했다. 마물은 한 마리도 보이지 않았고, 깊이 들어갈수록 새 소리와 벌레 소리가 서서히 잦아들었다. 바람에 나무가 흔들리는 소리만이 들릴 뿐이었다.

그야말로 판타지의 광경이었다.

"도착한 것 같아요."

"여기서 잠시 기다리라고 합니다."

"우와, 예쁜 연못이네요!"

세 사람의 안내를 받아 도착한 곳은 나뭇가지 사이로 새어든 햇볕만으로도 속이 훤히 비치는, 아주 맑고 신비롭고 아름다운 연못이었다. 공기도 아주 맑아서 가만히 있기만 해도 원기가 회복되는 파워 스폿 같았다.

만약에 카메라를 들고 있었다면 틀림없이 셔터를 여러 번 눌렀을 테지.

만약 이곳에 마물이 다니지 않는다면 언젠가 은퇴할 날이 왔을 때 이곳에 집을 짓는 것도 나쁘지 않을 것 같다.

"……멋대로 돌아다니는 건 위험할 것 같다냥."

"숲의 요정은 장난을 좋아해서 사람이 숲에서 나가지 못하도록 현혹한다는 얘기도 있으니 그게 좋겠지."

마냥 감동에 빠져있던 나와는 달리 라이오넬과 케티는 경계심을 한껏 끌어올린 상태였다. 나는 고개를 끄덕이고서 신비로운 연못이 아닌 그 주변을 둘러봤다.

한동안 그러고 자리를 지키고 있자니 느닷없이 엘프 셋이 연못을 향해 절을 하기 시작했다.

"……뭐 하는 거야?"

내가 조심스럽게 물어봤지만, 대답은 돌아오지 않았다. 아니 내 말을 듣지도 못한 것 같았다. 그녀들은 연못을 향해 무언가를 이야기하고 있었다. 방음벽이라도 쳐놨는지 전혀 들리지 않았지만.

"쯧, 드란과 폴라를 데리고 올 걸 그랬나."

드워프인 드란과 폴라는 정령의 목소리를 들을 수 있다고 했다.

"드란 공은 정령의 목소리가 들리긴 해도 보이지는 않는다고 했으니 상황은 비슷했을 겁니다."

"오히려 어중간하게 들리는 탓에 현혹당할지도 모른다냥."

두 사람은 오히려 없는 편이 낫다고 생각하는 모양이었다.

나는 결국 포기하고 엘프들을 보며 가만히 기다리기로 했다. 그러자 대뜸 머릿속에서 무슨 소리가 들려왔다.

《용의 가호를 받은 인족이여. 그대는 아직 이곳에 올 때가 아니다.》

나는 여기저기 고개를 돌려 봤지만, 목소리의 주인은 보이지 않았다. 용의 가호라고 했으니 나한테 말을 걸고 있는 거긴 할 텐데. 엘프들의 태도로 보아 상대는 아마도 물의 정령이나, 연못의 정령이 아닐까?

"……그건 무슨 의미입니까? 당신이 숲의 요정한테 나를 불러오라고 하신 게 아니었는지요? 애당초 당신은 정령입니까?"

나와 마찬가지로 얌전히 기다리고 있던 일행이 내 말을 듣고 깜짝 놀란 표정을 지었다. 아, 이거 내가 대뜸 혼잣말을 시작한 것처럼 보일 거 아냐.

하지만 지금은 이 대화에 집중해야 할 것 같은 기분이 든다.

《시간이 흐르면 내 말이 무슨 의미인지 스스로 깨치게 될 것이니라. 나는 물의 대정령이다.》

"그렇다면 물의 대정령이시여, 한 가지 확인하고 싶은 게 있습니다. 전 언젠가 이곳에 또 오게 됩니까?"

《포기하지 않는다면.》

"포기하게 될 수도 있다는 겁니까?"

애매한 대답이 돌아왔다. 단언할 수는 없다는 건가? 아니면 단언해선 안 되는 건가.

혹시 여기서 틀어지면 미래가 바뀐다거나? 원래 흐름보다 더 악화한다던가 하는 식으로…… 통 모르겠다.

《그대가 이 숲에 다시 올 수 있다면 이곳까지 안내하도록 하지.》

역시나 물의 정령의 말에서 대단히 불온한 낌새가 느껴졌다. 설마 내 신변에 무슨 일이 벌어지는 건가? 너무 궁금하다. 미래를 예지할 수 있다면 모든 걸 알려줬으면 좋겠다.

"……다시 올 수 있다면? 그런 날이 오지 않을 수도 있다는 겁니까?"

《운명을 극복하고자 하는 강한 의지가 있다면 다시 이 땅을 찾을 수가 있겠지.》

언젠가 나에게 무슨 일이 닥치는 것만은 이제 피할 수 없는 사실인 것 같다. 하다못해 그게 언제인지라도 좀 알고 싶은데.

"너무 추상적입니다. 뭘 어떻게 하면 되는지 대답해주실 수는 없습니까?"

그러나 물의 정령은 아무런 대답을 하지 않았다.

바로 그때 엘프 셋이 내 옆으로 다가왔다.

"괜찮으세요?"

"……내 인생이 평온하지 않을 거라는 예언을 들어서 마음속에서 거친 파도가 몰아치고 있다고 해야 할까."

내가 그렇게 말하자 케티가 웃으며 입을 열었다.

"결국 평소랑 같다는 말 아니냥."

케티의 그 말을 들으니 어쩐지 위로를 받은 기분이었다. 그와 동시에 지극히 옳은 말이라서 무심코 웃음이 터져 나왔다.

"……듣고 보니 그렇네."

"그게 루시엘 님을 모시는 참맛이죠."

"……그래 기대할게."

앞으로도 평온하지 않은 나날이 이어질 것이다. 나는 마음에 담아봤자 소용없겠구나 싶어서 번뇌를 떨쳐냈다. 두 사람이 가볍게

받아들여 준 덕분에 부정적이었던 마음이 싹 씻긴 것처럼 평온해
졌다.

"루시엘 님. 여기서 숲속으로 계속 들어가면 엘프 나라가 나오는
모양이에요."

"아직은 올 때가 아니라고 하셨지만요."

엘프의 나라라고? 아니 그보다, 때가 아니라는 건 대체 뭐야?
더구나…….

"크레시아는 왜 갑자기 울고 있어?"

아까부터 크레시아가 울고 있었다.

"……제가 부모님께서 원치 않은 아이가 아니라는 걸 정령님
께서 알려주셨습니다. 인간과 엘프가 정말로 사랑하지 않으면 자
식을 낳을 수 없다는 말씀을 해주셨습니다."

그녀는 진심으로 기뻐했다. 혼혈 엘프라는 멍에를 쓰고서 평생
을 괴로워했을 텐데 물의 정령의 그 말이 위안이 된 모양이다.

그녀도 케핀 못지않게 어려운 환경 속에 살아왔다는 걸 알 수
있었다.

"나를 비롯해 여기 있는 사람들은 네가 혼혈이라고 해서 차별
하지 않아. 만약에 그래도 네 마음이 풀리지 않거든 혼혈이 아니
라 하이브리드라는 걸 이 세계에 보여줘. 나도 도와줄 테니까."

"루시엘 님……. 예, 열심히 하겠습니다."

의욕이 나온 모양이군.

그나저나 오늘 자꾸 이상한 일을 겪어서 그런지 벌써 지쳤다.
오늘은 이만 돌아가서 쉬는 게 좋을 것 같다.

"그런데…… 어떻게 돌아가면 되지?"

"정령님이 저쪽으로 가면 된다고 하긴 하셨는데……. 이쪽에 하치족(族)의 부락이 있으니 가능하면 그쪽을 들렀다 가라고 하셨어요."

응? 하치족?

"아, 하치족은 꽃이나 나무에서 꿀을 모으며 생활하는 종족이에요. 정령님께서 말씀하시기를 서로가 만나면 루시엘 님한테도, 하치족한테도 좋은 일일 거라고 하시던데요."

정령은 대체 어디까지 미래를 보고 있는 건지……. 하치족이 꿀과 관련이 있다면 접어놨던 계획 하나를 추진할 수가 있다. 이런 기회를 놓쳐서는 안 되겠지. 근데 그런 이야기는 나한테 직접 해도 되는 거 아닌가? 괜히 신경 쓰이는군.

"이제 곧 날이 저물 거야. 여기 오는 길을 아는 사람이 있으면 하치족은 나중에 만나기로 하고 오늘은 곧장 돌아가자. 혹시 셋 중에 길을 아는 사람 있어?"

나는 엘프들에게 물어보았다.

"……죄송하지만, 어려울 것 같습니다."

밀피네가 나서서 먼저 그런 대답을 돌려주었다. 다만 하치족 이야기도 그렇고, 밀피네의 대답에 크레시아가 어지간히도 놀란 것 같은데 말이지? 아무래도 이따가 이야기를 따로 들어봐야겠군.

그나저나 여기 다시 올 방법이 없다면 어쩔 수 없이 지금 하치족이 있는 곳으로 가야 한다.

다 함께 가는 게 가장 좋겠지만, 그러면 저쪽에서 경계할지도 모르니까.

"그럼 팀을 둘로 나누어서 움직이자."

다만 이렇게 되면 거점으로 돌아가는 팀이 문제가 생긴다. 여길 빠져나가려면 최소 엘프 한 명은 길잡이 노릇을 해줘야 하는데, 돌아가는 길에 무슨 일이 있을지 모르니 믿을 만한 사람을 호위로 붙여야 한다. 어쩔 수 없군.

"케티와 리시안, 크레시아는 야르보 부대와 함께 돌아가서 케핀 부대와 합류 해."

나는 마법 주머니에서 마법의 가방을 꺼내 케티에게 건넸다.

"이 안에 텐트를 비롯한 야영 도구가 들어 있으니까 케티가 지휘해서 거점에 야영 준비를 해."

"음, 나도 함께 가고 싶었는데냥."

"여기서 가장 실력이 좋은 두 사람을 각각 배치해야 어느 한쪽에 문제가 생겨도 안심할 수 있지 않겠어?"

"알았다냥."

"가서 케핀 부대와 야영 준비에 들어가고, 만약 내일 낮까지 우리가 돌아오지 않는다면 일단은 도시로 돌아가서 먼저 계획을 진행해."

"""예."""

그리하여 나와 라이오넬, 밀피네를 남기고 케티 일행은 숲에서 나가고자 출발했다.

그럼 이쪽은 이쪽 문제를 해결해야겠지.

"자, 내가 하치족 마을에 가야만 하는 진짜 이유가 뭐지?"

"솔직하게 말하도록. 정령한테서 무슨 말을 들었나?"

라이오넬이 밀피네에게 검을 겨누었다.

밀피네는 나와 노예 계약을 맺은 상태지만, 나와 교회에 불이익을 끼치지 말라는 간단한 명령만 내려놓은 상태다. 다시 말해 하기에 따라서는 거짓말 정도는 얼마든지 칠 수 있다는 얘기다.

밀피네가 대답할 때마다 크레시아가 깜짝 놀라는 게 아무래도 수상했다. 아마 밀피네가 거짓말을 해서 그런 거였겠지.

내가 속내를 떠보자 밀피네가 당혹스러워하는 표정을 지었다. 아무래도 정곡을 찌른 모양이다.

"라이오넬, 검을 거둬. 우선 이야기부터 들어보자고. 밀피네, 물의 정령으로부터 무슨 얘기를 들었지?"

밀피네는 침통한 표정으로 침묵을 지키다 이윽고 입을 열었다.

"……죄송합니다. 실은 정령님께서 하치족 부락 주변에 독기가 짙어져서 이대로 있다가는 며칠 뒤에 파멸한다는 이야기를 해주셨습니다. 아울러 루시엘 님이라면…… 아니, 루시엘 님만이 그 마을을 구할 수 있다고도 말씀하셨지요."

"솔직하게 말하면 내가 거절할 줄 알았어?"

"예. 물의 정령님께서 최대한 에둘러 부탁을 하라고 지시를 하셨기도 하거니와……."

"그래서 거짓말을……. 하아, 밀피네를 비롯해 세 명은 케티와 나리아한테 교육을 좀 받아야겠네. 아무래도 엘프들은 날 믿질 않나 봐. 씁쓸하군. ……근데, 라이오넬은 왜 그렇게 눈빛을 반짝이고 있어?"

"독기가 있는 곳에는 강한 마물이 나타나는 법이지요."

"이상한 플래그 세우지 마! 독기를 정화하고 하치족과 잠시 교류한 뒤에 바로 돌아갈 거니까! 밀피네, 길 안내를 부탁하지."

아까와 달리 강한 마물이 나타날지도 모른다고 생각한 라이오넬은 혼자 기대감에 차 있는 상태였다. 그나저나 며칠 만에 마을 하나를 파멸시킬 수 있는 독기를 내뿜는 마물이라니, 대체 뭔데? 이거 또 불안해지네.

뭐, 독기를 정화하면 마물도 나타나지 않겠지. 나는 밀피네의 제안을 받아들이기로 했다.

"……루시엘 님, 감사합니다."

밀피네는 고개를 깊이 숙인 뒤 씩씩하게 선두에 서서 걷기 시작했다.

나와 라이오넬은 주변을 경계하며 밀피네를 따라 나아갔다.

약 10분쯤 나아가자 하치족 부락이 보였다.

커다란 벌집이 나무에 여럿 달린 걸 봐서는 하치족의 부락이 틀림없으리라.

그런데 정작 하치족은 하나도 보이지 않는데?

하치족의 부락에는 밀피네가 물의 정령에게서 들었다는 그 독기만 한가득 있을 뿐이었다.

"꽤 위험한 것 같은데."

"그렇군요. 하지만……."

"루시엘 님, 느긋하게 있을 때가 아닙니다."

밀피네가 무서운 얼굴로 따지기에 나는 일단 마을 전체를 정화하기로 했다.

"으음, 그럼 정화를 해볼까? 라이오넬은 일단 경계를 해줘."

"맡겨주십시오."

독기가 눈에 보일 만큼 짙기는 했지만, 정화 마법을 거니 조금씩 정화되어 갔다.

그러나 정화 마법을 걸어놓고 아무리 시간이 지나도, 독기는 완전히 사라질 줄을 몰랐다.

마치 마을 전체가 독기를 만들어내는 것처럼 금세 원래대로 되돌아올 뿐이었다.

"원흉을 어떻게 처리하지 않는다면 마을을 정화하는 것보다 루시엘 님의 마력이 더 먼저 떨어질 것 같군요."

라이오넬도 슬슬 걱정됐는지 그런 말을 했다.

나도 동감이다만, 원흉이 어디 있는지 도통 짐작이 되질 않았다.

"밀피네, 요정이나 정령한테 이 사태의 원흉이 어디에 있는지 물어볼 수는 없어?"

그러자 그녀가 고개를 저었다.

"이만큼 독기가 강하면 요정이든 정령님이든 다가올 수 없을 겁니다."

정령 마법도 못 쓴단 이야기로군…….

그보다 밀피네의 낯빛이 좋지 않은데…….

아무래도 독기 안에 너무 오래 있었던 모양이다. 나는 바로 마법 주머니에서 교회 본부에서 입었던 로브를 꺼내 밀피네에게 두르라고 지시했다.

"일찍 줄 걸 그랬네. 이걸 입고 있으면 독기를 막을 수 있어."

"감사합니다."

"라이오넬은 날 지켜줘. 밀피네는 독기의 영향을 덜 받은 벌집을 찾아 하치족이 있는지 살펴봐 줘. 정보가 시급해."

"늘 하던 일이군요."

"알겠습니다. 뭘 알아내는 대로 곧장 돌아오겠습니다."

내가 지시를 내리자 라이오넬은 웃으면서, 밀피네는 고개를 숙이고서 대답했다.

내가 해줄 수 있는 건 그녀에게 마물이 다가가지 못하도록 독기를 정화하는 것뿐이다.

나는 독기가 어디서 나오는지 추리해보기로 했다.

처음에는 땅에서 증기처럼 올라오는 게 아닐까 추측하여 땅바닥을 살펴봤지만 그런 안개 같은 건 올라오지 않았다.

그렇다면 이제 하늘에서 내려오거나, 나무 어딘가에서 나오거나 한다는 건데.

나는 일부러 독기가 짙은 곳을 찾아서 정화 마법을 사용했다.

"하압!"

라이오넬이 우렁찬 기합과 함께 화염 대검을 앞으로 힘껏 휘둘렀다.

그러자 큰 개 정도 되는 커다란 녹색 파리와 몸이 녹아내린 언데드가 대검에 잘려나갔다.

아무래도 여기가 정답이었던 모양이다.

"아니, 저건 또 뭐야?"

"아무래도 이제야 재밌어질 것 같군요."

라이오넬은 큰 방패와 대검을 들고 자세를 취했다.

"이 상황을 즐기는 건 라이오넬뿐인 것 같은데……!? 라이오넬, 이리 와!"

나는 에어리어 배리어를 발동한 뒤 곧바로 마물이 튀어나온 방향을 향해 정화 마법을 날렸다.

그러자 그곳에서 초거대 슬라임과 놈이 만들어낸 언데드들이 튀어나왔다.

"이상한데? 슬라임은 원래 귀여운 이미지가 아니었던가? 저 꺼림칙한 슬라임은 누가 봐도 보스급이잖아? ……라이오넬, 어떻게 좀 해봐."

"그렇게 당황하실 거 없습니다. 제가 다 쓰러트리면 그만이니까요. 적은 언데드, 그리고 이곳은 싸우는 보람이 있는 전장. 이 라이오넬이 나가서 녀석들 무…… 크흠, 루시엘 님의 방패가 되겠습니다."

방금 나가서 적을 무찌르겠다고 말하려고 했지?

케티가 곁에 없는 걸 알고서 말을 거둬서 다행이긴 하지만…….

"정화 마법을 쓰는 날 노리는 것 같으니 잘 부탁해."

"옙."

나는 초거대 슬라임과 언데드를 향해 정화 마법을 발동했다. 그러자 언데드는 그대로 소멸해버렸고, 슬라임도 언데드를 뱉어내는 속도가 부쩍 느려졌다.

아마도 이제부터 거대한 슬라임도 점점 작아……지질 않네?!

"이건 아니지! 정화 마법을 맞으면 작아지는 게 정석이잖아?!"

초거대 슬라임은 식물처럼 스스로 독기를 내뿜고 그 독기로 호흡을 하는 듯했다. 아니나 다를까, 안 그래도 거대했던 슬라임이 점점 독기를 먹고 덩치가 불어나기 시작했다. 이대로 계속 덩치를 불릴 셈인가?

슬라임이 몸집을 키우자 놈이 마물을 만드는 속도가 느려졌지만 대신 갈수록 강력한 녀석이 튀어나오고 있었다. 라이오넬은 그게 더 신나는 모양이었지만.

그러나 이대로 전투를 계속한다면 틀림없이 내 마력이 먼저 고갈되고 말 것이다. 나는 퇴각을 염두에 두고서 승부를 걸기로 했다.

"라이오넬, 잠시 녀석들을 유인해줘."

나는 라이오넬의 대답을 기다리지 않고 환상 지팡이에 최대한 마력을 담아 영창을 시작했다.

"성스러운 치유의 손이여. 만물의 근원인 대지의 숨결이여. 바라노니 제 마력을 양식으로 천사의 빛나는 날개와 같은 정화의 방패를 다루시어 모든 악과 부정한 것들을 불태우는 성역을 만들어주소서. 생추어리 서클!"

초거대 슬라임 주위에 마법진이 나타났다. 놈들도 무언가를 느꼈는지 나를 향해 몰려들기 시작했다.

하지만 나는 라이오넬이 어떻게든 해주리라 믿고 마법을 유지했다.

성령 마물에게 물려 몸을 뜯긴다 해도 살아만 있으면 회복할 수 있다.

마법이 발동하자 푸른 빛과 붉은 소용돌이가 합쳐서 초거대 슬라임을 완전히 뒤덮었다.

이 와중에도 라이오넬은 온몸으로 마물을 막느라 애를 쓰고 있었다. 뭔가에 당했는지 한쪽 눈이 베여있었고, 몸은 이미 독으로 온통 파랬다.

"라이오넬! 너무 무리하지 마! 리커버, 디스펠, 엑스트라 힐."

"큭큭큭. 죄송합니다. 이런 상황은 오랜만인지라 너무 흥분한 바람에."

나는 곧장 회복 마법으로 라이오넬을 정상으로 돌려놓았다. 늦지 않아서 다행이군.

이어서 곧바로 남은 마물들을 향해 정화 마법을 재차 발동했다.

"라이오넬, 마물을 한 마리도 놓치지 않은 건 고맙긴 한데, 덜컥 죽기라도 하면 내가 진짜 곤란하니까 이상한 데서 무리하지 말라고."

"오오. 가신으로서 최고의 영광이로군요."

"반성은 없는 거냐……."

라이오넬은 씩 웃으면서 쓰러진 마물들을 살폈다.

"그나저나 엄청난 숫자군요. 독기도 서서히 빠지고 있는 것 같습니다."

역시 슬라임이 원흉이었던 모양이다. 다만.

"쓰러트리고 보니 슬라임이 아니었다 하는 전개인가 이거……."

"우연이군요. 저도 같은 생각 중이었습니다."

나는 어쩔 수 없이 마물의 산을 마법 주머니에 집어넣고 초거대 슬라임'이었던 것'을 정화하기 시작했다.

"……퓨리피케이션, 디스펠, 리커버, 하이 힐."

내 눈앞에는 슬라임이 아니라 50cm쯤 되는 거대한 여성 벌(?)이 굴러다…… 쓰러져 있었다.

""""여왕님!!""""

그러자 벌떼가 몰려들었다.

그리고 그 벌떼에서 수염이 난 노인 벌(?)이 나에게 다가오더니 말을 걸었다.

"오오, 현자님! 여왕님, 여왕님께서는 무사하십니까?"

"예? 아아, 다행히도 무사합니다. 그나저나 현자라니요?"

"오오오!! 애들아, 여왕님께서는 무사하시다! 당장 여왕님을 둥지로 모시거라. 현자님, 죄송하지만 우선 여왕님부터 모시도록 하겠습니다."

"아, 예, 그러세요."

"감사합니다."

20cm 크기의 작은 벌들이 여왕이라 불린 여성 벌을 정중하게 들어 가장 큰 둥지로 날아갔다.

그나저나 현자라니?

"루시엘 님, 라이오넬 씨도 무사하셨네요. 도움이 되지 못해서 죄송합니다."

밀피네는 이쪽으로 다가와 우리를 보고는 무릎을 꿇고 고개를 숙였다.

응? 잘못을 빌 때 절을 하는 건 인간이나 하는 게 아니었나? 엘프가 이걸 알아?

"……저는 그만한 죄를 저질렀으니까요. 지금 제게는 노예 문양이 없습니다."

으응? 노예 문양이 없어? 그걸 스스로 풀었다고?

"정령님께서 제 노예 문양을 없애주시고서 이 마을을 구하기 위해 루시엘 님을 유도하라고 말씀하셨습니다. 그런데 설마 그토록 흉악한 마물과 대치하게 될 줄은 상상치도 못했습니다……. 진심으로 죄송합니다."

설마 노예 문양을 없앴을 줄이야……. 하긴, 사람도 지울 수 있는걸 정령이 못할 리가 없지. 치유사 길드의 비밀만 누설하지 않는다면 사실 노예 여부는 중요하지 않으니 상관없지만…….

물의 정령은 처음부터 나더러 하치족을 구하게 할 심산으로 그곳까지 불렀을 거다. 뭐, 이렇게 노력했는데도 아무런 이득을 보지 못한다면 가서 불평을 늘어놓을 생각이지만……. 우선은 모두가 무사해서 다행이다.

그나저나 정령이고 용이고, 다들 하나같이 너무 자기중심적인 거 아냐? 이번 일도 결국 돌이켜보면 그런 일이었고. 앞으로는 가능하면 얽히고 싶지 않다.

"그래서? 정령이 약속한 대가는 뭔데? 혹시 노예에서 해방되고 싶었어?"

하지만 그건 이상한 이야기다. 애초에 그녀들을 풀어주겠다고 말한 건 나였고, 그걸 거부한 건 그녀들이었다. 나는 언제든 해방해주겠다는 소리까지 했다고?

그리고 어느 쪽이 됐든 정령이 이런 일을 맨입으로 시키진 않았겠지.

물론, 그녀가 악의를 품고 움직였다면 라이오넬이나 케티가 진작에 눈치를 챘을 거다.

갈수록 모르는 것투성이구먼.

그러자 밀피네가 옷 속에서 종이 한 장을 꺼냈다.

"이건 물의 정령님의 수호 부적입니다. 루시엘 님께서 하치족을 구하시거든 그때 넘겨주라고 하셨습니다."

아, 이런…… 혹시 그겁니까? 밀피네는 아무런 보답도 바라지 않았고, 그저 신앙의 대상인 정령이 명령했기에 따랐다 하는?

밀피네는 고개를 숙인 채 나에게 수호 부적을 건네고서 더욱 고개를 숙였다.

"하아아……. 밀피네는 홀로서기를 할 건지, 다시 노예가 될 건지 직접 결정하도록. 다만 노예로 되돌아가면 벌을 내릴 거니까 잘 생각해. 그리고 어디선가 다 듣고 있지? 물의 정령 씨."

《그 아이를 용서해다오. 나에 대한 신앙심이 강한 자가 아니면 노예 문양을 해제해줄 수가 없으니.》

역시 듣고 있었군. 나는 하늘을 바라보며 말했다.

"그럼 내게 직접 말하면 좋았잖아?"

《내가 직접 말했다면 그대는 수하를 모두 이끌고 향했을 게 아니냐. 그랬다간 독기에 홀려 동료들끼리 싸웠을 거다.》

그건 결과론이잖아……. 하지만 그 말도 일리가 있긴 하다.

라이오넬이 저만큼 다칠 줄은 나도 생각하지 못했으니.

아니, 그래도 미리 무슨 마물이 있는지 정도는 말해주었어야 하는 거 아닌가?

"……그래서 이 수호 부적은 뭔데?"

내가 그렇게 말하자 머릿속에 기계음이 들려왔다.

【물의 정령의 가호를 얻었습니다.】

역시 이렇게 되는 건가? 여기서도 또 가호가 늘어나는 건가?

"……물의 정령의 가호는 뭐지?"

《가호를 받지 않은 자에게는 사명을 내려줄 수가 없다. 이번에는 간접적으로 사명을 달성했기에 가호를 내려줄 수가 있었다. 이 가호에 어떤 효과가 있는지는 수룡의 가호를 얻었을 때 알 수 있을 거다.》

정령이 뭔가 살짝 들뜬 것 같은데. 그나저나 다들 이런 이야기 할 때는 정작 가장 중요한 내용을 말해주질 않는 거지? 역시 뭔가 제한 같은 게 있나?

"……이 수호 부적은 어떻게 하면 되는데?"

《그게 있으면 이 숲속을 헤매지 않고 다닐 수 있다. 아무쪼록 잃어버리지 마라.》

"……그럼 아까 했던 이야기인데, 난 언제 이곳에 다시 오는데?"

《……그건 말할 수 없다. 다만 그대 앞에 절망이 기다리고 있고, 그대가 그 절망에서 다시 일어설 강한 의지가 있다면 그때 이 땅을 다시 찾게 될 것이다.》

절망? 다시 일어나? 정령의 그 추상적인 말이 나를 불안하게 했다.

"무슨 절망인데! 어이?! 끝까지 말해주고 가!"

그러나 아무리 불러도 정령은 아무런 대답을 하지 않았다.

와, 진짜 너무 제멋대로다. 그나저나 절망에서 다시 일어서? ……여러 상황을 상정해두는 게 좋으려나.

"루시엘 님, 슬슬 이대로 하치족 부락에 머무실 건지, 아니면 돌아가실 건지 선택하지 않으면 날이 완전히 지고 말 겁니다."

내가 제자리에 서서 고민에 빠져있자니 라이오넬이 그런 말을 했다.

"……참, 그렇지. 그래, 밀피네는 어떻게 하고 싶어?"

"노예 신분으로 돌아가는 것을 허락해주십시오."

"그럴 줄 알았다. 무언가 이유가 있어서 노예가 되고 싶은 거겠지? 아까 말한 대로 이번 건으로 벌을 내릴 거니까 각오는 해두도록."

그녀들이 나를 믿느냐 아니냐는 둘째 치더라도 세 사람이 해줘야 할 일이 산더미처럼 많으니 열심히 일해줬으면 좋겠다.

"예."

"루시엘 님께서는 다른 사람과 달리 상대가 노예라 하더라도 좋은 대우를 해주시죠. 도저히 노예의 삶이라고 할 수가 없는 수준입니다. 그리고 아이러니하지만, 때에 따라서는 노예 신분이 더 편할 때도 있지요."

라이오넬이 웃으며 밀피네를 두둔해주었다.

"이제 나한테 거짓말하거나, 사명을 숨기지 마."

나는 한숨을 내뱉으며 말했다.

만약에 또 그런 짓을 한다면 설령 미녀일지라도 물체X를 먹을 각오를 해야 할 거다.

"예!"

"하아아……."

기운 넘치는 대답이군.

노예가 되는 것을 기뻐하는 밀피네를 보면서 나는 다시 한숨을 내뱉었다.

그리고 그 뒤에는 하치족과 어떻게 교섭할지 생각하면서 부락에서 가장 커다란 둥지를 향해 걷기 시작했다.

03 현자의 전승

독기가 가득할 때와 달리, 하치족 부락에는 수많은 사람이 둥지 밖을 돌아다니고 있었다.

"독기가 그만큼 강했으니, 내성이 없었다면 큰일 날 뻔했군."

내가 그렇게 중얼거리자 날 발견한 하치족 사람들이 둥지에서 이쪽으로 날아와 웃으면서 말을 걸었다.

"현자님, 여왕님과 마을을 구해주어 감사합니다!"

"현자님이 없었다면 마을이 어떻게 됐을지!"

"현자님은 생명의 은인입니다!"

이거 안 되겠군.

나는 왜 다들 나를 현자라고 부르는지 그 이유부터 묻기로 했다.

"여러분들을 구할 수 있어서 다행입니다. 그런데 어째서 절 현자라고 부르는 건가요?"

내가 묻자 그들은 의아한 표정을 지으며 대답해주었다.

"전승 중에 숲에 독기가 퍼졌을 때 현자님께서 나타나 푸른 빛으로 독기를 몰아내신다는 이야기가 있습니다."

하치족 일원이 조금 곤혹스러운 표정으로 말을 이었다.

"그리고 독기가 또다시 숲을 뒤덮을 때마다 현자나 제2, 제3의 새로운 현자가 나타난다고 전해 내려오고 있지요. 현자님께서는 전승대로 푸른 빛을 쏘아 독기를 제거하지 않으셨습니까?"

아무래도 내 전임 현자가 어지간히도 일을 크게 벌인 모양이다.

뭐가 제2, 제3의 현자냐. 무슨 엑스트라도 아니고……

"아쉽지만, 전 아직 수행 중인 일개 치유사에 불과합니다. 이번에는 하치족 여러분들과 교섭을 하려고 왔습니다. 여왕님께서 지치신 것 같던데, 혹시 지금 대화를 좀 할 수 있을까요?"

"예? 흠, 그럼 대신 왕자님인 하늘 님을 모시고 오겠습니다."

노인 하나가 그렇게 말하고서 상공에 있는 둥지로 날아갔다.

"그나저나 여왕님은 왜 붙잡힌 겁니까? 그리고 여러분들은 어째서 숲에서 달아나지 않은 겁니까?"

"여왕님을 내버려 두고 달아나다니 당치도 않아요. 그런 짓은 할 수가 없고, 생각해본 적도 없어요."

한 청년이 목소리를 높이자 모두가 여왕님이 얼마나 훌륭한지 말하기 시작했다.

"그쯤 해두세요."

늠름한 목소리가 들렸다. 여왕과 아까 그 노인, 그리고 조금 몸집이 큰 청년이 모습을 드러냈다.

눈앞에 있는 하치족 일원들이 길을 터주었다.

"현자님, 이번에 저와 마을을 구해주셔서 감사드립니다."

여왕은 그렇게 말하고서 고개를 숙였다. 그녀는 다른 하치족 일원과 달리 날개에 마력이 흐르는지 조금 반짝이고 있었다.

"어쩌다 보니 이렇게 되긴 했지만, 여하튼 여러분들을 구할 수 있어서 다행입니다."

"그런데 교섭하실 게 있으시다고요?"

"예. 제가 듣기로, 여러분께서는 벌꿀을 만드신다고 알고 있습니다."

"……예. 맞습니다."

아, 이런. 너무 갑자기 본론을 들이밀었나.

어떻게든 수습하지 않으면 양호한 관계를 쌓지 못할 것 같은 기분이…….

나는 우선은 내가 바라는 것부터 설명하기로 했다.

"실은 제가 자유 도시국가 이에니스의 지하에서 무언가를 하려고 계획 중입니다만……."

그리하여 나는 계획을 모두 털어놓고 하치족의 도움을 간청했다.

"그렇군요……. 흥미로운 이야기입니다만, 그건 아무리 마을을 구해주신 현자님일지라도 즉답을 드리기 어렵습니다."

"……그렇겠죠."

실제로 보지 않으면 알 수가 없으니 말만 듣고는 불안해질 만도 하지. 그 계획은 상식을 뒤집는 발상에서 비롯되었으니 즉답을 하지 못할 거라고 예상하기는 했다.

"그러니 우선 하닐과 수행원 몇 명을 이에니스로 데리고 가십시오."

"네?"

"현자님께서 거짓말을 하실 리는 없겠지요. 오히려 현자님의 계획이 실현 가능성이 있다면 저희가 부탁드리고 싶을 정도입니다."

설마 사람을 파견할 줄은 생각지도 못해서 자연스럽게 웃음이 새어 나왔다.

머릿속으로 삼고초려라도 할까? 아니면 선물 공세로 일단 친분부터 쌓을까? 등등 온갖 계획을 짜고 있었으니 이 결과는 정말로……

하치족이 지하 과수원 계획에 찬동해준다면 틀림없이 곰 수인족과 좋은 관계를 쌓을 수가 있다.

"그나저나 현자님께서 참 재미있는 생각을 하셨군요."

"그런가요?"

"예. 인족은 오만하기로 알고 있었는데, 솔직히 놀랐습니다."

아무래도 이전에 인간과 무슨 마찰이 있었나 본데, 이거.

하치족의 역사를 살펴봐야겠군.

나는 직감적으로 그렇게 느꼈다.

"다른 걸 여쭙겠는데, 여왕님께서는 어쩌다가 그런 일을 당하신 겁니까? 혹 슬라임에게 붙잡혀 계셨던 겁니까?"

"그건…… 지금으로부터 보름 전쯤이었습니다. 새벽에 와이번 한 마리가 이 숲 위로 지나갔는데, 그때 무언가를 이곳에 떨어뜨렸습니다."

"떨어뜨렸다니, 설마 그 위에 사람이 타고 있었다는 겁니까?"

"예. 와이번은 그대로 북쪽 하늘로 날아가 버렸습니다만, 그 광경을 본 마을 젊은이들이 떨어진 물건이 뭔지 확인하자 독기를 내뿜는 슬라임과 깨진 병이 있었습니다."

보름 전이면 내가 미궁에 갔을 때인가…….

"그 슬라임한테는 물리 공격이 전혀 통하지 않았습니다. 슬라임의 핵을 노리고 싶어도 색깔이 저래서 보이지가 않았지요. 할 수 없이 하치족에서 유일하게 마법을 쓸 수 있는 제가 바람의 마법으로 공격을 하려고 나왔습니다만, 그때 슬라임이 느닷없이 달려드는 바람에…… 그 뒤로는 기억이 없습니다."

하치족 노인이 뒤이어 말하기 시작했다.

"여왕님을 구하고자 불을 붙여보려고도 했지만, 여왕님을 방패로 내세우는 바람에 어쩔 도리가 없었습니다."

여왕을 방패로 삼았다니, 슬라임에게 지능이 있단 말인가? 아니면 방어 본능? 나는 라이오넬에게 물어보려고 했지만, 그도 뭔가 이상했는지 생각에 빠져있었다.

"슬라임은 서서히 덩치를 불리기 시작했고, 이윽고 독기로 마물을 만들어내기 시작했습니다. 그리고 어제부터는 언데드 마물까지 만들기 시작하는 바람에 저희는 그 전승대로 정령님께 기도할 수밖에 없었지요."

아, 신이 아니라 정령인가.

이 세계 사람들은 정령에 대한 신앙심이 상당히 독실하네.

그 전승을 남긴 선대 현자는 분명 전생자일 것이다. 그렇다면 현자의 이야기도 알아 둘 필요가 있겠군.

아, 이야기에 집중해야지.

"그래서 전승대로 우리가 왔다……로 이어지는 거군요. 그나저나 여왕님께서 용케 무사하셨네요. 언데드도 대부분 반쯤 녹은 상태로 돌아다니고 있던데. 슬라임에 닿으면 뭐든 녹는 게 아닙니까?"

"그건 이것 덕분입니다."

여왕이 부적을 하나 보여주며 그렇게 말했다. 어디선가 봤던 녀석인데?

"……뭡니까, 그게?"

"물의 정령님의 수호 부적입니다. 여왕가에 대대로 전해지는 수호 부적이죠."

여왕은 이 수호 부적을 소중하게 쓰다듬은 뒤 자기 몸에 붙였다.

물의 정령은 부적이 슬라임에게 서서히 녹아가는 모습을 보고, 자신을 신앙하는 하치족을 어떻게든 도와주고 싶었던 모양이다. 어쩐지 인간미가 조금 느껴지는걸.

"……그렇습니까."

여왕은 여왕대로 상심 중일 거다. 대대로 소중히 하던 부적이 녹아버렸으니까.

그나저나 물의 정령이 하치족을 구하기 위해 나를 부른 덕분에 여기서 슬라임을 처치할 수 있었다만, 이걸 그냥 모르고 놔뒀다면 이 숲은 물론이요, 덩치가 더 커져서 이에니스까지 들이닥쳤을지도 모르는 이야기다.

그렇게 생각하면 오늘 여기까지 끌려온 건 행운이라고도 볼 수 있다. 더구나 이걸로 하치족과 교섭을 할 계기를 만들 수 있었으니 결과적으로 평소처럼 호운 선생님께서 이끌어주신 셈이다. 일이 잘 풀렸으니 좋게 생각하자. 만약 그놈이 덩치를 키워 숲을 삼키고 독기를 내뿜었다면 모험가를 불러 유치한다는 계획이 통째로 날아갔을 거다.

일단 모험가 길드에 슬라임 건만 보고해둬야겠군.

그리고 언젠가 뭐가 되었든 물의 정령에게 앙갚음…… 아니면 무언가를 달라고 조르도록 하자.

그렇게 생각하니 마음이 조금 편해진 것 같은 기분이 들었다.

"오늘은 묵고 가실 건지요?"

여왕은 그렇게 말했지만, 그 머리 위에 있는 둥지에 들어가는 모습을 상상해보니 도저히 묵을 용기가 나지 않았다.

"모처럼 권해주셨지만, 이번에는 동료들이 기다리고 있어서 사양하도록 하겠습니다."

나는 웃으면서 거절했다.

"그렇습니까……. 그럼 약소하긴 하지만, 몇몇 답례품을 받아 주십시오."

여왕이 뒤를 돌아보자 수하들이 30L 정도 되어 보이는 술통과 야구공만 한 황색 수정옥을 나에게 건넸다.

"이 통에는 벌꿀이 담겨 있습니다. 그리고 이건 밀옥(蜜玉)입니다. 벌꿀이 담긴 통에 물을 넣은 뒤 이걸 그 안에 넣으시면 이튿날에는 맛있는 벌꿀주가 되어 있을 겁니다."

이 세계에는 술을 빚는 방법이 참 다양하구나. 음, 벌꿀주라……. 교황님께 바치도록 할까.

"감사합니다. 그런데 하늘 공과 그 수행원들을 며칠 뒤에 모시러 오면 될까요?"

"사정이 괜찮으시다면 지금 당장이라도 움직일 수 있습니다."

하늘 공은 그렇게 말한 뒤 수행원들과 함께 고개를 숙였다.

"저희는 상관없지만, 괜찮을까요?"

"예. 바깥세상을 볼 좋은 기회이니까요."

그야 교섭이라는 말을 듣고 여러 상황을 상정했겠지만, 벌써 떠날 준비를 벌써 해두었단 말인가?

"알겠습니다. 자제분과 수행원들을 잘 보살피도록 하겠습니다. 정기적으로 숲에 들를 테니 그때마다 자제분을 데리고 오겠습니다. 약속드립니다."

"잘 부탁합니다."

그리하여 우리는 하치족 부락을 뒤로했다.

하치족 부락에서 10분도 채 걷지 않는데 숲이 끝나는 지점이 보이기 시작했다. 저 앞에서 걱정스러운 시선으로 우리를 쳐다보는 일행들의 모습이 보였다.

"하치족 마을이 이렇게나 가까웠나?"

"이 숲에는 고위 요정이 살고 있어서 숲에 들어온 사람이 길을 헤매도록 하고 있습니다. 또한 물의 정령님께서 늘 결계를 쳐두고 계시지요."

내가 중얼거리자 하닐 씨 대답해주었다. 그런데 그런 내용을 쉽사리 알려줘도 되나?

"그렇군요……. 이 숲에서 길을 헤매면 돌아올 수 없다는 얘기도 꼭 틀린 말은 아니었군요."

"예, 그러니 사실 알 사람은 다 알고 있던 셈이지요."

아무래도 생각이 얼굴에 드러난 모양이다……. 아직 미숙하군.

우리가 야영지로 돌아오자 케티가 라이오넬과 몇 미디 니누디니 현 상황을 보고했다.

"이쪽은 아무런 문제도 없었다냥."

"다행이네. 이쪽은 여러 험한 꼴을 당하기는 했지만, 그 이상으로 유익한 인연을 맺을 수가 있었지."

그러자 케티가 라이오넬과 눈으로 신호를 주고받더니 곧 밀피네를 날카롭게 쏘아보았다. 나는 곧장 손을 들어 제지했다.

"배신한 것도 아니고 일단 용서했으니까 살살해."

"알겠다냥."

그리고 나는 하치족과 우리 일행을 서로 소개해주기로 했다.

"저들은 이번 사건으로 인연을 맺은 하치족 분들이야. 과수원 계획이 어떻게 될지 확인하시고자 직접 시찰을 나오셨어. 이번에 일이 잘 풀리면 대단히 큰 도움을 주실 거야."

"현자님 덕분에 목숨을 건진 하치족의 하닐이라고 합니다. 계획에 흥미가 있어서 동행하게 되었습니다."

하닐 씨가 자기소개하자 모두 고개를 끄덕였다.

"하닐 공과 수행원분들께 소개해드리도록 할게요. 저들은 형식적으로는 제 노예이긴 하지만, 실제로는 부하이자 수행원입니다. 그러니 함께 계획을 진행해나가는 동료라고 생각해주시면 좋겠습니다."

"노예라고요……? 아, 실례. 그런 인상은 조금도 느끼지 못해서."

"저 역시 저들을 노예라고 생각하지 않습니다. 저는 언제든 해방해주겠다고 이야기합니다만……."

"루시엘 님은 노예일지라도 인도적으로 대해주십니다. 저희도 루시엘 님을 줄곧 지키며 봉사할 작정이지요."

"역시 현자님의 노예로군요."

"……아니, 그게……. 다들, 나뿐만 아니라 하치족 분들도 호위해드려."

""""예.""""

이에니스까지 약간 거리가 있긴 하지만, 우리는 일단 가볍게 배를 채우고서 돌아가기로 했다. 식사를 마칠 무렵에는 해가 뉘엿뉘엿 지고 있었다.

나는 여기서 야영을 해도 상관없지만, 내부 사정이 어수선한 이에니스를 비워뒀다간 무슨 음모가 펼쳐질지 알 수 없었다.

"곧 주변이 캄캄해질 테니 경계하면서 나아가자."

""""예.""""

나는 출발하기 전에 만약을 위해 에어리어 배리어를 발동했다.

이에니스를 향해 한동안 나아가다가 하늘이 깜깜해지기 시작했을 때 잠시 휴식을 취하기로 했다. 나는 마법 주머니에서 폴라가 만든 라이트를 꺼내 마차에 달았다. 지구에서 쓰는 라이트와 비슷한 마도구다. 이 세계는 도로에 가로등이 없는지라, 밤중에 마물이 다가와도 알아채기가 어렵기에 혹시 몰라 만들어달라고 했던 건데, 생각보다 요긴하게 쓰고 있다. 역시 뭐든지 대비해두고 볼 일이다.

물론 우리가 적이 보이는 대신, 적도 우리 위치를 알 수 있다는 위험이 있긴 하지만, 어둠 속에서 기습을 당하는 것보다야 나으리라.

적의 기척이나 마력을 감지하거나 밤에도 훤히 보이는 스킬도 있는 모양이지만, 내게 없는 건 어쩔 수 없으니까.

참고로 폴라는 내가 마차에 라이트를 걸어두자 리시안에게 자랑하듯 라이트를 설명하기 시작했다.

아니나 다를까, 곧 리시안이 '마도구만큼은 절대로 당신한테 지지 않아요!' 하고 반박하기 시작했고 드란은 그들의 모습을 흐뭇하게 바라보았다. 그 상황이 어쩐지 우스웠다.

마도구 라이트가 길을 비춰준 덕분에 우리는 순조롭게 나아갈 수 있었다.

이에니스가 얼마 남지 않았을 때 라이오넬이 무언가를 발견했다.

"아무래도 누군가가 먼발치에서 감시하고 있는 것 같습니다."

"잘됐군. 라이오넬, 저들이 대표들이 보낸 감시자일까, 아니면 이에니스에서 추방된 반체제 수인족 사람들일까?"

돌스터 씨가 알려준 정보에 따르면 이에니스의 대표가 된 나를 탐탁지 않게 여기는 무리가 있다고 한다.

또한 그와 별개로 자유 도시국가 이에니스의 현 체제를 부정하고 대립하는 종족이 도적 행위를 벌이고 있다는 사실도 들었다.

"보인다냥. 말 수인족(켄타로스)과 마물인 것 같다냥."

"싸우고 있나? ……도와주는 편이 나으려나?"

"필요 없을 것 같다냥. 어려움 없이 처리하고 있다냥"

"그럼 문제없겠네."

"우리가 다가오는 걸 눈치챈 것 같다냥."

"그래……. 오늘은 아무 일 없이 끝났으면 한다만."

"아마도 오늘은 그저 지켜보기만 할 테지요. 내일부터는 습격에 대비를 좀 더 단단히 해야 할 것 같긴 합니다만."

"알았어. 각자 은밀하게 경계하도록. 만약에 전투가 벌어지더라도 죽지만 마."

""""예.""""

나는 앞으로도 험난할 것 같구나 하고 생각하면서 무사히 이에니스에 돌아온 걸 감사했다.

04 루시엘의 지하 개발 플랜

이에니스에 도착하자마자 나는 케핀 부대를 돌스터 씨에게 보냈다. 진척 상황을 확인하고, 정보를 공유하기 위해서다.

내가 치유사 길드에 들어가자 다들 기다렸다는 듯 나와 나를 맞이해주었다.

"조르드 씨, 돌아왔습니다. 뭐 특별한 일은 없었습니까?"

"아뇨, 딱히. 평소보다 곱절이나 되는 인원이 치유사 길드에 있었으니까요. 꽤 자유롭게 지냈습니다."

"뭔가 필요한 물품이 있으면 사양하지 말고 말해주세요."

"그렇다면 가끔은 조금 정크한 밥을 먹고 싶군요."

"하핫, 알겠습니다. 가까운 시일에 준비하도록 하죠."

"그런데 저들은?"

"제 계획을 도와줄 하치족 분들입니다."

"하치족? ……혹시 벌꿀로 유명한 그 하치족입니까?!"

"어라, 잘 알고 계시네요?"

"아니, 이건 모르는 게 더 이상한 건데요."

뭣이? 모험가 길드에서 공부했을 때는 그 어디에도 하치족에 관한 내용이 적혀 있지 않았는데…….

조르드 씨에게 하치족 분들을 소개해주고는 평소처럼 논의를 시작했다. 그 뒤에는 치유사 길드의 진척 상황을 확인하고서 곁에 라이오넬을 남겨두고 다른 사람들에게는 자유시간을 주었다.

야르보 부대는 지하 4층으로 향했고, 드란과 폴라, 리시안은 지하 3층으로 향했다.

바넬 부대는 나리아를 돕고 있다고 해서 그대로 놔두었다. 케티는 밀피네와 크레시아를 데리고 식당으로 향했다.

그리고 남은 나와 라이오넬은 하닐 공 일행과 함께 지하 1층으로 이동했다.

하닐 공을 비롯한 수행원들은 지하를 보고 큰 충격을 받았는지 입을 벌린 채 굳어버렸다. 뭐, 그럴 만도 하지.

"어떻습니까? 이 지하가 바로 그 계획을 실행할 예정지입니다."

"그저 놀라울 따름입니다. 설마 태양까지 있을 줄은……."

"저도 처음에 봤을 때는 놀랐죠. 설마 지하에 하늘을 만들 줄은 몰랐으니까요. 5층에 이르는 지하 공간 전부가 이처럼 되어 있습니다."

"눈으로 보고 있는데도 믿기지 않는군요. 지하인데도 공기가 맑고, 깨끗한 물까지 있다니……. 여기에 식물이 조금만 더 있다면 숲에 있는 것과 별반 다를 바가……."

수행원들도 고개를 끄덕였다.

"그렇게까지 평가해주시니 감사합니다. 아까 오는 길에서도 말씀드렸다시피 이 치유사 길드는 제 거처입니다. 허가를 받지 않은 자가 지하에 함부로 들어올 수 없으니 안심하고 생활을 보낼 수가 있지요."

"정말로 굉장해……. 아까 들었던 계획대로 추진된다면 꼭 협력하고 싶고요."

"감사합니다. 이미 이에니스 대표 회의에서도 슬럼가 개발을 비롯한 여러 사업을 추진할 수 있도록 허가를 해주었습니다. 저는 이 계획을 통해서 진심으로 이에니스 전체를 좋은 동네로 가꾸고 싶습니다."

우선은 하치족이 와준다고 했으니 계획을 조금 변경하여 진행하기로 했다.

뭐, 계획을 실행하려면 드란과 폴라, 그리고 엘프들의 협력이 필요하지만.

언젠가 이 지하 공간을 슬럼가 전역으로 넓힌 뒤 그 부지에 밭과 과수원을 꾸미며 이에니스를 풍족한 나라로 키울 생각이다.

"아, 그리고 하치족 분들을 잘 몰라서 그런데, 실은 이 계획에 식물을 잘 아는 곰 수인들도 참가시킬 생각입니다. 혹 문제가 있을까요?"

만약에 하치족이 싫다고 한다면 어쩔 수 없지만 곰 수인을 빼야 한다.

이미 하치족은 계획에서 빼놓을 수 없는 중요한 협력자이다. 돌스터 씨를 제외하고 계획 전체를 아는 유일한 종족이니까.

"문제없습니다. 곰 수인족 분들은 성격이 온후하다고 들었으니."

"다행이군요."

나는 하닐 공의 말을 듣고 안도했다.

예전에 멜라토니 모험가 길드에서 식물도감을 읽었을 때, 책에 사탕무나 사탕수수 같은 식물이 없다는 사실을 깨달았다. 나중에 따로 조사해보니 설탕을 만드는 나라는 일마시아 제국과 루브르크 왕국뿐이고, 이 두 나라가 설탕을 독점하고 비싼 값에 수출하고 있었다. 당연하다면 당연하겠지만, 설탕의 원료가 뭔지, 어떻게 만들었는지는 철저히 감춰져 있었다.

이에니스도 향신료나 약초를 키워 수출하고 있긴 하지만, 돌스터 씨의 말을 들어본 바로는, 그마저도 도매상이 가격을 후려쳐서 사고 있다는 이야기가 있었다.

물론 향신료 사업은 계속 유지해줬으면 좋겠지만, 가만히 있으면 낙관적인 미래를 보기는 힘들겠지.

그래서, 이때 필요한 게 바로 곰 수인족의 지혜다.

아직 예상이긴 하지만, 아마 하치족의 벌꿀을 교섭 재료로 내놓는다면, 식물에 정통한 곰 수인족을 움직일 수 있을 터. 그들이라면 설탕을 만드는 방법도 알고 있을 거다.

"다만 마음에 걸리는 게 한 가지 있습니다. 정말로 지하를 확장할 수가 있습니까?"

"예, 문제없습니다. 이미 공사 가능 여부를 확인하고 확장 작업을 조금씩 진행하는 중이지요. 아마 3개월 뒤에는 모든 공사가 끝나 있을 겁니다."

"아무래도 거짓말은 아닌 것 같군요……. 이야기를 들어보길 정말로 잘했습니다."

"그렇게 말씀해주시니 기쁘네요."

그 외에도 여러 좋은 방안을 궁리해냈다면 좋았을 테지만, 아쉽게도 내 머릿속에서는 지하를 활용하는 계획밖에 떠오르지 않았다……. 이건 말하지 않는 게 낫겠지.

그나저나 종족마다 타 종족을 어떻게 생각하고 있는지를 알아야 무슨 일을 할 수 있겠는데.

아니, 지금이라도 공부하면 되려나?

애당초 이 계획을 짜낸 이유는 종족마다 격차가 있다는 걸 알았기 때문이다. 나는 이에니스의 약자들을 구제하고 싶었다.

물론 이런 기회를 공짜로 줄 생각은 없다.

나는 만약의 사태에 대비하여 보안용 맹약을 받기로 했다.

이 계획을 발설하려고 하거나, 무언가에 적거나, 어떤 전달 수단으로 전하는 등 부정한 행위를 저지른다면 강제적으로 기절, 이후에 강제로 물체X를 마시고 싶게 만든다. 반대로 정보를 뱉으라고 협박을 당했을 때도 기절하지만, 이때는 물체X를 찾지는 않는다.

나도 이러고 싶지는 않지만, 권력자나 부자들이 약자를 구제하는 이 계획을 알게 된다면 반드시 방해하려 들 거다. 모두를 위험에 처하게 할 순 없다.

"지하에 과수원과 꽃밭을 만들면 우리가 벌꿀을 모아 정제하는 거군요. 이익 분배를 어떻게 할지는 얘기를 해봐야겠지만, 재미있을 것 같은 생각입니다."

아무래도 하닐 공이 내 계획에 큰 흥미를 품은 듯했다.

결정권은 하치족 여왕에게 있을 테지만, 담당자인 하닐 공이 어떻게 생각하는지 속내를 떠보기로 했다.

"하닐 공께서는 이 계획이 마음에 드시는 모양이군요. 만약에 움직인다면 언제쯤이 되실 것 같습니까?"

"글쎄요. 처음에는 테스트를 해봐야겠죠. 아무 빈 땅이든 상관없으니 꽃 씨앗을 약간 파종해도 되겠습니까?

하닐 공은 내 예상보다 이 계획에 더 의욕을 보이는 듯했다.

테스트가 잘 끝나면 세세한 조정 작업만 하면 되겠지.

"예. 식물과 친한 엘프와 땅을 잘 아는 드워프도 있으니 관리는 맡겨주십시오."

다만 불안 요소가 아예 없는 건 아니다.

이번 사건을 통해서 정령이라는 존재가 있다는 걸 알았고, 또한 그 정령이 노예 계약을 해제할 수 있다는 사실도 배웠다. 경계를 풀 수는 없다.

나는 모두가 이곳을 좋아할 수 있게 만들고 싶다. 이곳에서 일하는 것을 자랑스러워할 수 있도록. 그러기 위해서라도 기반을 단단히 다져둬야만 한다.

하지만 나에게 남은 임기는 약 1년. 그 후에는 어떻게 될지 모르겠지만, 만약에 이곳을 떠나게 된다면 신뢰하는 조르드 씨나 누군가를 이곳의 책임자로서 남겨둬야 할 거다.

아마 과수원 때문이라도 엘프들은 여기에 남아야 할 거다. 그때까지 자립을 해줬으면 좋겠는데. 가능하면 종업원으로 재고용하고 싶다.

실은 그것도 미리 손을 써놨다. 이미 치유사 길드에서 그녀들을 고용할 수 있도록 교황님의 허락까지 받아 놓은 상황이다. 그래도 결국 어떻게 할지를 선택하는 건 그녀들의 몫이지만.

이제 남은 건 그녀들이 이곳에 머물러도 후회가 없게끔 과수원을 더욱 가꾸는 것뿐이다.

"그런데 어째서 엘프들이 현자님의 노예가 되어 있는 겁니까?"

"어떤 사건을 계기로 노예상 하나가 야반도주를 했습니다. 사실상 버려진 노예들은 며칠 동안 먹지도 마시지도 못해 쇠약해진 상태였죠. 치유사 길드에서는 우선 그들을 보호하기로 했습니다. 물론 그 과정에서 노예 문양도 전부 지웠습니다만, 무슨 영문인지 다들 노예 신분으로 있기를 희망하는 바람에 결국 노예인 채로 보호하고 있지요."

"보호라고요?"

"아마도 제가 노예들을 좋게 대우한다는 걸 어디서 들었던 거겠지요. 혹은 목숨을 구해준 은혜를 느껴서 남았거나. 어느 쪽이든 저로서는 언젠가 자립해주었으면 합니다만."

나는 라이오넬을 쳐다봤다. 그러나 그는 씩 웃을 뿐이었다.

"그렇군요. 그리고 또 의문이 하나 있는데 물어봐도 되겠는지요?"

"예, 물론이죠."

"어째서 엘프를 빼고 둘이서 슬라임을 상대하신 겁니까?"

하닐 공이 진지한 얼굴로 물었지만, 나는 딱히 이렇다 할 대답이 없었다.

"으음……. 그건 대답하기가 어렵네요. 그녀의 역량이나 전투 방식을 잘 모르기도 했거니와 그때는 독기의 원흉을 찾는 게 더 시급하다고 생각했습니다. 설령 같이 있었다고 해도, 서로 손발을 맞추기는 어려웠겠죠."

"그래도 엘프는 정령 마법을 쓸 수 있지 않습니까? 말씀만 하시면 견제든 뭐든 활용할 수 있었으리라 생각합니다만."

"그랬을지도 모르죠. 하지만 적이 어떤 상대인지 모르는 상황이라면 저는 그런 선택을 하지 않습니다. 만약 그때 밀피네까지 있었다면 라이오넬은 두 사람을 지켜야 하는 상황이었죠. 실제로 저를 지키는 것만으로도 아슬아슬했으니, 그녀까지 있었다면 오히려 밀렸을지도 모릅니다. 전투에서는 한순간의 망설임이 생사를 가르니까요. 뭐, 둘이냐 셋이냐 이전에 저는 전투 자체를 피하고 싶습니다만."

"즉 실력을 얼마나 믿었느냐의 차이란 말씀입니까?"

"예. 여기 있는 라이오넬도 밀피네와 마찬가지로 노예이긴 하지만, 언제나 제 기대 이상의 성과를 보여주었기에 저는 그를 전적으로 믿고 있지요. 제가 먼저 노예에서 해제해주겠다고 말을 꺼낼 정도로 말입니다. 뭐, 당사자가 매번 거절하고 있지만."

"루시엘 님께 받은 은혜를 아직 갚지 못했으니까요."

이미 치른 돈 이상의 이득을 본 것 같은데.

"먼저 제안을…… 그렇군요. 역시 현자님은 이야기로 듣던 인족과는 다른 분이라고 생각하는 게 좋을 것 같습니다. 인족은 노예를 험하게 다루어 자유를 착취하는 것을 기뻐하는 종족이라고 들어왔기에."

하닐 공의 말을 들으니 평소에 인족이 노예를 어떻게 다루고 있는지 알 것 같았다.

그러나 좋은 소문보다는 나쁜 소문이 더 널리 퍼지는 법이고, 또 기억 속에 오래 남는 법이다. 나는 하닐 공에게 앞으로도 내

기준대로 노예를 대할 생각이라는 걸 전했다.

"저는 노예를 어떻게 다루는 건지 잘 모릅니다. 노예를 다루는 교본 같은 게 있는 것도 아니니까요. 바닥에서 밥을 먹는 노예를 보며 기뻐하는 것 자체를 이해 못 하겠습니다."

"그렇군요."

"범죄 노예마저 그렇게 우대할 생각은 없습니다만, 다른 노예들은 어떤 사정이 있어서 어쩔 수 없이 노예가 되었다고 생각합니다. 어떤 인연이 있어서 제 노예가 되었으니 그들이 절망하는 표정보다는 웃으며 열심히 일하는 얼굴을 보고 싶은 게 당연하지 않을까요? 뭐, 라이오넬은 늘 무르다고 지적하긴 하지만."

내가 임기를 마치고 만약 이에니스를 떠나게 된대도 라이오넬과 케티만 데리고 갈 수는 없을 것이다.

그때까지 이곳에 그들을 위한 삶의 터전을 마련해준다면 뒷일은 조르드 씨에게 맡겨두면 어떻게든 해줄 테지. 그게 싫다면 노예 문양을 지워서 이곳에 남든가 아니면 자유롭게 떠날 수 있도록 해줄 생각이다.

그래도 내가 해줄 수 있는 건 조금 도와주는 것뿐이다. 결국은 본인들 하기에 달렸다.

"정말로 이야기 속에 나오는 현자님처럼 말씀하시는군요."

하닐 공이 그렇게 말하고서 웃었다.

그 뒤로 지하에 관한 설명을 끝내고서 나는 그들을 길드 마스터의 방에 들였다. 그리고 일정, 어떤 꽃과 과일의 씨앗을 파종할지, 그리고 숲에서 어떤 과수를 가져올지 등을 의논했다.

＊

　그 무렵 케티의 손에 이끌려 식당에 온 밀피네와 크레시아는 어째서 의도적으로 루시엘과 라이오넬을 무리에서 떨어뜨렸는지 추궁을 받고 있었다.

　"밀피네, 넌 루시엘 님과 라이오넬 님을 위험에 빠뜨렸어. 알고 있지?"

　"결과적으로 그렇게 되었으니 진심으로 죄송합니다. 정령님께서 내리신 계시가 루시엘 님을 위한 길이라 생각했습니다."

　"흐음……."

　케티는 결백을 주장하는 밀피네를 차가운 눈으로 쏘아보다가 이번에는 크레시아를 쳐다봤다.

　"히익. 뭐, 뭐죠?"

　"왜 거짓말이라고 하지 않았지? 그건 리시안도 마찬가지다만……."

　크레시아는 두려운 나머지 곧바로 입을 열었다.

　"루, 루시엘 님을 위한 일이라고 해서요."

　"정령이 그러던?"

　"예. 루시엘 님이라면 쉽게 해낼 수 있다고 말씀하셨어요."

　케티는 크레시아를 주의 깊게 관찰했지만, 그녀가 거짓말을 하는 것처럼 보이지 않았다.

　다만 거짓말을 했느냐 안 했느냐가 문제가 아니었다. 이건 감정의 문제였다.

"천하의 라이오넬 님이 싸우다가 그만큼을 다치셨다고! 그게 뭐가 간단해! 밀피네, 무슨 일이 있었는지 전부 다 말해!"

"아, 예."

밀피네는 케티에게 하치족 마을에서 무슨 일이 있었는지 소상하게 말했다.

케티는 그녀의 말을 가만히 들으면서도 자기 자신을 원망하고 있었다.

(이야기가 사실이라면 내가 따라갔다 하더라도 별 도움은 되지 않았겠지. 그래도 라이오넬 님을 위험에 빠뜨린 그 물의 정령만은 용서 못 해.)

정령 신앙이 두터운 엘프와 달리 수인은 신앙심이 거의 없다. 그리고 그건 케티도 예외는 아니었다.

다만 케티는 사람이 무언가를 신앙함으로써 정상적인 마음을 유지한다는 사실을 알고 있었기에 타인의 신앙에 대해 참견한 적이 없었다……. 지금까지는.

"너희는 앞으로 또 같은 일이 벌어지면 어떻게 할 생각이야? 또 정령의 계시를 맹목적으로 따를 셈이야?"

"…………."

"그때가 되어봐야 알 것 같아요. 적어도 상담할 수 있다면 그렇게 하고 싶은데……. 우리 엘프는 정령님을 향한 신앙심이 옅어지면, 기억도 옅어진다는 교육을 받고 자라온지라 장담을 할 수가……."

밀피네가 침묵하자 크레시아가 대신 대답했다.

그러나 케티는 정말로 대답을 듣고 싶었던 것이 아니었다. 맹목적으로 따르기만 하는 것이 과연 옳으냐는 의문을 두 사람의 마음속에 싹트게 하려는 속셈이었다.

케티는 두 사람을 줄곧 노려보았다.

어쩐지 밀피네가 아직도 무언가를 감추고…… 있는 것 같은 느낌이 들었다.

"그래……. 그런데 밀피네, 지금 넌 노예가 아니잖아? 이런 사건을 벌여놓고 왜 또 루시엘 님의 노예가 되려고 하는 거지? 네 실력이라면 모험가 일을 할 수도 있을 텐데?"

"그건…… 절 구해주신 은혜를 갚고 싶어서요."

케티가 묻자 밀피네는 그녀를 똑바로 보며 대답했다.

"그래? 그럼 네 선택은 정령과 아무런 연관이 없겠네?"

케티는 날카로운 눈빛을 쏘며 또 물었다.

"저는 그렇게 생각합니다……. 정령님과는 관계없습니다."

케티는 밀피네가 고개를 들었을 때 어떤 각오를 엿본 듯했다.

그렇기에 케티는 확실하게 다짐을 받아두기로 했다.

"그 대답과 정령이 아무런 관계가 없기를 바라. 말해두는데, 너희와 달리 나는 정령에 대한 신앙심이 없어. 너희더러 그 신앙심을 버리라고 하진 않겠지만, 다음에 또 이런 일이 있으면 그게 정령의 계시라고 할지라도 배신자로 보고 가차 없이 벨 거야. 그게 싫으면 정령과 잘 상의해 봐."

케티는 그렇게 말하고서 식당을 나갔다.

그녀의 모습이 식당에서 완전히 사라졌을 때 크레시아가 입을 열었다.

"케티 씨가 원래 저렇게 무서운 분이었나요?"

"글쎄……. 하지만 케티 씨는 진심일 거야. 우리가 루시엘 님을 배신한다면 그게 정령님의 지시였든 아니든 진짜 베려 하겠지."

"그럴 수가……."

어딘가 어리숙하고 상냥했던 케티가 평소와 다른 날카로운 눈빛에 크레시아가 몸을 떨었다. 하지만 정말 죽을 것 같은 건 밀피네 쪽이었다. 사실 물의 정령이 밀피네에게 내린 계시는 하나가 아니었다. 루시엘이 용신의 무녀보다 정령왕의 가호를 받은 여성과 먼저 만나게 하라는 두 번째 계시가 있었던 것이다.

정령의 단호한 명령을 받은 밀피네는 울고 싶었지만, 그래도 루시엘을 배신하지 않는 범위에서 정령왕의 가호를 받은 여성을 찾자고 마음먹었다.

*

이튿날 아침, 어제 얻은 마석을 드란과 폴라에게 몽땅 넘겨준 뒤 지하 3층을 슬럼가 아래까지 파달라고 부탁했다. 이미 돌스터 씨와도 이야기를 끝내놓았다.

다만, 돌스터 씨는 지하가 넓어지는 그림을 상상할 수 없었는지 미묘한 표정으로 도시에 해가 가지 않는 한 마음대로 하라고 했다.

"슬럼가에서 지하로 내려올 수 있는 입구도 만들면 좋겠지만, 아직 밖에 알릴 수 없으니 그건 안 되겠지. 우선은 여기 계신 하닐 공과 의논하면서 구역을 정리해줘."

"알겠소. 곧바로 파기 시작하지."

"난 땅을 다질게."

"하닐 공은 궁금한 게 생기면 드란에게 무엇이든 물어보시면 됩니다."

"고맙습니다. 잘 부탁합니다."

""으음(끄덕).""

아, 이 두 사람은 원래 말수가 별로 없지 참.

나는 할 수 없이 세 엘프를 붙이기로 했다.

"크레시아, 리시안, 밀피네는 하닐 공의 의견을 들으면서 어디에 어떤 씨앗을 뿌리면 좋을지 의논하고, 그리고 그 내용을 양피지에 정리하여 나중에 보여줘."

"""예."""

나는 아침을 먹기 전 세 사람을 불러 정령의 계시를 받으면 나에게 반드시 보고한다는 맹약을 추가하기로 했다. 일단 어제 케티를 통해서 미리 전하기는 했지만 한 번 더 못 박아 둘까.

그런데 막상 그 이야기를 꺼내자 리시안은 어제 폴라와 마도구 제작에 빠져있던 탓에 케티의 이야기를 듣지 못했는지 놀라서 울먹이기 시작했고 크레시아는 대체 무슨 일이 있었는지 겁에 질려 바들바들 떨기 시작했으며, 밀피네는 갑자기 나에게 사과를 해대기 시작했다.

대체 케티가 어떻게 설명을 했길래?

다만 노예는 강제로라도 맹약에 반드시 따라야만 한다. 나는 원치 않는다면 지금이라도 노예에서 해방해주겠다는 말을 덧붙였지만, 또 세 사람 모두 거부했다.

그래서 나는 맹약을 다시 설정하면서 그녀들이 맹약을 파기할 경우 나와 관계가 끊어지도록 만들었다. 이제 그녀들이 맹약을 어기면 노예 문양도 자동으로 사라진다. 나는 그녀들이 다시 배신하지 않을 거라 믿고 싶었다.

그녀들의 노예 문양이 남아 있는지는 케티와 나리아가 비정기적으로 확인하도록 했다. 다만, 이조차도 정령이 풀어버릴 가능성이 없진 않기에 나는 그녀들에게 연대책임을 물리기로 했다. 이 중 누군가가 배신을 하면 셋 모두 노예상에게 팔아버리겠다고 하면서.

뭐, 이렇게까지 말해 놨으니 괜찮을 것 같기는 한데…….

어제 그런 사건을 겪은 나는 라이오넬과 케티를 불러 정령과 엘프의 특성을 물어보았다. 아무래도 정령의 힘이라면 노예 계약을 지웠다가 되돌리거나, 그녀들의 기억을 조작한 후에 접근할 가능성도 있는 모양이다.

엘프를 상대할 때는 여러모로 생각하고 움직여야 할 것 같다.

참고로 어제 그녀들을 케티에게 맡겨놓은 건 케티의 의견이었다. 케티는 내가 화난 것처럼 보이게 하는 게 좋을 것 같다면서 솔선해서 악역을 맡았다.

케티가 그녀들에게 듣기로는 정령 신앙이 깊지 않은 자에겐 정령도 직접 간섭할 수 없으며, 당연히 노예 계약도 손대지 못한다고 했다는데, 그런 엘프가 있긴 할까?

신앙심이란 나이를 먹을수록 깊어지게 되어 있다.

밀피네만 해도 200살이 넘는데 오죽하겠는가.

애초에 엘프에게 정령은 그만큼 특별한 존재다. 사람이 주신 클라이야 님을 신봉하며 마법을 쓰듯, 엘프도 정령 마법을 사용하니까.

게다가, 나는 그녀들과 만나 이제 겨우 열흘 남짓일 뿐이다. 수십 년, 어쩌면 수백 년 가까이 신앙을 받쳐온 정령을 더 따르더라도 놀랄 일은 아니리라.

어제 그녀들에게 나 대신 화를 냈던 케티라도 라이오넬에게 명령을 받는다면 똑같이 움직일 거다. 나랑 라이오넬 중 누굴 우선할지는 안 봐도 뻔한 이야기다.

내가 납득할지는 둘째 치더라도 말이다.

멜라토니에서 살았을 때는 이런 고민을 하지 않아도 되었는데…….

세 엘프는 이 과수원과 벌꿀, 벌꿀주 공장에 꼭 필요한 인재다. 부디 내게 등을 돌리지 않기를 바랄 뿐이다.

그래도 안 된다면 그때는 어쩔 수 없겠지만.

나는 너무 얽히지만 않으면 괜찮겠지 하고 개의치 않기로 했다.

그나저나 아까부터 케티가 계속 입으로만 웃고 정작 눈빛이 너무 날카로운데.

설마 라이오넬이 다쳐서…… 내가 너무 과민한 거겠지?

오늘 아침에 웃으며 "아주 단단히 가르쳐주고 왔다냥~" 하고 말했을 때는 등골이 오싹했다. 자기 말처럼 틀림없이 그렇게 했겠지.

나는 멜라토니에서의 생활을 그리워하며 새로 지시를 내렸다.

"나리아는 노예 아이들한테 글을 읽고 쓰는 법과 일반 상식을 알려줘."

"예."

최근에는 나리아가 종종 '루시엘 님도 함께 어떠십니까?' 하고 나에게도 공부 모임을 권하기 시작했다. 멜라토니에서 상식은 제대로 배웠는데 말이지…….

"케핀 부대는 치유사 길드 주변을 순찰하고, 야르보 부대와 바델 부대는 조심스럽게 반대 세력을 찾아봐 줘."

""""예.""""

대답들이 아주 힘차네.

그들이 진심으로 갱생해주길 바라면서 라이오넬과 케티에게 말을 걸어 출발하기로 했다.

"라이오넬, 케티, 우선은 곰 수인족을 만나러 가자."

""""옙(냥).""""

지하에서 올라오니 조르드 씨가 있었다. 그와 대화를 나눈 뒤에 치유사 길드에서 출발하기로 했다.

"조르드 씨, 치유사 길드를 완전히 맡기고 있긴 하지만, 필요한 일이나 물건이 있으면 언제든지 말해주세요. 마도구에 관련한 문제는 드란과 상의하면 해결할 수 있을 겁니다. 그리고 밖에 나갈 때는 꼭 기사 두 명과 동행하고요."

"알고 있습니다. 하지만 가끔은 자유롭게 쇼핑을 하고 싶군요."

"치안이 하루빨리 개선될 수 있도록 노력할 테니 그때 함께 쇼핑을 나가도록 하죠."

"기대하고 있겠습니다."

"그럼 다녀오겠습니다."

"치유사 길드 일은 맡겨주십시오."

그렇게 대화를 나눈 뒤 나는 치유사 길드를 나섰다.

치유사 길드를 나온 뒤에는 나를 최대한 알리기 위해서 주민과 만날 때마다 인사를 했다. 그러자 그들도 인사를 제대로 받아주었다. 이런 예의가 중요하다는 걸 새삼스레 깨달았다.

거리에서 습격을 당하거나 도난 사건이 한 해에 몇 번이나 있지는 않을 테니, 올해는 나를 비롯한 치유사 길드도 더 무슨 일을 당하지는 않을 거다.

그런데 케핀이 그 말을 듣자 시원찮은 표정으로 모험가들을 조심하라고 충고했다. 뭐, 라이오넬이 있으면 괜찮겠지.

언젠가 이에니스 전체를 커버할 수 있게 된다면 재밌을지도 모르겠다. 하지만 그건 늑대 수인족과 용인족의 일에 간섭하는 거나 마찬가지니 실현은 어렵겠구나.

그런 생각을 하면서 곰 수인족이 사는 구역까지 걸었다.

그런데 곰 수인족들이 내 모습을 보자 건물 안으로 숨어버렸다. 나는 라이오넬과 케티 쪽으로 시선을 돌렸지만, 두 사람 모두 이

상황을 이해하지 못하는 눈치였다.

하는 수 없이 이곳의 대표인 브라이언 씨네 집으로 향했더니 집 앞에서 사납게 생긴 호랑이 수인족들이 무언가 대화를 나누고 있었다.

일단 여태껏 그래왔던 것처럼 인사를 해봤다.

"좋은 아침입니다."

내 인사를 듣고 나서야 내가 온 걸 알아차렸는지 그들은 화들짝 놀라더니 대충 고개를 끄덕이고는 바람같이 사라졌다.

"라이오넬, 왜 저러는 것 같아?"

"낌새가 좋지 않군요. 케핀 부대에 뒤를 캐보라고 하는 게 좋을 것 같습니다."

"라이오넬 님, 오늘은 야르보 부대가 호위 임무를 맡고 있으니 그냥 야르보 부대에 맡겨두면 된다냥."

골똘히 생각하고 있는 라이오넬 옆에서 케티가 웃으면서 대답했다.

"야르보 부대에는 바델 부대와 함께 반대 세력을 찾아보라고 지시해뒀는데."

"반대 세력을 찾는 도중에 수상한 인물을 먼발치에서 발견하면 조심스럽게 쫓아가라고 지시를 해두었다냥."

그런 것도 할 수 있어? 인술을 배웠다더니, 대단하군.

그런데 케티가 그들에게 지시를 내렸다고? 평소 모습만 보면 상상이 잘 안 되는데.

"그래서 뭐 알아낸 게 있어?"

"말 수인족을 잠깐 조사해봤더니 호랑이 수인족과 연결이 있었다냥."

지시를 내린 지 얼마 되지도 않았는데 벌써 그런 정황을 잡은 건가……. 아니, 정황은 돌스터 씨가 알려줬을지도 모르겠지만, 조사를 벌써 끝마쳐두다니. 역시 케티는 아주 우수한 인재다.

"그렇구나. 하지만 그런 정보를 알아냈다면 일단은 보고해줬으면 좋겠어."

"……유념하겠다냥."

케티가 웃으면서 시선을 돌렸다.

이런 사소한 대화가 어쩐지 위안이 되었다.

"그럼 호랑이 수인족이 무슨 일로 왔는지 들으면서 교섭을 개시해보도록 할까."

나는 호랑이 수인족이 있던 집 문을 노크했다. 그러자 갑자기 문이 힘차게 열렸다. 라이오넬이 문을 막아준 덕분에 나는 무사했지만…….

"으갹!?"

대신 문 안쪽에 있던 인물이 다친 모양이다.

라이오넬이 문을 서서히 열자 머리를 감싼 채 눈알을 돌리고 있는 곰 수인의 모습이 보였다.

"이분은 브라이언 공 아닙니까?"

용케도 알아봤네.

라이오넬의 뜻밖의 일면을 보면서 이내 브라이언 공에게 힐과 함께 혹시 몰라서 리커버도 건 뒤에 상대를 지켜보기로 했다.

회복된 브라이언 공이 눈을 뜨고 우리를 쳐다봤다. 그는 겸연쩍어하면서 우리를 집 안으로 들였다.

"어쩐지 바쁘신 것 같은데요?"

"……부끄러운 이야기입니다만, 저희는 인원이 적어서 여러모로 일이 많거든요."

브라이언 공이 힘없이 웃었다.

아무래도 무언가에 쫓기고 있는 것처럼 보였다. 예전에 인사했을 때는 느끼지 못했지만, 조금 야윈 듯했다.

"그런가요? 괜찮다면 절 믿고서 얘기해주실 수 없는지요?"

그러자 순간 그는 환한 표정을 지었지만, 이내 얼굴에 다시 그늘이 드리워졌다.

"……루시엘 공이 현재 이에니스의 대표가 된 건 물론 알고 있습니다. 하지만…… 이건 종족 사이의 문제이니 부디 이해해주셨으면 좋겠군요."

브라이언 공은 그렇게 말했지만, 호랑이 수인과의 상하 관계를 은연중에 폭로해버렸다는 걸 모르는 건가?

협박 혹은 무언가 강요를 받은 것이 틀림없다. 뭐, 무언가 약점을 잡혔다면 어쩔 수 없겠지만, 왜 곤혹스러워하는 건지 알려주지 않는다면 도울 방도가 없다.

하지만 말로 설득해도 털어놓을 것 같진 않았다. 쉽게 풀지는 못하겠군.

"그렇습니까? 그럼 이번에는 그냥 돌아가도록 하지요."

나는 웃으면서 브라이언 공에게 그렇게 말했다.

"……뭔가 할 얘기가 있어서 온 것이 아닙니까?"

"그렇긴 하지만, 신뢰 관계를 더 쌓지 않으면 역시 벌꿀……."

"……?! 루시엘 님!"

"크흠……. 이야기는 신뢰 관계를 더 쌓은 뒤에 하도록 할게요."

다시 웃고서 일어서려고 하자 브라이언 공이 초조한 목소리로 말했다.

"버, 벌꿀이라 하셨지 않으셨습니까?! 그 벌꿀이 어떻다는 겁니까?!"

"쉿. 이건 중요한 내용이니 조용히. 신뢰 관계를 더 쌓은 뒤에 여러모로 얘기해드리도록 하죠."

나는 코앞에서 검지를 세운 뒤 좌우를 확인하며 목소리를 낮췄다.

"아니, 잠깐만. 대체 무슨 소립니까?"

그러자 브라이언 공도 덩달아 목소리를 낮췄다.

"으~음."

나는 고민하는 척하면서 100mL짜리 작은 병을 꺼내 브라이언 공에게 건네려다가 멈췄다.

"그, 그건 설마!"

"예. 벌꿀입니다. 절 믿을 마음이 들었다면 치유사 길드까지 와주십시오."

나는 그렇게 말한 뒤 브라이언 공에게 벌꿀이 담긴 작은 병을 건넸다.

브라이언 공은 떨리는 손으로 병마개를 연 뒤 벌꿀을 손에 흘리고는 핥았다.

그 순간 브라이언 공은 눈을 번쩍 뜨고서 몸을 격렬하게 흐느적거리더니 갑자기 병마개를 단단히 닫은 뒤에 현관 밖으로 뛰쳐나갔다. 직후 브라이언 공의 몸이 번쩍이는가 싶더니 펑, 하는 소리와 함께 '쿠마!!' 하고 엄청난 괴성을 질렀다.

"예전에 봤을 때 보다 더 커진 것 같은데……."

"참 다양한 수인들이 있군요."

"깜짝 놀랐다냥."

나는 새삼 벌꿀을 먹었다는 사실을 다른 종족에게 들키지 않았는지 걱정되기 시작했다.

하지만 한참 기뻐하는 브라이언 공에게 차마 비밀로 해달라고 다짐을 받아둘 수가 없어서 그가 돌아올 때까지 얌전히 기다리기로 했다.

그러나 브라이언 공의 초거대화는 5분이 지났는데도 가라앉지 않았다. 결국 늑대 수인과 용인들로 구성된 경비원들이 찾아와 무슨 일이냐고 물었다. 남아 있던 벌꿀을 보여주며 설명하자 고개를 끄덕이며 돌아갔다.

그나저나 경비원들이 너무 쉽게 돌아갔는데? 브라이언 공은 평소에도 일을 자주 저지르고 다니는지도 모르겠다……. 나는 그렇게 생각하며 머리를 싸쥐었다.

결국 브라이언 공은 30분이 지나서야 원래대로 돌아갔다.

브라이언 공은 몸이 원래대로 돌아오자 바닥에 엎드려 나에게 절을 하기 시작했다. 가뜩이나 작은 몸이 웅크리는 바람에 더 작아 보였다.

참고로 수인들이 이런 절을 알고 있는 건 현자님의 여파라는 모양이다. 이쯤 되면 그 현자라는 사람은 전생자가 확실하지 않을까?

"저기, 벌꿀을 한 번 핥고 갑자기 커지시는 바람에 좀 놀라긴 했습니다만, 화가 난 것은 아니니 어서 고개를 드세요."

"무슨 말씀입니까? 그토록 품질이 좋고, 깨끗한…… 심지어 마력까지 담겨 있는 벌꿀은 처음 먹어봤습니다. 곰 수인족이라면 이 벌꿀 앞에서 평생 충성을 맹세하는 게 당연하죠."

그 정도로 좋은 벌꿀이라고? 하치족 돕기를 잘했군.

벌꿀이 희소한 줄은 알고 있었지만, 설마 곰 수인족의 마음을 이토록 사로잡을 줄은 몰랐다.

이제는 계획에 동참해주겠지.

나는 기회다 싶어 아까 그 호랑이 수인이랑 무슨 일이 있었는지 슬쩍 물어보았다. 그러자 처음에 보이던 태도는 어디 갔는지 술술 이야기를 했다.

"현재 이에니스에는 열 종족의 수인들이 살고 있습니다만, 원래는 열네 종족이 살고 있었습니다."

"열네 종족이었다고요? 나머지는 어디에 있는 겁니까?"

"소 수인족과 말 수인족은 이에니스에서 동쪽, 블랑주 공국 인근 숲에서 모여 살고 있다고 들었습니다. 코끼리 수인족은 성 슈를 공화국 인근 숲에서 살고 있다고 들었고요. 원숭이 수인족은 서쪽 공백 지대로 향했다는 얘기를 듣긴 했는데, 자세한 건 모릅니다. 이 네 종족은 각자 이유가 있어 이에니스에서 추방당했습니다."

"으음……? 대표 회의에서는 이에니스에 얽매이지 않고 힘을 과시하고 싶은 종족들이 자기 영역을 만들었다는 식으로 얘기하던데요?"

브라이언 공은 고개를 가로저으며 입을 열었다.

"머릿수가 적거나, 거듭되는 전투에 치여서 내몰린 겁니다. 누가 좋아서 마물이 활보하는 곳에 마을이나 부락을 만들겠습니까? 추방당한 거나 마찬가지죠."

"혹시 아까 그 호랑이 수인들은 브라이언 공을 비롯한 곰 수인 족을 내쫓으려고 하는 겁니까?"

"아뇨, 루시엘 님에게 협력하지 마라, 지금까지 그래왔던 것처럼 약사 길드에 약초를 납품해라, 이 사실을 다른 종족한테는 말하지 말라고 요구했습니다."

"만약에 그 약속을 깨면요?"

"말 수인족한테 그랬던 것처럼 해코지하겠지요."

무슨 짓을 당했는지는 무서워서 차마 물을 수가 없었다.

그나저나 샤자도 그랬지만 늘 호랑이 수인이 말썽이군.

물론 호랑이 수인이 다 그런 건 아니겠지만, 그들도 수인이지 짐승이 아니니, 약육강식 운운하면서 안 그래도 적은 인구를 줄이는 짓은 좀 그만뒀으면 좋겠다.

어쩐지 용인족과 달리 음험한 구석이 있는 것 같네.

"곰 수인족 여러분들은 현재 생활에 만족하고 계십니까?"

"우리는 그렇게까지 강한 종족이 아닙니다. 마물이 습격하지 않는 도시 안에서 살 수 있는 것만으로도 만족해야……."

그의 모습에서 엄청난 비애가 느껴지는데…….

"만약에 종족 구성원 모두가 현재 생활보다 더 안전하고, 쾌적하게 살 수 있다면 이주할 생각이 있습니까?"

"그런 꿈 같은 곳이 정말로 있다면 그러겠죠."

"알겠습니다. 내일 밤에 사람을 보낼 테니 그자를 따라서 치유사 길드까지 와주십시오. 일단 들어오기 전에 비밀을 지키겠다는 맹약을 해주셔야겠지만, 곰 수인족 분들한테 해가 되는 일은 없을 테니 걱정하지 않으셔도 됩니다."

"루시엘 공, 아니 루시엘 님, 부디 곰 수인족을 잘 부탁드립니다."

상당한 압력을 받고 있었던 모양이다.

브라이언 공은 다시금 고개를 깊숙이 숙이며 부탁했다.

"일단은 눈으로 직접 보고 나서 정할 일이긴 하지만, 앞으로 함께 노력해나가죠."

우리는 브라이언 공의 배웅을 받으며 그곳을 떠났고, 그길로 모험가 길드로 향했다.

가는 도중에 라이오넬과 케티에게 의견을 묻기로 했다.

"그래서 어떻게 생각해?"

"브라이언 공을 비롯한 곰 수인족을 계획에 넣는 건 거의 성공해도 봤다고 될 겁니다. 허나 틀림없이 반발이 생길 테죠. 특히 호랑이 수인족과 충돌하게 될 겁니다. 권력과 부를 모두 틀어쥐고서 놓지 않을 테니.”

라이오넬이 말하자 나는 고개를 무겁게 끄덕였다.

“아마 누군가를 단죄해야 할 수도 있다냥.”

케티는 생긋 웃으며 말했지만, 오늘따라 어쩐지 언짢아 보였다.

어제 일을 아직도 끌고 있을 것 같진 않으니, 싸우는 걸 좋아해도 남의 목숨을 빼앗는 건 싫어하거나 그런 걸지도 모르겠다.

“물론, 그러지 않고 넘어가는 게 가장 좋겠지만, 어쩔 수 없는 상황이 올 수도 있으니까. 만약 그렇게 되면 이에니스의 파워밸런스는 어떻게 되려나?”

“이에니스는 모험가가 모여드는 미궁도시 그란돌처럼 사람들이 따를 기본 체제를 쌓아야 하는 상황입니다. 그게 앞당겨지느냐 밀리느냐 정도의 차이일 거라 봅니다.”

라이오넬은 선선히 그란돌의 정치 체제를 말했다. 이거 머지않아 두 사람의 과거를 듣는 날이 올지도 모르겠는데.

그때까지는 믿음직한 호위로서 도와줬으면 좋겠다만.

“루시엘 님은 할 수 있는 일을 하는 거다냥. 무슨 일이 있든 라이오넬 님과 내가 뒤에서 받쳐주겠다냥.”

“그래. 아주 든든하네.”

내가 솔직하게 말하자 두 사람은 서로의 얼굴을 보고 웃으며 입을 열었다.

“갑자기 낯이 간지럽군요.”

“……오늘 두 번째로 놀랐다냥~.”

“자, 가자.”

두 사람을 비롯해 그 노예상이 데리고 있던 노예들은 하나같이 뛰어난 것 같단 말이지. 뭐, 노예상에게 고마워하고 싶지 않으니 호운 선생에게 고마워해야겠다.

05 현자의 과거와 불온한 소문

모험가 길드에 도착하여 안으로 들어가니 모든 시선이 이쪽으로 쏠렸다. 잠시 뒤 여기저기에서 목소리가 들렸다.

"용살자다."

"용인(드라고뉴트)의 사역자가 왔어."

"지옥의 고문자라니까?"

"물체X의 총애를 받는 자라는 말도 있던데."

"어? 노예 마니아 아니었어?"

용살자는 그렇다 쳐도, 그 뒤에 나온 단어들은 이상하지 않나? 마지막에 나온 노예 마니아는 뭐야? 내가 원해서 이렇게 늘린 게 아니잖아. 내가 아무리 둔감하다고 해도 그런 소리를 들으면 눈물이 날 거라고.

주변에서 들리는 목소리를 마음속으로 일일이 부정하면서 접수처로 향했다.

'용살자'가 된 뒤로 2주일이나 넘게 지났는데도 나는 아직도 뜨거운 주목을 받고 있었다.

치유사가 '용살자'가 되는 게 그렇게나 드문 일인가?

그런 생각을 하면서 접수처 고양이 수인에게 말을 걸었다.

"안녕하세요. 고더스 공이나 자이어스 공과 만나고 싶습니다만."

"자, 잠시만 기다려주세요."

고양이 수인이 황급히 계단을 뛰어 올라갔다.

이내 고더스 공이 창백해진 얼굴로 땀을 비 오듯이 흘리며 나타났다.

"고더스 공, 그렇게 하얗게 질려서 나오면 저도 상처받는다고요. 그땐 제가 너무 화가 나서 물체X를 먹였을 뿐이지, 그 후에 반성하고 저도 같은 걸 마시지 않았습니까?"

그러자 뒤에서 '잔인하다'든가 '악마'라든가 하는 소리가 날아들었다. 그러나 라이오넬과 케티가 노려보자 뚝 그쳤다.

"하하하, 하얗게 질렸다니요, 그저 몸에서 땀이 좀 많이 났을 뿐입니다. 그런데 이번에는 무슨 용건으로?"

물체X는 용인에게도 트라우마를 심어줄 만한 수준이구나.

나는 고더스 공을 조금 동정하면서 용건을 말했다.

"모험가를 유치하는 건과 미개척 숲에서 나타난 마물, 그리고 그밖에 여쭙고 싶은 게 있어서 찾아왔습니다만, 시간 좀 내줄 수 있겠습니까?"

내가 말하자 고더스 공은 코미디 같았던 분위기를 싹 거두고서 입을 열었다.

"여기서 할 이야기는 아닌 것 같으니 일단 제 방으로 가시죠."

고더스 공의 얼굴을 보니 어쩐지 파란에 휩쓸릴 것 같다는 예감이 들었다. 나는 그를 따라 길드 마스터의 방으로 향했다.

방에 들어가자 업무 중인 자이어스 공의 모습이 눈에 들어왔다.

자이어스 공은 고더스 공의 얼굴을 보더니 표정을 굳히고 나에게 자리에 앉으라고 권했다.

"모험가를 유치하는 건과 미개척 숲에서 나타난 마물의 이야기를 하러 오셨다고요?"

고더스 공은 자이어스를 끼고 이야기를 시작했다.

"예. 어제 자재를 조달할 수 있는지 알아보려고 근처 숲을 찾아갔습니다만……. 거기서 마주친 마물이라곤 대부분 어디에서나 흔히 볼 수 있는 고블린이나 오크, 울프뿐이었습니다."

"그렇군요. 그 숲에 들어가셨던 겁니까?"

자이어스 공이 이맛살을 찌푸리며 눈을 감았다.

"그밖에 엔트와 맨드레이크도 있긴 했습니다만, 이걸 희귀하다고 할 수 있을지, 비싼 값을 받을 수 있는지 알아보고자 왔습니다."

자이어스 공이 눈을 뜨고서 이야기를 시작했다.

"맨드레이크는 약사 길드에서 금화 10닢 정도에 사고 있으니 비싼 편입니다만, 그 숲에서 돈을 벌만 한 건 그거 하나뿐입니다."

"그게 무슨 소리죠? 대표 회의에서는 숲에 희귀한 마물이 산다고 들었는데요?"

"꽤 오래된 이야기이긴 합니다만, 그 숲에 정령이 살고 있다는 소문이 있었습니다."

소문이 아니라 사실이었지만. 그러나 물의 정령은 쓰러뜨리기는커녕 잡을 수도 없다.

"…………."

"아, 지금은 없다는 걸 압니다. 다만 옛날에는 정령의 가호를 얻으려고 했던 사람이나, 정령을 포획하여 일확천금을 노렸던 모험가가 꽤 있었거든요."

물의 정령도 참 많은 일을 겪었겠구나. 그래서 나도 경계했던 건가? 그렇다고 용서할 생각은 없다만.

"그랬군요. 이 모험가 길드에 인간이나 엘프 등 다른 종족 모험가가 별로 없는 건 그 때문인가요?"

"예. 그래서 대표들이 저 광대한 숲을 어떻게든 개척하고자 개척민을 모집했습니다만, 타국의 모험가들도 건질 게 별로 없다는 걸 알고 있었던지라 별 소득이 없었습니다."

"예? 그럼 절 이에니스의 대표로 삼은 건 S급 치유사의 명성이 필요해서였다는 말이 되는데요?"

"제 생각엔 아마도 그게 목적이었지 않나 싶습니다."

우와……. 역시 험난한 세계에서 살아온 종족들의 대표답게 거짓말에 능하구나. 뭐, 일찌감치 알아챈 걸 다행으로 생각하자.

"혹시 모험가 길드에서 그 숲에 관한 의뢰를 낸 적이 있습니까?"

"아뇨, 그 숲은 깊이 들어갈수록 길을 잃기 쉬워서 말이죠. 심지어 밤낮 가리지 않고 마물이 덮쳐오는 바람에 아무도 엄두를 내지 못하고 있습니다. 옛날에 한 무리가 그 숲을 개척해보겠다고 나선 적이 있다는 기록이 딱 하나 있습니다만, 그나마도 숲에서 마물이 대량으로 쏟아져 나오는 바람에 좌절되고 말았습니다. 마물은 이에니스까지 들이닥쳤고 결국 시간의 현자님께서 홀로 처리하셨다고 하더군요."

"혼자서요? 현자님께서 숲을 정화하기라도 하셨답니까?"

"기록에는 여러 정령을 소환하여 수천에 이르는 마물과 맞서셨다고 나와 있더군요."

으응? 수환 마법? 설마 사칭이 아니라 진짜 현자님이었나?

"……엄청 강했겠네요."

"문헌만 봤을 때는 그렇지요. 다만 현자님이 이에니스를 지켜낸 뒤에 '정령이 사악한 마음씨를 지닌 자한테 보이겠는가!' 하고 말씀하시는 바람에 그나마 남아 있던 이에니스의 모험가와 상인들이 떠났다고 합니다."

정령이 보이지 않았던 이유는 아마도 모습을 감췄거나, 종족에 따라 눈에 안 보이는 구조라서겠지. 그런데 이야기를 듣다 보니 어쩐지 흐름이 보이기 시작했는데.

"……혹시 이에니스에서 치유사 길드가 없어진 이유는……."

"……예. 그래도 현자님이 살아 계셨을 때는 현자님이 자기가 내뱉은 발언의 책임을 지고 지원 활동을 하셨던 모양입니다. 우물을 파고, 향신료 씨앗을 가져온 사람도 현자님이라고 전해지고 있지요. 그러나 이에니스의 주민들을 빈곤으로 내몬 원인도 현자님이라고 알려져 있습니다. 결국 저희가 어렸을 무렵에 오랫동안 쌓여온 불만이 폭발하면서 이에니스에 있던 치유사 길드를 내쫓고 말았습니다."

요약하자면 누군가가 사고를 쳤고 현자님은 이에니스를 위기에서 구해냈다. 그러나 그 정령에 관한 발언 때문에 이에니스는 경제 위기에 빠지고 말았고, 현자님은 이에 책임을 지고자 사재를 투입했을 뿐만 아니라 미래 산업을 육성하기 위해서 향신료 같은 것도 들여오셨다.

그런데 시간이 흐르고 세대가 바뀌자 은혜를 갚기는커녕 원한만 남았다고……. 웃기지도 않는 소리네.

"어? 설마 이것 때문에 성 슈를 공화국에 인족주의가 퍼진 건가?"

"……꼭 아니라고만은 못하겠군요. 현자님의 부인 중에는 수인 족도 몇 분 계셨다고 기록에 남아 있습니다."

현자님은 중혼도 받아들인 리얼충님이었던 건가.

뭐, 대외적인 업적이 훌륭했으니 그쪽도 틀림없이 홀…… 크흠, 그만두자. 이런 걸 망상해봤자 허무해질 뿐이다.

그나저나 야단났네. 대표들은 돈을 많이 벌 수 있는 희귀한 마물들이 산다고 홍보해서 모험가들을 끌어모을 생각인 것 같던데, 그걸 그냥 놔뒀다간 S급 치유사는 사기꾼이었다 소리가 나오게 생겼다.

아니, 나아가 교황님이나, 성치사대, 어쩌면 스승님까지 휘말릴지도 모르지.

"이에니스에서 치유사 길드를 유치하고 싶다고 성도 슈를에 사람을 보낸 적이 있었죠? 만약 그때 좌절됐으면 대표들은 어쩔 생각이었던 거죠? 혹시 알고 계십니까?"

이 상황을 타개할 힌트는 거기 있을 거다.

꼭 강력한 마물이 있을 필요는 없다. 돈을 벌어볼 만한 무언가가 있으면 충분하다.

그러면 오히려 돈을 벌 수 있다고 환호하겠지.

그러자 자이어스 공이 자리에서 일어나 지도를 꺼냈다.

"이에니스 지도를 보신 적이 있으실 겁니다. 바로 여깁니다."

자이어스 공이 손가락으로 가리킨 곳은 서쪽 공백지대였다.

이전에 자이어스 공이 원숭이 수인족들이 그곳으로 향했다고 하지 않았나? 우리가 가면 영역 침범이랍시고 곧장 싸움이 나는 거 아니야?

"여긴 산이나 절벽으로 이루어진 곳이라고 하지 않았나요?"

"예. 허나 보고에 따르면 절벽이 쭉 이어지는 것은 아니라고 합니다."

"누구의 보고인데요?"

"새 수인족 모험가들입니다."

아, 이런. 이에니스의 호랑이 수인족과 새 수인족, 토끼 수인족은 대표부터가 인상이 좋지 않단 말이지. 영 불안한데.

"어떤 마물이 있는지 알고 있습니까?"

"하피와 라미아, 록리자드, 사요정(邪妖精) 님프와 드라이어드가 있고, 그밖에도 본 적이 없는 마물이 있다는 보고를 받았습니다."

게임에서나 듣던 마물들이 튀어나왔다. 뭔가 이상한데. 이거 결국은 진짜 있는지 어떤지는 모르는 거잖아. 정령 이야기로 상인이랑 모험가를 불러 모았다는 이야기랑 같아 보이는 건 기분 탓인가?

"그 보고가 사실인지 확인은 아직 못한 거죠? 마물의 사체나 토벌 확인 부위, 마석 등을 그 새 수인이 가지고 온 건 아니죠?"

"예. 가지고 오기는커녕 그 이후로 그 모험가들의 모습이 보이지 않고 있습니다. 그 탓에 모험가 길드도 아직 그 이야기를 인정하지 않고 있지요."

너무 수상쩍다. 더욱이 증거가 없으니.

하지만 이런 수상한 이야기에도 속는 사람이 있단 말이지. 가능성만 믿고 쉽사리 휩쓸리는 모험가들이…….

"만약에 그 소문이 퍼진다면 일이 성가시게 될 것 같군요."

"예. 사실 이미 몇몇 모험가들이 절벽을 오르려고 했다가 다쳐서 돌아온 적도 있었습니다. 다행히 소문이 더 퍼지기 전에 미궁이 활발해져서 이 이야기는 자연스럽게 사라졌습니다만, 머지않아 다시 고개를 내밀지도 모르지요."

자이어스 공이 진지한 표정으로 설명하자 고더스 공은 처음 듣는다는 표정을 지었다. 모험가 길드의 부 마스터가 정신이 똑바로 박힌 인물이라서 정말 다행이군.

"그 건은 장차 화근이 될 것 같네요. 참, 모험가들이 이주했을 때를 대비해 도움이 되고자 새로 집을 짓기로 했습니다."

"그건 기쁜 소식이긴 한데, 대표 회의에서 잘도 그런 예산을 내줬군요."

역시 대표 회의는 돈에 인색하다고 생각하는 건 나뿐이 아니었나……. 뭐, 어쩐지 그런 느낌이 들긴 했지만…….

다만, 저번에 장부를 봤을 때 제법 많이 벌고 있었으니, 돈이 없어서 안 줬다기보다는 그냥 돈이 쌓여가는 걸 즐기고 있는지도 모르겠다.

뭐, 국책 사업으로 모은 귀중한 돈을 도박에 가까운 사업에 투자하라고 하면 꺼릴 만도 하지…….

그런데 대표 회의에서 예산을 내주지 않으면 치유 특구에 지을 건물들이 초라해질 것 같은데.

만약의 사태를 대비해두는 편이 좋을 것 같긴 하지만, 좀 더 상황을 지켜본 뒤에 생각하기로 하자.

"아니요, 그건 사비로 지을 겁니다. 덕분에 제가 모험가 거처에 대한 전권을 쥐고 있죠. 참고로 현재 슬럼가에 지으려고 합니다. 그리고 모험가 길드에 심사를 맡길까 합니다만."

"사비에다가, 더욱이 슬럼가를……. 뭐, 루시엘 님이 벌이는 일이니 무슨 혜안이 있으시겠지요. 평판이 좋은 모험가들을 인선해야겠군요?"

"예. 고더스 공과 자이어스 공이 종족 차별 의식이 없는 모험가를 데리고 와주실 것을 믿겠습니다. 그리고 모험가를 유치할 즈음에 은퇴를 생각하고 있는 고랭크 모험가가 있다면 꼭 면담을 시켜주십시오."

"은퇴를 앞둔 고랭크 모험가요?"

"예. 슬럼가에 학교가 생기면 교사 역할을 맡기려고 합니다."

"그렇군요……. 이에니스를 발전시키고 싶다는 루시엘 님의 그 마음이 여실히 전해져오는 것 같습니다. 하지만 노파심에서 드리는 말씀인데, 변화가 급격하면 충돌이 벌어지기 마련입니다."

자이어스 공의 충고는 지극히 당연하다.

솔직히 고더스 공보다 훨씬 우수한 그가 어째서 부 길드 마스터인지 생각해봤다. 나 역시 S급 치유사라는 직책을 갖고는 있지만, 조르드 씨가 업무를 더 잘 처리한다.

조직을 관리하는 건 이인자에게 더 적합한 업무인지도 모르겠다.

고마운 충고를 들은 나는 자리에서 일어서 고개를 숙였다.

"조언해주셔서 고맙습니다. 어떻게든 충돌이 벌어지지 않도록 노력할 생각입니다."

"저도 응원하도록 하겠습니다."

"나 역시 응원하도록 하겠소."

고더스 공과 자이어스 공도 일어서서 자세를 고친 뒤 대답했다.

저 두 사람은 신뢰해도 좋을 것 같아서 한 가지를 더 부탁하기로 했다.

"참, 다음에 약사 길드의 길드 마스터와 만나고 싶은데 주선을 부탁드려도 될까요?"

"알겠습니다."

나는 두 사람에게 의뢰를 맡기고, 또한 앞으로의 계획을 위한 사전 작업을 끝낸 뒤 모험가 길드를 나왔다.

모험가 길드를 나오자마자 나는 다시 두 사람의 의견을 들어보기로 했다.

"날 이에니스의 대표 자리에 앉힌 게 대표들의 모략일까?"

"틀림없다고 봐야겠죠. 앞으로 계획을 추진해나갈 때마다 충돌할 게 불 보듯 뻔합니다. 되도록 빨리 뿌리를 뽑아버리는 게 좋을 것 같습니다."

"모험가 길드에서 이야기를 진득하게 들어보길 잘 했다냥."

"하아, 두 사람 다 노예 계약을 해제하고서 내 수행원이 될 생각은 없어? 대등한 관계를 원한다면 호위로 고용할 테니."

내가 그렇게 말하자 두 사람은 웃으며 같은 대답을 했다.

"그냥 노예가 좋습니다. 이미 마음으로는 가신이니 마음껏 부려주십시오."

"라이오넬 님과 똑같다냥. 게다가 노예 신분이 여러 방면에서 정보를 수집하기 쉽다냥. 루시엘 님의 계획에는 꿈이 있으니 전력으로 돕겠다냥."

"고마워. 그래도 역시 거절할 줄 알았지만……."

나는 어깨를 축 늘어뜨린 채 걸으며 앞으로 어떻게 극복해나갈지 나름대로 생각했다.

06 루시엘의 계획

치유사 길드로 돌아간 우리는 그대로 지하로 직행했다.

이미 지하 1층은 완전히 목장으로 탈바꿈한 상태였다.

"밭이 없어졌네…… 아마 지하 3층으로 옮긴 거겠지만, 여긴 갈수록 내 상식을 다 뒤집어 놓고 있는 기분이란 말이지."

"대단하군요."

"폴라와 마도구를 좋아하는 그 엘프 여자애가 합심을 했다냥. 아마도 드란 씨가 잘 조정하고 있을 거다냥."

케티의 말이 맞는다고 생각한다. 뭐, 이 층은 포레 누와르를 비롯한 말들이 기뻐할 것 같으니 이건 이것대로 좋긴 하지만.

그러나 이곳이 이렇게까지 변화한 걸 보니 지하 3층을 보기가 두려워지네.

그래도 어차피 확인해야만 하니 기대하면서 내려가야겠지.

그런 생각을 하면서 곧장 계단을 내려가니 예상을 뛰어넘는 광경에 눈을 의심할 뻔했다.

"……이건 이상하잖아."

무심코 나는 속내를 털어놓았다.

오늘 아침까지만 해도 지하 3층에 내려오면 오른쪽에는 드란과 폴라의 공방이 있었고, 반대 방향에는 벽이 있었다. 그런데 지금은 그 공방들이 훨씬 안쪽 깊이 들어가 있었고, 벽이 있었던 곳에는 1층에 있을 때의 10배는 되는 밭이 있었다. 나무들이 있던 곳도 이미 다른 공간이 들어서 있었다.

그리고 지하 2층과 3층에도 1층과 마찬가지로 유사 태양이 만들어져 있었다.

드란에게 맡겨놓으면 3층을 어렵지 않게 넓힐 수 있으리라 생각하긴 했지만, 벌써 목표치의 절반이나 진행했을 줄이야.

심지어 폴라와 리시안이 서로 경합을 벌인 탓인지 지하 3층은 이제 높은 성벽으로 둘러싸인 지상으로밖에 보이지 않았다.

"혹시 마석과 자재가 있으면 지하에 나라를 세울 수 있는 거 아냐?"

내가 중얼거리자 라이오넬과 케티도 조용히 고개를 끄덕였다.

이야기를 듣기 위해서 밭 근처에 있는 하닐 공에게로 다가가자 하닐 공 역시 우리를 보고 날아왔다.

"현자님, 저들은 굉장하군요. 이 정도라면 하치족도 안심하고 지낼 수 있을 듯합니다."

"아하하, 뭐, 저도 놀라는 중입니다. 하지만 이에니스가 생각보다 안전하지 않은 것 같으니 하치족 여러분들은 거점을 완성한 뒤에 서서히 이주하는 편이 좋을 것 같습니다."

"그렇습니까? 그럼 다음에 자재를 조달하러 갈 때 저희도 따라가게 해주십시오. 부족원들과 벌꿀을 만들 꽃의 씨앗과 나무를 이쪽으로 옮길 예정이라서요."

어제보다도 더욱 긍정적으로 보인다고 해야 할까, 이미 이주할 생각인 거 아냐……?

"이쪽으로 이주하기로 마음을 정하신 겁니까?"

"예. 우리 부족이 꼭 돕게 해주십시오."

좋았어!! 이것으로 지하 개발에 필요한 인재를 완벽하게 갖추었다. 설마 하닐 공이 승인 권한을 쥐고 있을 줄이야. 기쁜 오산이다.

드란의 작업이 하닐 공을 비롯한 하치족의 마음에 쏙 든 모양이군.

나는 드란에게 잘해주었다고 속으로 치하했다.

폴라와 리시안이 만든 마도구도 도움이 된 것 같고. 앞으로 마석을 더 줘도 될 것 같군.

나는 주변을 쓱 둘러보았다.

밀피네의 안색이 좋지 않군. 아마도 열심히 한답시고 정령 마법을 너무 많이 쓴 모양이다.

나는 케티에게 마력 회복 포션을 넘기면서 밀피네에게 건네주라고 부탁했다.

그러자 케티가 웃으면서 밀피네에게 마력 회복 포션을 건넸다. 저 포션이 어색해진 관계를 조금이나마 풀어주면 좋을 텐데.

나는 하닐 공에게 내일 밤에 곰 수인족 브라이언 공과 슬럼가의 간판인 돌스터 씨를 불러서 회의를 열기로 했음을 전했다.

"현자님은 이미 이 지하뿐만이 아니라 다른 곳에서도 움직이고 계셨군요."

지금껏 해왔던 행동들이 우연히 결과로 이어진 덕분이지만…….

"예. 처음에는 반년쯤 지나야만 형태를 갖출 거라고…… 예상하고서 가벼운 마음으로 계획을 추진했지만요. 너무 순조로워서 앞으로 차질이 빚어지지 않도록 여러모로 해야 할 일이 늘어난 것 같습니다."

"우리도 미력이나마 돕겠습니다."

"든든하네요. 하치족 여러분께서 도와주신다니 천군만마를 얻은 기분입니다. 이제는 지하는 걱정이 없으니 지상에 집중할 수 있겠군요."

"그나저나 현자님, 다시 숲에 가시는 건 언제쯤입니까?"

"글쎄요. 자재도 더 필요하고, 마석도 모자랄 것 같으니 며칠 안에 가게 될 것 같습니다."

모험가 길드에서 마석을 팔고 있기는 하지만, 거기서 샀다가 꼬리를 밟히면 골치 아프므로 되는대로 자급자족하고 있다.

"그럼 그때 따라가도 되겠는지요?"

"예, 물론이죠. 그때는 드란과 밀피네도 데리고 갈 예정이니 나무에 큰 상처를 주지 않고 옮겨 심을 수 있을 겁니다. 그러니 당일에는 어떤 나무를 옮겨 심을 건지 망설이지 말고 말씀해주십시오."

"거기까지 생각하고 계셨을 줄이야. 역시 현자님이군요."

저렇게 반짝이는 눈으로 쳐다보고 있으니 별생각 없이 내뱉었다는 소리를 차마 할 수가 없었다. 나는 내내 웃는 가면을 쓰고 있었다.

그 후 후속 작업을 하려고 보니 마침 점심시간이 되어서 모두를 불러 점심을 먹기로 했다.

식당으로 향하던 도중에 어렴풋했던 계획이 치트 능력을 지닌 협력자들 덕분에 또렷하게 형태를 갖추기 시작했음을 실감했다.

하치족 덕분에 벌꿀과 벌꿀주를 수출할 수 있게 되었다. 곰 수인족 이외에도 다른 종족이 협력해준다면 목화를 재배하고 의류 산업을 키워 상인들을 부르는 것도 가능해지겠지.

그렇게 된다면 굳이 모험가들을 부르려 애를 쓰지 않아도 상인들이 알아서 모험가들을 호위로 고용하여 데리고 올 것이다.

그 모험가들이 이에니스에 매력을 느끼고서 정착해준다면⋯⋯.

머릿속에서 그런 망상들이 잇달아 떠올랐다.

다만 이 이상은 어떻게든 이에니스 주민들의 협조가 필요하므로 아직은 구상단계에 머물러 있다.

그래도 계획을 세운 지 아직 보름밖에 지나지 않았는데 이만한 진척이 있었다.

내 임기가 끝나기 전까지 이에니스의 모든 주민이 뭐 하나 부족함 없이 의식주를 영위할 수 있으면 좋겠다. 종족 간의 격차도 해결할 수 있으면 더할 나위 없겠지.

그리고 마지막으로 의욕이 넘치고 모두에게 사랑받는 사람만 어디 있다면 완벽하다. 그에게 뒷일을 맡기면 나도 안심하고 이에니스를 떠날 수 있을 테니까.

다만, 그때가 되면 부나 권력을 지닌 기득권 세력이 반발할 가능성이 크다. 이걸 무력 없이 이걸 해결할 방법을 어서 내놓아야 하는데⋯⋯.

뭐, 가르바 씨와 그루가 씨에게 편지를 썼으니까, 언젠가 좋은 해결책을 보내주실 거다.

그나저나 이에니스가 이토록 넓으니 새로운 도시를 건설한다면…… . 이런, 나도 어느새 드란의 치트 능력에 중독이 되었나 보군.

나는 무심코 웃음을 흘리고 말았다.

옆에 있던 사람들은 평소대로구나 하고 무시한 모양이지만.

그래 뭐, 배려해주는 건 고마운데, 내가 생각에 빠지면 얼굴에 표나는 건 아니겠지?

식당에 들어가니 나리아가 밀피네를 비롯한 엘프들과 노예 소년, 소녀들을 지도하고 있었다. 이상한 점이 있다면 집사복과 메이드복을 입고서 나리아의 지휘 아래 급사 일을 하고 있다는 점일까.

사건은 노예상이 도주했던 날로 돌아간다.

이 아이들은 아직 미성년자기 때문에, 다른 노예와 마찬가지로 치유사 길드에서 보호하기로 했는데, 이들 또한 자이어스에게 뭘 들었는지 노예로 남겠다고 말했다. 결국 치유사 길드 내부를 개축하여 임시 고아원을 만들고 나리아에게 그들을 맡겨놓았는데, 충격적이게도 며칠이 지나자 아이들이 견습 집사와 견습 메이드가 되어 돌아왔다.

나는 그때야 내가 말하는 교육과 나리아가 생각하는 교육이 전혀 다른 거였다는 걸 깨닫고 그녀에게 교육 방침을 물어보았다.

"저기, 나리아가 말했던 교육이 애들을 급사로 만드는 거였어?"

"아뇨, 비록 노예일지라도 루시엘 님의 얼굴을 먹칠해서는 안 되기에 교양을 가르치고 있을 뿐입니다."

"그럼 급사 흉내를 내도록 한 것도 무슨 의도가 있어서야?"

"예. 최소한의 교양을 갖추려면 폭넓은 지식과 상식, 사교성, 예절, 자신을 지킬 힘이 필요합니다."

"그렇게나?"

"예. 그리고 저 아이들은 교양을 배우는 게 얼마나 행운인지 잘 알고 있습니다. 다만 저 아이들은 귀족의 자제나 영애가 아니라서 가르치기만 해서는 불안한 구석이 있지요."

"그래서 급사 일을?"

"예. 모두 솔직한 아이들이라 차근차근 배워가고 있습니다. 다들 솔선해서 나서려 하고 있지요."

나리아는 인재육성의 프로페셔널이었던 건가!

전문가가 하는 일에 어쭙잖게 참견할 바에야 그냥 적재적소에 놓는 게 도움이 될 것 같다.

"그랬구나. 맡겨두고서 참견해서 미안."

"아뇨, 당치 않습니다."

"…………뭐 필요한 것이나 물품이 있으면 사양하지 않고 말하도록 해."

"그럼 외람되지만, 저 아이들이 급사 일을 할 때 입을 제복을 마련해주실 수 있으신지요?"

"알겠어."

그날 중에 집사복과 메이드복을 사 온 나는 다시 한번 모든 걸 나리아에게 맡기기로 했다.

문득 그날 일이 떠오른 나는 자리에 앉으면서 나리아에게 교육이 어떻게 진행되고 있는지 물어보기로 했다.

"나리아, 어떻게 진척되고 있어?"

"순조롭습니다. 다들 성격이 솔직하고 노력가이니 늦어도 3개월 뒤에는 최소한의 교양을 갖출 수 있지 않을까 합니다."

그러자 나리아에게 직접 평가를 들어본 적이 없었는지 소년, 소녀들이 그 말을 듣고 진심으로 기뻐했다.

그나저나 최소한이라…… 나리아의 기준이 어느 정도인지는 모르겠지만, 어중간하게 교육하지는 않겠지.

케티도 나리아에게서 교육을 받은 적이 있는 모양인데, 어떠냐고 물어보아도 '두 번 다시 나리아에게서 교육을 받고 싶지 않다냥' 하는 대답이 돌아올 뿐이었다.

"그거 든든하네."

최근에는 나리아 이외에도 비번인 치유사나 신관 기사들이랑 교류하며 여러 가지를 배우고 있는 모양이다. 나는 언젠가 이 아이들을 스카우트하고 싶다는 요청이 들어오면 좋겠구나 싶은 생각이 들었다.

그리고 언젠가는 노예 신분에서 해방되면 치유사 길드나 이 지하 시설에서 근무해줬으면 좋겠다.

그들을 보고 있자니 학교 건립을 제안하길 참 잘했구나 하는 생각이 들었다.

이곳에서는 배우는 것도 그만한 신분과 여유가 있어야만 가능한 일이었기에 평범한 사람들과는 거리가 먼 이야기였다. 하지만 배울 수 있는 환경을 만들어주고, 그게 얼마나 뛰어난지를 증명할 수 있다면, 다들 스스로 배우고 싶다고 생각할 터다.

점심 식사를 끝낸 뒤 드란과 하닐 공 일행은 작업을 재개하기 위해서 지하로 돌아갔다. 나는 집무실로 이동하여 드란과 폴라의 요청이 적힌 양피지를 살펴봤다.

"오크급 마석이 또 2천 개 이상 필요하다고? 숲에서 이만한 양을 어떻게 모으지? 맨드레이크가 비명이라도 지르게 해볼까?"

"그건 그다지 현실적이지 않습니다만……."

라이오넬이 그렇게 조언해주었다.

"그래, 마석을 모으려면 미궁에 가는 게 가장 현실적이지. 하지만 우릴 감시하는 눈이 쫙 깔렸는데 무슨 구실로 미궁을…… 아니, 두 사람 다 왜 이렇게 기쁜 얼굴인 거야?"

방금 했던 말과는 딴판으로 라이오넬과 케티가 활짝 웃으며 눈을 반짝반짝……, 아니, 번쩍번쩍거리고 있었다.

"하하, 숲에서 난동을 일으킨다느니, 미궁에서 뛰어든다느니 하는 말씀이 설마 루시엘 님 입에서 나오다니, 전투의 즐거움을 깨달으신 듯해서 기쁩니다. 전 어느 쪽이든 상관없습니다."

"루시엘 님이 외출할 때는 라이오넬 님과 내가 반드시 호위를 해야한다냥."

"그야 두 사람을 데리고 나갈 거지만, 나는 전투를 즐긴 적은 없어. 게다가 싸울 일은 절대로 없을 테니 방심하지 말고 목숨을 소중히 해줘."

"이번에도 단단히 지키도록 하겠습니다."

"이번에는 확실하게 호위하겠다냥."

"두 사람의 역량이 상당히 뛰어나다는 건 잘 알고 있으니 기대하도록 할게……."

의욕이 넘쳐흐르는 두 사람이 참 든든하다고는 생각……하지만, 저 태도가 가끔은 숨 막힐 듯 답답하다. 나는 화제를 돌리기로 했다.

"두 사람은 이에니스에서 쫓겨난 종족들을 어떻게 생각해?"

"그게 정말 추방된 건지 어떤지 확실하지 않으니 뭐라 말씀드리기 어렵군요."

"그래도 추방되었다는 말이 사실이라면 이에니스에 남은 종족들을 틀림없이 원망하고 있을 거다냥."

그렇겠지…….

"그 종족들을 그냥 내버려 두면 언젠가 싸움이 일어나지 않을까?"

"그럴 수도 있겠지요. 다만 의심에 휩싸이면 적을 품을 수 없는 법입니다. 되도록 사건이 터지기 전에 접촉하는 편이 좋을 것 같군요."

"나도 그렇게 생각해. 싸우기보다는 교류하는 게 좋을 테니까."

"그렇지만 그쪽에서 먼저 덤벼들면 봐줘 가며 싸울 수 있을지는 미지수다냥. 그건 상대의 역량에 따라 달라진다냥."

"나는 말이 통하는 상대라면 가능한 싸움을 피하고 싶어. 어쩌다가 싸우게 되더라도 죽이지 않고 제압하는 게 내 전투방식이니 힘껏 서포트해줘."

이 세계에 전생한 뒤로 수없이 마물을 토벌했고, 야생동물도 해체하여 먹어본 적도 있었다.

그러나 사람의 목숨을 빼앗은 적은 한 번도 없었다.

마물의 목숨도 목숨이라고 할 수 있을지도 모르겠지만……. 모순이라 해도 역시 사람의 목숨과 마물의 목숨은 무언가가 다르다.

만약에 사람의 목숨을 빼앗아야 하는 때가 온다면 내 안에 무언가가 바뀔 것만 같은…… 기분이 들었다.

생각만 해도 소름이 돋았다.

그러자 라이오넬과 케티의 목소리가 들려왔다.

"루시엘 님은 가만히 계셔도 좋습니다. 손을 더럽혀야만 하는 때가 온다면 저희가 맡도록 하지요."

"루시엘 님은 평소처럼 사람들한테 구원의 손길을 내밀면 된다냥. 악당들이 해코지한다면 우리가 무찌르겠다냥."

……정말 너무 멋있는 거 아냐? 그들이 노예에서 해방되는 걸 단호하게 거부하는 데는 다 이유가 있겠지.

그들의 바람을 들어줄 수 있을지는 모르겠지만, 언젠가 이 은혜를 갚기로 마음을 정했다.

그리고 정말로 손을 더럽혀야만 하는 때가 온다면 그때는 스스로 하자고 각오만 해두자.

"그때가 온다면 잘 부탁합니다."

내가 머리를 숙이자 두 사람은 웃음을 지었다. 그러고는 따뜻한 분위기 속에서 계획에 관해 서로 의견을 나누었다.

의논을 일단락지은 뒤에는 몸이 둔해지지 않도록 지하 4층 훈련장에서 라이오넬과 전투 훈련을 하며 시간을 보냈다.

막간 1 성치사대의 수준 향상

이에니스 치유사 길드의 지하에 지어진 투기장에서는 오늘도 아침 일찍부터 루시엘과 라이오넬이 대련을 벌이고 있었다.

물론 루시엘과 라이오넬의 실력 차는 확연했다. 라이오넬은 실전 때와 달리 검과 방패를 다른 손으로 쥐고 있었고 루시엘은 방어마법을 사용하고 있다.

그러나 대련이 시작되고 검이 맞부딪치는 소리가 투기장 안에 여러 번 울린 뒤 고통스러운 표정으로 어깨를 들썩이는 사람은 루시엘뿐이었다. 라이오넬은 오히려 여유롭다는 듯 미소를 짓고 있었다.

그도 그럴 것이 루시엘의 공격은 단 한 번도 라이오넬에게 제대로 먹혀든 적이 없었다. 먹혀들기는커녕 모든 공격을 가볍게 받아넘긴 뒤 커다란 방패로 루시엘의 빈틈을 노리고 들었다.

라이오넬은 대련 내내 루시엘의 집중력과 체력을 빼앗기 위해서 살기를 내뿜어 위압감을 주고 있었다. 육체적인 대미지를 줘봤자 금세 회복이 되니 공격을 철저하게 막아서 정신적인 대미지를 주자는 전략이었다.

맷집이 강한 루시엘도 이런 상대에게 어떻게 공격을 해야 할지 알 수가 없어서 움직임이 점점 무뎌졌다.

그때였다.

"루시엘 님, 이제 항복입니까?"

라이오넬이 루시엘을 향해 노골적으로 도발했다.

물론 이것은 단순한 도발이 아니라 자신을 고무시키기 위한 것임을 루시엘도 잘 알고 있었다.

"지금까지는 그냥 준비운동이었어. 이제부터 전력으로 간다."

"후후, 가상하군요."

"여유를 부릴 수 있는 건 지금뿐이라고~."

루시엘은 소리를 지르며 기합을 넣은 뒤 적룡과 싸웠을 때처럼……, 아니, 그 이상의 힘으로 마력을 담은 환상 검을 라이오넬에게 휘둘렀다…….

방패조차 베어버릴 것 같은 공격.

그러나…….

"초장부터 큰 기술을 쓰는 건 악수라고 선풍이 알려주지 않았습니까?"

라이오넬이 그렇게 말했을 때 루시엘의 눈앞으로 커다란 방패가 날아들었다. 루시엘은 피하지 못하고 정통으로 맞아버렸다.

루시엘은 제정신을 차렸다. 라이오넬이 빙긋 웃으며 대검으로 자신의 목을 겨누고 있었다.

"윽, 설마 방패를 던질 줄이야……."

"핫핫핫. 전투에서는 어떤 상황이 벌어지든 대처할 수 있도록 늘 대비해야 하는 법이지요. 뭐, 그러려면 어느 정도 경험이 필요합니다만……."

"이래 봬도 스승님과의 훈련뿐만 아니라 수많은 마물을 상대해왔는데 말이지……."

"루시엘 님은 살기를 내뿜더라도 주눅 들지 않고 맞서시더군요. 그런데 예전부터 이상했습니다만, 선풍의 제자라는 게 믿기지 않을 만큼 이상한 버릇이 몸에 배어 있습니다……."

"윽."

루시엘은 정곡에 찔린 것처럼 고개를 푹 숙였다.

실은 똑같은 소리를 이에니스에 오기 전에 블로드에게서 들었기 때문이다.

원인은 그 언데드 미궁이었다.

루시엘은 성 슈를 교회의 미궁에서 홀로 싸우다 보니 어쩔 수 없이 회복 마법만 믿고 몸을 내던지면서 싸울 수밖에 없었다.

특히 사령 기사왕과 싸울 때는 그런 방식이 아니면 승리를 거머쥘 수가 없었다. 그야말로 구사일생이라고 할 만한 전투였다.

그래서 즉사가 아니라면 상대방의 공격을 어느 정도는 맞아도 상관없다는 생각이 머리 한구석에서 생겨났다. 그 뒤로 루시엘의 전투방식은 어딘가 이상해지기 시작했다.

그러나 안타깝게도 이런 방식은 움직임이 뻔한 사령 계열 마물이나 실력이 변하지 않는 상대에게만 통한다.

블로드나 라이오넬의 눈에 루시엘은 회피라는 전투기술을 무시하고 있는 것처럼 보여 위태롭기 짝이 없었다.

블로드가 어째서 이런 전투법을 알려주었는가? 라이오넬은 그런 착각을 하면서 루시엘의 전투법을 수정해주기로 했다.

"적룡처럼 루시엘 님의 전투법으로 싸워야만 하는 상대가 있긴 하겠지요. 허나 공격을 받더라도 회복시키면 된다는 생각으로 전투를 치른다면 언젠가 예기치 않은 공격에 화를 입게 될 겁니다."

"아니, 그렇게 말을 해도 말이지……. 이번에 라이오넬은 반격만 날렸잖아? 공방을 주고받은 것도 아니고, 허점을 노려서 반격만 날렸으니 못 피하는 게 당연한 것 같은데……."

"그렇군요. 그러나 이건 일대일 근접전투라는 걸 아시지요? 루시엘 님은 치유사이니 회복 마법만 믿고 공격을 맞을 바에야 피하는 게 더 낫습니다."

"대련 때도?"

"예. 언젠가 어떤 공격이 날아와도 쳐내든가, 피하든가, 받아내는 판단을 순식간에 내릴 수 있는 경지까지 오르길 바랍니다만……."

"라이오넬이 무슨 말을 하고 싶은지는 알겠지만……."

"루시엘 님, 뭐든지 경험을 쌓는 게 중요합니다."

"알았어. 그런데 대련은 계속할 거야?"

"아뇨, 아쉽지만 저와는 여기까지만 하지요."

"응? 설마……."

"예. 당분간 루시엘 님은 회복 마법을 쓰지 않고 기사분들이나 노예들과 싸워주십시오. 회복 마법을 비롯해 루시엘 님의 서포트는 다른 치유사분들께 맡기도록 하겠습니다."

라이오넬의 제안을 듣고 루시엘은 얼굴이 굳어졌다.

회복 마법을 제때 쓰지 못하면 위험하다. 하지만 라이오넬의 제안을 거절한다면 조르드를 비롯한 성치사대를 믿지 못한다고 말하는 거나 마찬가지.

그리고 그보다 더 큰 문제는 과연 그들 상대로 전력을 낼 수 있느냐 하는 점이었다.

블로드나 라이오넬이 상대라면 자신이 아무리 애를 쓴들 그들이 크게 다치지 않을 거란 믿음이 있었다. 하지만 그들은 이야기가 다르다. 만약의 사태가 벌어질 수도 있다.

루시엘은 그 만약의 사태가 벌어질까 두려워졌다.

그러자 라이오넬은 루시엘의 생각을 꿰뚫어 봤는지 거듭 제안을 했다.

"흠. 루시엘 님, 우선은 루시엘 님의 인식을 똑바로 고치기 위해서 단체 대련을 하도록 하겠습니다."

"인식이라니?"

"루시엘 님이 '용살자'의 칭호를 얻고 자신이 강해졌다고 착각을 하고 계신 것 같아서 말이지요."

"오호~ 그거 재밌을 것 같네."

루시엘은 라이오넬과 대련을 거듭하면서 자신이 그들에게는 한참 미치지 못한다는 걸 알고 있었다. 다만, 그건 그들이 특별할 뿐, 자신이 못 봐줄 만큼 약하다고 생각하지는 않았다.

결국 루시엘은 라이오넬의 제안에 따라 기사나 노예들과 대련을 하기로 했다.

조건은 회복 마법과 환상 검의 사용 금지.

회복 마법은 전투의 기량과는 상관없고, 환상 검은 마력을 담으면 드란의 검조차도 부러뜨리는지라, 사실상 반칙 무기나 다름없다.

그리고.

대련하는 족족 싱겁게 패배했다. 단 한 번도 이길 수 없었다.

루시엘은 다시금 자신이 얼마나 들떠있었는지를 깨달았다.

다만, 한 번도 이기지 못한 게 영 맘에 들지 않았는지, 회복 마법을 쓴다는 조건을 걸고 다시 대련을 벌였고, 승률을 5할 이상으로 끌어올리고 나서야 비로소 만족했다.

그 후, 루시엘은 라이오넬이 제안한 전투 훈련을 시작했다.

그를 보고 다른 자들도 전투 훈련이나 대련을 하기 시작했고, 루시엘은 치유사들의 성 속성 마법 숙련도를 올리기 위해, 자기 대신 회복 마법을 써달라고 부탁하기로 했다.

07 대표 회의

이튿날, 해가 지고 얼마 지나지 않았을 무렵. 치유사 길드의 집무실에서는 이에니스를 더 좋은 곳으로 만들기 위한 극비회의…… 계획 진척 발표회가 열렸다.

참가자는 슬럼가의 간판인 돌스터 씨와 그의 부하 3명, 곰 수인족 대표인 브라이언 공과 수행원 2명, 하치족 왕자인 하닐 공과 그의 수행원, 그리고 나와 호위를 맡은 라이오넬이다.

"오늘 이렇게 모이시라고 한 이유는 계획 일부를 변경하기로 했기 때문입니다."

"그건 저쪽에 있는 하치족과 관련이 있겠군?"

"예. 다만 계획에 일부만 좀 바뀌는 거라 여러분에게 다른 부담이 생기진 않을 겁니다. 다만 설명을 시작하기 전에 다들 초면이니 각자 자기소개를 하는 게 어떨까요?"

나는 미소를 지으며 참석자들의 얼굴을 둘러봤다. 맨 먼저 돌스터 씨가 손을 들고서 자기소개를 시작했다.

"슬럼가의 간판인 돌스터라고 한다. 내가 데리고 있는 젊은 녀석들이 S급 치유사님을 습격했다가 노예가 된 사건을 계기로 접점이 생겼지. S급 치유사님은 혼혈 수인의 아픔을 알고 손을 내밀어주셨기 때문에 이 목숨을 바쳐서라도 계획을 이루고자 충성을 맹세했다."

가볍게 자기소개를 하는 시간에 퍽 진지한 이야기가 나와서 다들 난감해하는 눈치였다. 그러나 그만한 각오가 없다면 슬럼가를 뜯어고칠 수 없을지도 모른다…….

다음으로 손을 든 사람은 하닐 공이었다.

"전 하치족 왕자인 하닐이라고 합니다. 우리 일족이 파멸 직전의 위기에 처했을 때, 숲을 찾은 현자님께서 구해주셨습니다. 더욱이 진행 중인 멋진 계획에 깊은 감명을 받아 협력하기로 했습니다."

이어서 반짝이는 눈동자로 하치족을 쳐다보던 곰 수인족 대표 브라이언 씨가 자기소개를 시작했다.

"곰 수인족 대표인 브라이언입니다. 곰 수인족은 숫자가 워낙 적어서 그동안 눈칫밥을 먹으며 살아왔는데 루시엘 님께서 손을…… 벌꿀을 내밀어주셔서 그 산하에 들어가기로 결단했습니다."

산하라니……. 마치 상장기업이 M&A로 중소기업을 먹은 것처럼 들리잖아? 마치 내가 이에니스나 곰 수인 기업을 벌꿀로 매수한 것 같은 뉘앙스가 되었다고…….

벌꿀 때문에 마음을 움직인 건 틀림없는 사실이지만.

벌꿀을 제공해준 하닐 공이 손뼉을 치며 동지가 새롭게 늘어난 것을 기뻐했다.

그나저나 잘 됐다. 사실 하닐 공이 곰 수인족을 끌어들이기 위해서 벌꿀을 미끼로 내놓은 걸 알면 뭐라 할까 싶어 속으로 조마조마했는데.

일단 괜찮은 것 같다.

"이번 회의에서는 세 가지 사항에 대해 말씀드리고자 합니다.

첫 번째는 슬럼가 철거 문제. 두 번째는 학교 설립과 유치한 모험가들의 거처에 관한 문제. 세 번째 이에니스의 신규 사업에 관한 문제."

나는 그렇게 선언하고서 주변을 둘러봤다. 브라이언 공은 어안이 벙벙한 표정을 지었지만, 나머지 사람들은 조용히 고개를 끄덕였다.

"우선 슬럼가 철거 일정을 말씀드리겠습니다. 그전에 돌스터 씨, 여덟 종족 관계자 중에서 의료특구의 상세한 내용이나 공사 일정 등을 언급한 사람이 있었습니까?"

"아니, 아직 아무 말도 못 들었는데. 공사가 늦어지면 어차피 우리 탓으로 돌릴 생각일 테지."

뭐, 다들 그런 성격이라면 계획을 쭉쭉 진행해서 우리 쪽에서 압박을 주도록 해볼까?

다만 부실 공사가 되면 위험하니 중간에 드란에게 확인해달라고 부탁하자.

"그럼 다음 대표 회의 때 한 번 찔러보겠습니다. 다시 본론으로 돌아가겠습니다. 슬럼가를 허물고 땅을 다지는 작업은 한나절이면 충분하다고 합니다. 하지만 그 과정에서 대량의 마석이 필요한지라, 마석을 모을 시간이 필요합니다. 적어도 한 달쯤 뒤에는 철거 작업에 들어간다고 생각해주십시오."

"슬럼가 녀석들한테는 새로운 거처로 옮기라고 이야기했고, 이미 허락도 받아두었다. 그런데 의료특구를 건설해달라는 의뢰가 들어오면 정말로 그쪽에 우선하여 인원을 투입해도 되겠나?"

돌스터 씨가 걱정하며 물었다. 그러나 이미 드란이 문제가 없다고 했고 또한 멜라토니에 계획 진척 상황을 적은 편지도 보냈으니 괜찮을 거다.

"예, 문제없습니다. 그건 다음 의제에서 다시 설명해 드리죠."

참석자들에게 확인을 받은 뒤 두 번째 의제로 넘어갔다.

"우선 학교 건물 건설과 모험가들의 거처를 어떻게 지을까 하는 문제입니다만. 두 시설 모두 조립식으로 짓기로 했습니다."

"조립식? 애당초 이 지역에서 학교를 세울 수 있습니까?"

나는 자신만만하게 말했다. 그러나 조립식 공법이 무엇인지 알지 못한다면 이야기를 온전히 이해하기 어렵겠구나 싶었다.

나는 잠시 양해를 구한 뒤 브라이언 씨에게 똑같은 구조의 건물을 여러 채 지을 때는 조립식 공법을 활용한다면 시간을 절약할 수 있음을 설명했다. 수리할 때도 미리 만들어둔 파츠만 갈아끼우면 되기에 여러모로 편리한 방법이다.

물론 드란이 있다면 그런 공법을 쓸 필요는 없겠지만, 먼 미래를 내다보고 결정한 것이다.

"조립식 공법이 무엇인지는 이해했습니다만, 학교는……."

브라이언 씨는 곰 수인족 대표이면서 대표 회의에서 가결된 사항을 전혀 전달받지 못한 건가……. 설마 그것도 이에니스 대표가 할 일인가? 나는 그렇게 생각하며 이 역시 설명하기로 했다.

"저번 여덟 종족 회의 때 학교를 설립하기로 했습니다."

"이야기를 들으니 학교와 모험가들의 거처는 루시엘 님이 주도하여 진행 중이신 것 같은데, 그 비용은 어떻게 할 생각인지……."

"전부 제가 내기로 했습니다."

"예?! 그런 조건을 승낙하셨단 말입니까?"

브라이언 씨가 놀라워하며 목소리를 높였다. 그런데 나와 라이오넬을 제외한 나머지 사람들도 놀란 표정을 짓고 있었다. 어라 돌스터 씨한테도 얘길 안 했던가?

오늘 아침에 모험가 길드의 용인 형제에게 계획을 설명했던 참이라, 아무래도 다른 사람에게도 설명을 다 해뒀다고 내가 착각했던 모양이다.

다들 놀라고 있는 상황에서 이런 말을 하기에는 좀 그렇지만, 실은 학교와 모험가 거처를 짓는 데 거의 돈을 쓰지 않았다.

자재는 대부분 숲에서 조달했고, 애써준 노예들에게 임금이나 지급하려고 했더니 그마저도 거절당했다.

언젠가 노예 신분에서 벗어나 독립하는 날이 오면 퇴직금이랍시고 주려고 모아두긴 했지만.

애당초 오락거리가 별로 없는 세계다 보니 내가 길드에서 돈을 받아도 식비나 의료비, 멜라토니에 편지를 전해달라고 모험가에게 의뢰하는 것 말고는 돈 쓸 곳이 없다. 그러니 돈이 모일 수밖에.

뭐, 언젠가 라이오넬 같은 인재들을 영입할 수 있을지도 모르니 돈을 흥청망청 쓸 생각은 없지만.

뭐 이런 것까지 굳이 말할 필요는 없겠지?

"예. 종족 대표들은 세상 물정 모르는 놈이 자선사업을 순순히 받아들였다고 생각하고 있을지도 모르죠. 하지만 이건 꼭 필요한 선행 투자입니다."

““"…………."”"

나도 이만한 공사를 자비로 부담하는 건 이상해 보이지 않을까 생각했지만, 계획을 실행하려면 슬럼가 개발 사업의 전권을 가져올 필요가 있었으니 어쩔 수 없었다.

어차피 나중에는 이득을 볼 거라고 예상했고……

"하지만 루시엘 님, 학교를 설립하더라도 다닐 아이가 없지 않습니까?"

브라이언 공이 벌꿀이 아닌 다른 것에도 흥미를 느낀 모양이네.

"이대로 간다면 그렇겠죠. 그래서 세 번째 의제인 신사업을 추진하기로 한 겁니다. 뭐, 눈으로 직접 봐야 이해하기가 쉬우시겠죠. 따라오십시오."

돌스터 씨와 브라이언 씨, 그리고 수행원들이 의아한 표정으로 치유사 길드 지하로 발을 내디뎠다. 그 순간 그들의 눈이 휘둥그레졌다.

내가 지하 공간을 안내하며 신사업 계획안을 설명할수록 다들 놀라 나더러 신이냐는 둥 하는 소릴 하기 시작했다.

나는 폴라와 처음 만났을 때가 무심코 떠올라 무심코 웃으며 아니라고 하고는 한 마디 덧붙였다.

"이제부터 함께 노력해나가죠."

그러자 곰 수인들이 느닷없이 변신하여 외쳤다.

““"쿠마아~~~~!!"”"

그러고는 몸집이 거대해진 브라이언 씨가 갑자기 바닥에 넙죽 엎드렸다. 뒤이어 모두가 그를 따라서 바닥에 엎드렸다. 브라이언 씨가 입을 열었다.

"이제부터 루시엘 님과 벌꿀을 위해서……, 이 계획을 위해서 전력을 다할 것을 맹세합니다."

브라이언 씨의 박력 넘치는 모습에, 곰 수인족의 변신을 처음으로 본 사람들이 모두 놀라 굳어버렸다. 그러나 거대한 곰이 절을 하는 모습이 너무나도 우스꽝스러워서 이내 웃음이 터져 나왔다.

나도 곰 수인족이 벌꿀이 아니어도 흥분하면 변신한다는 걸 처음 알고 무심코 웃어버렸다. 그리고 그 모습을 보고 있자 새로운 생각이 떠올라서 나는 브라이언 공에게 새로운 제안을 해두었다.

그렇게 설명을 마친 나는 앞으로는 정기적으로 비밀 모임을 열거라고 알려준 뒤 첫 번째 모임을 마쳤다.

그리고는 참석자들이 모두 무사히 돌아갈 수 있도록 돌스터 씨 일행에게는 케핀 부대, 브라이언 씨 일행에게는 야르보 부대를 호위로 붙이고서 나는 호위 두 사람과 함께 집무실로 돌아왔다.

"그래서 어떻게 생각해?"

"저들은 문제가 없겠지요. 다만 용인족을 제외한 나머지 일곱 종족은 철저하게 살펴봐야 할 겁니다. 언제 뒤통수를 때릴지도 모르니."

라이오넬의 기억 속에서 너구리 수인족은 깨끗하게 지워진 모양이다.

"그건 내게 맡겨라냥. 다만 숲으로 갈 때 말고는 나에게 케핀 부대를 움직일 수 있게 해주면 안 되겠냥?"

"케핀 부대? 세 부대 전부?"

"역시 안 되는 거냥⋯⋯."

치유사 길드의 호위는 성치사단이 맡고 있고, 어차피 노예 부대는 사실상 이미 케티의 감독을 받고 있으니 딱히 문제는 없을 거 같은데.

"아니, 상관없어. 그렇게 해. 다만 보고는 철저히 하고, 멋대로 움직이지 마. 너무 무리하지도 말고. 이걸 약속하면 부대를 내줄게."

"알겠다냥."

나는 케티의 약속을 받아내고 이틀 뒤에 열릴 대표 회의 때 나는 어떤 돌을 던질지 생각에 빠졌다.

*

수도 이에니스 북부 중앙에 있는 회담용 저택에 모인 나와 여덟 대표는 대표 회의를 진행하고 있었다.

이번 회의의 사회는 여우 수인족 대표인 포렌스 공이었다.

케티의 보고에 따르면 포렌스 공은 돈을 향한 집착이 강한 모양인데, 악착스럽다기보다는 신경질적인 쪽 같았다.

태도만 봐서는 알 수 없었지만, 용인족과 호랑이 수인족에게 상당히 빚을 진 모양이다.

"그럼 대표 회의를 시작하겠습니다. 우선 첫 번째로 제가 상공 길드에 위탁한 상품의 매상과 각 상점의 매출에 대해 말씀드리도록 하겠습니다."

포렌스 공은 국영상점의 매출과 순이익, 상공 길드가 거둬들인

수입을 정리하여 보고했다.

그는 지난달보다 무엇이 얼마나 더 팔렸고, 또 이익을 얼마나 거뒀는지 말끔하게 정리된 회계 보고서였다.

보고서만 봐서는 딱히 문제없어 보이지만, 여우 수인족이 줄곧 경리를 맡아왔으니 상공 길드에 직접 가서 한번 확인하는 편이 좋을 것 같다.

"보고 내용에 대해 무언가 궁금한 점이 있다면 손을 들어주십시오. 없으면 다음으로 넘어가겠습니다. ……질문이 없는 것 같으니 각 밭이 어떻게 경작되고 있는지 보고해주십시오. 먼저 올가 공께서 발표해주십시오."

그는 늑대 수인족 대표이자, 가르바 씨와 그루가 씨의 지인이며, 학교가 생기면 학생이 될 예정인 실라의 아버지다.

치유사 길드를 이에니스에 유치하기 위해서 갖은 애를 쓴 사람이니 우리와 적대할 리는 없겠지.

케티 역시 그는 진지하고 믿을 수 있는 존재라고 보고했다. 그러나 지도자 회의에서는 호랑이 수인족과 토끼 수인족보다는 하대를 받고 있었다.

"예. 이번 달에 향신료를 얼마나 수확했는지 말씀드리겠습니다……."

그는 이번 달에 수확한 향신료와 다음 달에 수확할 예정인 향신료의 양을 보고했다.

올가 공에 뒤이어, 토끼 수인인 리리알드 공이 밭을 확장했다는 것과 그 밭을 마물이 망쳐놓았다는 보고를 했다.

케티의 보고에 따르면 리리알드 공은 숨을 쉬듯이 뜻을 자주 바꾸고, 또한 강자에게 아부하는 인물이라고 한다.

얌전하게 생긴 외모와는 달리 꽤 야비한 짓을 서슴없이 저지르는 종족이라고 한다. 조사한 바로는 늑대 수인족과 개 수인족, 새 수인족을 부려먹고 있는 모양이다.

다음으로 개 수인족 세벽 공이 새로 개간한 밭을 보고했다.

케티의 보고에 따르면 세벽 공은 자기보다 강한 자에게 순종한다는 모양이니, 개 수인족 중에서 가장 강하다고 봐도 될 거다.

또한 개 수인족은 은혜를 입으면 반드시 갚는다고 한다. 동료가 된다면 신용할 수 있을 테지만, 우리와 동료가 되지 않겠다고 갈라선다면 마음을 돌이키기 몹시 어려울 것 같았다.

이어서 고양이 수인족 캐스럴 공이 보리밭 상황과 마물 사냥에 관해 보고했다.

고양이 수인인 캐스럴 공은 평소에는 느긋하게 시간을 보내는데, 무슨 이유인지 다른 종족의 영역을 틈만 나면 들락거린다고 한다.

고양이 수인족은 기분파가 많아서 그런지 특히 약속을 잘 안 지키기로 유명하다는데, 케티를 보면 상상하기 어려운 그림이었다. 다만, 그건 그녀가 나와 라이오넬에게 은혜를 입은 게 있어서 그런 거겠지.

"다음으로 경비 업무 보고를 하도록 하겠습니다. 지금까지는 용인족인 잭 공에게 부탁을 드렸습니다만, 이번 회의부터는 같은 용인족인 스도 공이 맡도록 하였습니다."

용인족이 어떤 종족인지는 모험가 길드의 용인 형제 덕분에 이미 파악을 끝내긴 했는데…….

"예. 나흘 전에 곰 수인이 거대화하긴 했습니다만, 그 이외에는 눈에 띌만한 것이 없었습니다."

눈에 띌만한 것이라…….

케티는 상위 종족이 하위 종족의 내정에 간섭하는 바람에 물밑에서 분쟁이 벌어지고 있다는 정보도 가지고 있었다.

"면목 없군요. 실은 제가 가지고 있던 벌꿀을 곰 수인족한테 넘겨주는 바람에 그렇게 됐습니다."

"오호. 벌꿀을……."

여우 수인족 포렌스 공의 눈빛이 날카로워진 것 같았다.

"예. 성 슈를 공화국에 있었을 때 우연히 얻은 게 있어, 요리할 때 종종 쓰고 있었습니다. 그런데 저번에 포렌스 공과 동행했을 때 곰 수인족 브라이언 공에게 필요한 게 있냐 물었더니 벌꿀을 수입해달라고 부탁했습니다. 다만 벌꿀의 가격이 꽤 높아 당장에는 어렵겠다 싶어 대신 제가 갖고 있던 것을 드렸지요. 그런데 설마 갑자기 덩치가 커지실 줄은 몰랐습니다."

"벌꿀을 줬다면 그야 어쩔 수 없겠지."

새 수인족 사우저 공이 거만한 태도로 이야기했다.

"공중을 감시하는 역할을 맡은 사우저 공, 이상은 없었습니까?"

"별문제 없었소."

사우저 공이 간략하게 대답했다.

새 수인족은 하늘을 날지 못하는 다른 종족을 얕잡아보고 있다.

태도가 유독 거만한 것도 그런 이유일 거다.

다른 종족이랑 큰 문제는 없지만, 다른 수인들을 얕보고 있는지라 임무를 등한시하기 일쑤라고 한다. 한술 더 떠서, 그들은 새 수인들이 누구보다도 현명하다고 믿고 있어, 유언비어에 속아도 속은 줄 모른다는 이야기도 있었다. 다만, 유일하게 하늘을 날아다니며 감시를 할 수 있는 종족이다 보니 다른 종족도 그냥 입을 다물고 있다는 모양이다.

"으음. 그럼 각 종족에서 무언가…… 아, 실례. 루시엘 공도 포함해 무언가 제안할 것이 있다면 손을 들어주십시오."

아무도 손을 들지 않았다. 아마도 늘 그래왔겠지.

저번에 했던 이야기는 이대로 모른 척하고 흘려보낼 셈인가? 그건 보고조차 듣지도 못했다. 이대로 회의를 끝내면 보고만 듣고 아무 소득이 없는 모임이 될 테니, 아무래도 내가 얻은 정보를 활용할 때가 온 것 같다.

나는 조용히 손을 들었다.

"……그럼 루시엘 공."

포렌스 공이 한순간 뜸을 들이긴 했지만, 나는 개의치 않았다.

내가 이번 회의를 연 목적은 이에니스의 대표로서 할 일을 하기 위해서다.

"제안이 아니라 보고가 몇 가지 빠진 것 같아서 물어보려 할 뿐이니 그렇게까지 경계하지 마시길."

나는 웃으면서 말했지만, 대표들은 도리어 경계를 강화한 것처럼 보였다.

뭐 내가 물어보려는 건 결과니 지금 경계해봤자 아무런 의미도 없지만.

"먼저, 현재 어느 분께서 의료특구 계획을 진행하고 있습니까? 의료특구를 세울 토지 규모와 확보 상황을 알고 싶습니다. 그리고 도시 안에 세울 예정이니 특구 예정지에 사는 분들이 이주할 곳은 마련해놓았는지, 그리고 건설 인부들은 얼마나 확보되었는지도 저에게 말씀해주셨으면 하는데요."

내가 그렇게 말하자 회의장에 정적이 흘렀다.

내가 의료특구를 물어볼 거란 생각 자체를 안 했을지도 모르겠군.

이번 달은 나도 계속 숲이랑 모험가 길드만 다녔으니까.

뭐, 대답을 듣지 않아도 답은 나온 거나 마찬가지다. 침묵이 흐른다는 건 아무도 손을 대지 않았다는 뜻이니까.

그러나 나는 구두 약속이었다는 핑계로 의료특구 계획을 그냥 흘려보낼 생각이 없다.

"왜들 그러십니까? 저번 회의 때 여러분들이 담당자를 정하겠다고 말씀하셨던 기억이 있습니다만? 만약 아직도 담당자가 정해지지 않았다면 이에니스의 대표로서 제가 이 일을 맡고 싶습니다. 그래도 되겠습니까?"

나는 웃으면서 말했다.

"……그 계획은 아직 예산을 얼마나 책정할지 논의하는 중입니다."

포렌스 공은 아까와는 달리 어쩐지 입이 무거웠다.

"그렇군요. 포렌스 공 혼자서 예산을 짜고 계셨군요."

"아뇨, 용인족 분들과 함께 작업하는 중입니다."

"그렇습니까? 그럼 스도 공, 얼마나 진척되었는지 용신님께 맹세한 뒤 알려주실 수 있겠습니까?"

"……처음 듣는 말입니다."

그에게는 아닌 밤중에 홍두깨 같은 말이었나 보다.

평소였다면 어물쩍 얼버무렸을 테지만, 용의 가호를 받은 내 앞에서 그들은 거짓말을 할 수 없으니 당연한 결과다.

"포렌스 공……. 이게 대체 어떻게 된 겁니까?"

"루시엘 공, 포렌스 공이 무언가 착각을 한 모양입니다."

내가 추궁하자 예상한 대로 포렌스 공을 옹호하려는 듯 올가 공이 끼어들었다.

흐음, 어쩔 수 없지. 이번에는 올가 공의 체면을 봐서 포렌스 공을 풀어주도록 하자.

"뭐, 종종 그런 경우가 있죠. 그럼 포렌스 공, 다음 달 대표 회의 때까지는 확실하게 예산안을 작성해서 보고해주십시오. 치유사 길드와 약사 길드를 하나로 만들어 건물을 짓는다고 할 때, 필요한 시간, 인원, 자재 등을 예상하여 예산을 짜시면 됩니다."

내가 이렇게까지 말했으니 예산을 짜지 않고는 못 배길 것이다. 이제는 움직일 수밖에 없겠지.

"……예. 알겠습니다."

"만약에 인원이 부족하다면 올가 공도 도와주셨으면 합니다."

"예. 별 도움이 되지 못할 것 같지만, 돕도록 하겠습니다."

"부탁드립니다. 그리고 두 번째입니다만, 현재 이에니스의 인구는 모험가를 제외하고 약 8천 명쯤이더군요. 그리고 그중 어린이가 약 2천 명이고요."

"루시엘 공, 그게 뭐 어쨌다는 겁니까?"

이렇게만 말하면 이에니스의 국고에 손을 댄 사람이 있다는 사실을 눈치챌 줄 알았건만…… 일부 종족, 혹은 대표가 개인적으로 부정한 짓을 저지르고 있겠지…….

"제 착각이라면 죄송한 말씀입니다만, 국책 농경 사업에 고용된 노동자한테 실제로 지급된 임금이 예전에 봤던 장부에 적힌 금액보다 꽤 적더군요……. 딱 20%. 한번 확인을 해봐야겠다 싶어서요."

저번에 숫자가 말끔하게 정리된 장부를 보았고, 또한 케티가 이 국가의 인구수를 말해줬기에 의문을 품을 수가 있었다.

참고로 인구수를 조사한 사람도 케티였다. 언젠가 필요해질 것 같다고 스스로 한가할 때 케핀 부대를 동원하여 조사해주었다.

그리고 돌스터 씨의 협력도 큰 도움이 되었다.

결과적으로 국책 사업에 고용된 노동자들이 받은 임금은 종족 격차가 거의 없었다(열심히 일했는지는 별개로 치고). 그것만은 유일한 위안인지도 모르겠다.

"그럴 리가 없소. 잠시만 기다리시오."

포렌스 공은 사회자 역할을 내던지고서 장부를 가지러 갔다.

이중장부를 갖고 있을 가능성도 있지만, 저 태도를 보니 부정한 짓을 저지른 것 같지는 않은데.

이 건은 포렌스 공에게 맡겨두기로 하고, 또 하나 추궁해야만 하는 일을 끝내두도록 하자.

"그저 확인차 물어봤을 뿐인데 포렌스 공께는 미안하게 됐군요. 아, 맞다, 사우저 공. 하나 물어보고 싶은 게 있습니다."

"뭡니까?"

"모험가한테서 들은 얘기인데, 이에니스 서쪽에 있는 공백지대의 절벽을 넘어 되돌아온 용사가 새 수인족 영역에 있다고 들었는데, 사실입니까?"

"……그런 소문을 듣기는 했습니다만, 그게 누구인지는 듣지 못했습니다."

"그렇군요……. 뭐, 모험가니까요. 그래도 되도록 한 달 뒤에 열릴 다음 회의 때까지는 찾아주셨으면 좋겠습니다."

"……그 모험가를 찾아서 뭘 어쩔 겁니까?"

"우선은 이에니스의 영웅으로 만들까 생각 중입니다. 그리고 희귀한 마물을 사냥해오라고 다시 한번 공백지대로 보내야겠죠. 그래야 모험가를 유치하는 데 도움이 될 거 아닙니까?"

"……알겠습니다. 모험가인 것 같으니 못 찾을지도 모르겠지만……."

"못 찾는다면 모험가 유치는 당분간 포기하도록 하죠. 모험가 길드의 이야기에 따르면 미개척 숲에는 희귀한 마물이 없다고 하더군요. 이런 상태로 모험가들을 물러 모아봐야 사기 치는 꼴밖에 안 되지 않습니까?"

만약에 정말로 공백지대에 갔던 모험가가 나타난다면 모험가 유치는 새 수인족에게 맡기고, 나는 거처만 제공하면 되겠지.

그러나 대표들의 얼굴이 험악해진 걸 보아서는 그럴 일은 없을 것 같다. 미안하게 됐군. 업무를 인수·인계받을 때, 인수한 정보를 확인하는 건 사회인의 기본이라서.

나는 웃으면서 이번에는 호랑이 수인족 대표에게 말을 걸었다.

샤자를 대신하여 나왔을 테지만, 호랑이 수인족은 인상이 썩 좋지가 않단 말이지.

호랑이 수인이라서 그런 걸까? 아니면 나를 향한 적의를 완전히 숨기지 못해서 그런 걸까?

"방금 들었던 보고 내용 중에 곰 수인족 브라이언 공이 거대해졌다는 얘기가 있었죠? 이야기를 듣자 하니, 제가 찾아가기 전에 호랑이 수인족에게 협박을 당하고 있었던 모양이더군요. 호랑이 수인족 대표께서는 일족들을 단호하게 단속해주셨으면 합니다."

내 말을 듣고 호랑이 수인보다 먼저 사우저 공이 반응했다.

"뭐라! 샤자가 일으킨 사건 때문에 올해는 얌전하게 있기로 약속했으면서 브라이언 공을 협박했단 말인가! 대체 무슨 생각이냐!"

그러고 보니 사우저 공은 브라이언 씨에게 엄청 호의적이라고 했었지.

사우저 공이 분노하자 호랑이 수인족 대표가 황급히 입을 열었다.

"사, 사실을 확인할 시간을 주십시오! 저도 금시초문입니다!"

정말로 몰라서 당황한 건지, 아니면 브라이언 공이 협박받았다는 소리를 듣고 초조해하는 건지는 잘 모르겠다.

다만 회의장을 감돌았던 분위기가 서서히 바뀌기 시작했다. 나뿐만 아니라 서로를 경계하는 분위기가 감돌기 시작했다.

의료특구 계획이 얼마나 진척되었는지 물었을 때 어렴풋하게 느끼긴 했지만, 혹시 각 종족의 대표들은 그 종족 중에서 가장 힘이나 권력이 센 자가 나오는 게 아닐까? 그게 아니더라도 일단 그들 머릿속엔 자기 종족의 생각밖에 없는 것 같다.

"그나저나 국책 사업으로 일하는 노동자들의 임금은 국고에서 꺼내야 할 텐데, 그건 어떤 방식으로 계산하고 있는 겁니까?"

"……그 사업을 개시한 해의 대표가 정합니다."

"그렇군요……."

올가 공이 심각한 표정으로 알려주었다.

그 이야기를 들으니 어쩐지 불길한 예감이 들었다.

그래서 나는 화제를 돌리기로 했다.

"지금부터는 학교 건물과 모험가의 거처 건립 건에 관해 보고를 드리려고 합니다. 앞으로 3개월 뒤에는 슬럼가를 완전히 철거할 수 있을 것 같습니다."

"""오오.""""

"그다음에는 슬럼가 부지에 학교 건물과 모험가를 유치하기 위한 주택가를 건설할 예정인데, 전 공정을 끝내기까지 반년쯤 걸리리라 예상합니다."

"그거 대단하군요. 그나저나 용케 혼혈 수인들을 배제한다는 결단을 하셨군요."

리리알드가 기뻐하며 목소리를 높였다. 그러나 나는 슬럼가를 완전히 철거하겠다고 말했을 뿐 혼혈 수인을 배제하겠다고 말하지는 않았다.

한 번 따끔하게 부정해둬야겠다.

"그럴 리가요. 그들에게 어울리는 곳으로 옮겼을 뿐입니다."

"그거 대단하군."

"일 처리가 빨라."

개 수인족 세벅 공과 고양이 수인족 캐스럴 공, 그리고 서로 으르렁거렸던 새 수인족 사우저 공과 샤자의 대리인도 웃음을 지었다.

반대로 늑대 수인족 올가 공과 용인족 잭 공은 걱정스러운…… 슬픈 듯한 표정이었다.

반응을 보아 올가 공과 잭 공은 아군으로 끌어들여도 될 것 같군.

어느 쪽이든 용인족은 용의 가호 덕분에 계획을 알더라도 배신할 것 같지는 않다. 그러나 올가 씨는 의리를 우선하는 듯하니 계획을 알았을 때 무슨 행동을 벌일지 예상할 수가 없었다.

뭐, 거리를 조금씩 좁히면 되겠지.

자, 이제부터가 승부다.

슬럼가 개발 계획을 위임받았으니, 슬럼가를 관리하는 것도 어떻게든 위임을 받아내야만 한다.

"슬럼가를 철거하는 비용 및 학교 건물과 모험가를 위한 집 50채를 건축하는 비용 말입니다만, 목재와 마석을 비롯한 자재, 그리고 인건비를 시장가로 계산해봤더니 백금화 30닢 정도가 들더군요."

"설마 그 비용을 국고로 부담하라는 겁니까? 그럼 이에니스 재정이 파탄이 날 겁니다."

"그렇게 큰돈은 낼 수 없다는 걸 아시지 않습니까?"

"그보다, 저번 회의 때 목재 비용은 들지 않을 거라고 하지 않으셨습니까?"

"아뇨, 전 숲에서 자재를 확보할 수 있는지 확인하겠다고 말했을 뿐입니다. 더욱이 그때는 다들 국고로 지원해줄 수 없다는 말씀을 하시긴 했습니다만, 제가 무상으로 사업을 진행하겠다고 한 적은 없습니다."

"아니, 분명 인건비 이외에는 비용이 들지 않을 거라고 했습니다."

토끼 수인족 리리알드 공이 그렇게 따졌지만, 그건 그의 착각이다.

"핫핫핫. 전 그런 발언을 한 적도 없고 동의한 적도 없어요. 더욱이 그 말을 꺼낸 건 리리알드 공이 아니었습니까? 저는 저번 회의에서 슬럼가 개발을 맡겠다고 허가를 받은 게 전부입니다. 어째서 아무런 이득도 없는데 제가 이 도시의 대표가 되었는지 생각해주셨으면 좋겠군요."

이제 내가 자선사업가가 아니라는 걸 알았으면 교섭을 하러 나올 거다. 설마 내가 정말로 자선사업을 하고자 대표를 맡았다고 생각하지는 사람은 없겠지?

그때 장부를 가지러 갔던 포렌스 공이 돌아왔다. 다만, 어딘가 안색이 어두웠다.

"루시엘 공, 기다리게 해서 죄송합니다."

"아아, 포렌스 공. 인건비는 제가 착각한 겁니까?"

"……말씀하신 대로 대장과 장부를 비교해봤더니, 계산이 맞지 않았습니다."

"어떻게 된 겁니까?"

"아무래도 어디서 새어나간 모양입니다. 그래서 확인하기 전까지는 아까 말씀한 그 자금을 내드리기 어려울 것 같습니다."

"그리 말씀하셔도 계획은 이미 진행되고 있고, 이미 백금화 5닢이나 썼습니다. 그건 지급해주시겠죠?"

"그건⋯⋯."

"⋯⋯설마 이에니스를 위해서 제 사재를 전부 헌납하라는 말씀은 아니겠죠?"

"그, 국고도 확인을 해봐야 뭐라 말을 할 수⋯⋯."

나는 각 종족의 대표들을 둘러봤다. 그 누구도 나와 시선을 마주하려고 하지 않았다.

설마 교섭을 하기 직전에 유리한 상황이 벌어질 줄이야⋯⋯. 이에니스에 온 뒤로 정말로 일을 열심히 해주시는군요, 호운 선생님.

"그렇군요⋯⋯. 절 이에니스의 대표에 앉힌 이유는 희롱하고 모욕을 주기 위해서였던 겁니까?"

"아뇨, 그런 게 아니라⋯⋯."

포렌스 공만을 나무라는 건 이상하다. 가장 나쁜 사람은 자금을 횡령한 자들이니까.

더욱이 나는 압박하며 교섭하는 것을 그다지 좋아하지 않는다. 지나치게 압박을 가하면 원망을 사게 될 테니 어서 교섭을 마무리 짓도록 하자.

"그럼 교섭 조건을 제안하도록 하죠. 우선은 제가 현재 개발을 위임받은 슬럼가 전부를 저에게 팔아주십시오."

그러자 딱히 반대하는 사람은 없었지만, 다들 왜 그런 일을 하는지 의아스럽다는 표정을 지었다.

"하나 더, 학교와 모험가 거처도 모두 예정대로 건설할 테니 학교와 거처에 대한 권리도 전부 저와 치유사 길드에 주십시오."

"학교에 입학하는 조건 등은?"

아무래도 올가 씨는 실라를 학교에 보내고 싶은 모양이다.

"예전에서 말씀드렸다시피 학교는 무상 교육으로 운영할 생각입니다. 포렌스 공, 약사 길드에서 제조한 약을 사들이는 주체는 국가입니까? 아니면 상공 길드입니까?"

"상공 길드가 맡고 있습니다."

"그렇군요……. 그렇다면 우리 치유사 길드도 중개수수료 없이 상품을 판매할 수 있는 권리를 주십시오. 제 요구는 그 세 가지입니다."

"슬럼가의 토지 권한, 모험가의 주택 및 기타 건물들의 소유권, 상품을 중개수수료 없이 팔 수 있는 혜택…… 토지권은 루시엘 님의 이름으로 사신다면 괜찮습니다만, 성 슈를 공화국의 이름으로 사는 건 허가할 수 없습니다. 새로 짓는 건물의 소유권도 조건부로 인정하지요. 그리고 세 번째 요구 사항은 받아들이겠습니다."

뭐, 그럴 줄 알았다. 이에니스의 토지를 내 명의로 사게 생겼군.

"건물 소유권의 조건부를 설명해주시죠."

"이에니스가 건물을 사겠다고 요구한다면 그에 응해주셔야 합니다.”

“……그렇게 하죠. 다만 저나 치유사 길드를 이에니스에서 내쫓는 건 인정하지 않을 거고, 건물은 그때그때 시세에 맞는 가격을 받을 겁니다.”

포렌스 공은 확인을 구하고자 다른 대표들의 얼굴을 둘러본 뒤에 고개를 끄덕였다.

“그럼 나중에 딴소리가 나오지 않도록 여기 있는 각 종족의 대표들께서 모두 동의했다는 내용으로 서약서를 쓴 뒤에 서명해주시지요.”

나는 양피지를 꺼내 문장을 꾸미기 시작했다.

그리고 각 대표의 서명을 모두 받은 뒤 서약서에 마력을 불어넣어 주신(主神) 클라이야 님에게 바쳤다.

서약서에는 이를 어긴 종족은 이에니스의 대표가 될 자격을 잃는다는 내용을 넣어두었다. 이에 서명할지 망설이던 자도 있었지만 결국 모두가 서명해주었다.

서약서는 총 세 부를 작성했다. 한 장은 나, 한 장은 회의용 저택, 한 장은 모험가 길드에서 보관하기로 했다.

서약서에 모험가를 유치한다는 내용도 담겨 있었기에 모험가 길드는 서약서를 보관하는 것을 흔쾌히 수락했다.

“끝났습니다. 그럼 여러분께서는 책임을 지고 각 종족에 이 내용을 알려주시길 바랍니다. 물론 저도 그렇게 하죠. 이제는 모험가들이 안심하고 돈을 벌 수 있는 의료특구를 세우고, 또한 모험가 길드의 사업이 잘 진행될 수 있도록 협력을 부탁드리겠습니다.”

"이제부터 의료특구를 세울 토지를 서서히 마련하고자 하니 용인족과 호랑이 수인족, 새 수인족은 도시를 확장하는 공사에 들어가시게. 이주 이야기는 내가 꺼내도록 하지. 새 수인족은 모험가 길드와 긴밀하게 연락을 취하며 마물에 대한 소문을 알아봐. 다른 종족은 밭농사에 힘쓰고."

포렌스 공이 각자에게 지시를 내렸다.

포렌스 공은 여덟 종족의 대표가 아니니 다른 종족에 명령할 권한은 없지만 이미 부정을 발견하고 분노에 불타던 포렌스 공의 눈에는 핏발이 서 있었기에 그 누구도 그를 말릴 수가 없었다.

이리하여 파란만장했던 대표 회의가 끝났다.

나는 라이오넬과 케티를 데리고 치유사 길드로 돌아가면서 오늘 회의 내용을 돌이켜봤다.

그나저나 내 입으로 제안하기는 했지만, 슬럼가 토지를 내 명의로 사들이게 될 줄은 생각지도 못했는데.

나는 치유사 길드 지하에 세운 비밀공장을 감추기 위해서 슬럼가 일부의 자치권만 얻을 수 있으면 충분했다.

더구나 정신을 차리고 보니 맹약까지 만들어버린 상태고…….

물의 정령과 밀피네 사건 탓에 신경이 조금 곤두서 있긴 했지만, 설마 대표들도 모자라 일족에게까지 영향을 끼치는 맹약서를 만들다니.

이것도 처음에는 맹약서 없이 그냥 말로 맹약만 하려고 했었다.

포렌스 공 덕분에 내 요구가 다소 지나쳤다는 것을 깨달았다.

내가 골똘히 생각에 빠져있자 라이오넬이 웃으면서 나에게 말을 걸었다.

"이걸로 습격당할 일이 줄어들었군요."

"정말 그랬으면 좋겠는데……. 이제 자재를 얻으러 숲에 나갈 때는 드란이 만든 결계를 켜놔야 할 것 같다."

"그게 좋을 것 같습니다. 어떤 계기로 폭동이 일어날지 알 수가 없으니."

"이번 회의는 루시엘 님이 우위를 점하자마자 너무 몰아붙이듯 요구를 해서 조금 아슬아슬했다냥. 뭐가 어떻게 굴러가도 이상하지 않은 상황이었다냥."

"윽, 미안합니다."

이런 장면이 워낙 오랜만이다 보니 말을 꺼내는 순서가 엉망진창이었다.

"배짱을 조금 더 두둑하게 기르지 않으면 될 일도 망칠 수가 있다냥."

"이봐, 케티. 루시엘 님은 아직 스무 살밖에 되지 않았어. 경험이 적으니 교섭이 서투를 수밖에. 하하하."

나는 라이오넬의 웃음을 보며 충격에 빠졌다. 5년의 공백이 있었다고는 해도 서른 살까지는 매일 영업을 뛰며 흥정을 해온 몸인데 초보자란 소리를 듣다니! 뭐, 분야가 전혀 다르기는 했지만, 잘 대처했다면 더 큰 성과를 얻을 수 있었을 텐데. 아쉬울 따름이다.

"조금 더 분발할게. 뭐, 이번에는 케티가 포렌스 공의 정보를 가져온 덕분에 일이 잘 풀렸어. 포렌스 공이 중립이 아니었다면 일이 이만큼 잘 풀리지 않았을 테니까. 고마워."

"정보를 알려준 건 나지만, 그 정보를 적절하게 활용한 건 루시엘 님이다냥."

실은 어제 케티가 각 대표를 조사해온 내용 중에 포렌스 공의 부인이 눈이 먼 상태라는 정보가 섞여 있었다.

나는 그길로 곧장 포렌스 공의 집으로 찾아가 부인의 눈을 치료해주었다. 그리고 포렌스 공에게 대표 회의에서 중립에 서달라고 부탁했다.

이건 포렌스 공을 그토록 면밀하게 조사한 케티와 케핀 부대 덕분이다.

그나저나 앞으로는 정보를 더욱 잘 활용할 수 있도록 라이오넬을 비롯한 길드 식구들을 상대로 교섭을 연습해야겠는데.

08 약사 길드 마스터

회의를 마치고 치유사 길드로 돌아가자 나리아가 가르치는 견습 메이드 중 하나가 고더스 공의 말을 전했다.

"바쁜 시기에 미안하지만, 내일 정오에 약사 길드까지 와주십시오. 그렇게 말씀하셨습니다."

그녀의 말을 듣고 있자니 나리아가 교육한 덕분인지, 아니면 원래 소질이 있던 건지는 모르겠지만, 이 사람은 치유사 길드의 접수원으로 두어도 손색이 없을 것 같다는 생각이 들었다.

"그래? 앞으로도 나리아를 잘 따르며 노력하도록 해."

그러자 그녀는 기뻐하며 고개를 숙였다.

그녀를 보고 나는 약간 초조했던 마음을 가라앉히고서 지하로 향했다.

지하 3층으로 내려가자 드란이 팔짱을 낀 채 만족스러워하며 토지를 바라보고 있었다.

"벌써 다 완성됐어?"

"아직 멀었네만, 그래도 꽤 순조롭다네."

"요즘에 일을 많이 맡기고 있는데도 잘해주고 있어."

나는 드란을 격려했다.

이렇게 큰 공사를 폴라와 단둘이서 해내다니, 참 대단하다.

"어쩐지 듣기 민망하구먼. 이런 아이디어를 낸 건 순전히 루시엘 님이지. 내게는 그저 그 아이디어를 실현할 힘이 있었을 뿐이고."

드란은 참 여전하구나…….

나는 드란에게 친척 상황을 확인했다.

"……그래? 그럼 학교와 모험가 거처는 어떻게 됐어?"

"다 똑같은 건물이다 보니 하나를 짓고 나면 나머진 다 반복 작업이라 빠르게 진행하고 있네. 다만 보고서에 적힌 대로 마석과 목재가 곧 바닥을 보일 걸세."

"그럼 당분간 개발을 연기해야겠네."

"……아쉽구먼. 가장 의욕을 갖고 추진하던 일이었는데."

드란이 고개를 가로저으며 한숨을 내뱉었다.

"루시엘…… 님. 해석이 끝났어."

드란과 서서 이야기를 나누고 있으니 폴라가 말을 걸어왔다.

"자기 혼자서 모든 걸 해석한 것 같은 말투로 들리네요? 루시엘 님이 미궁에서 입수한 건 제가 주도해서 분석했잖아요."

그때 리시안이 끼어들었다.

"우선 팔찌 말인데……."

폴라는 리시안을 아랑곳하지 않고 나에게 팔찌를 건넨다. 미궁 47층에 있는 보물 상자에서 얻은 팔찌다.

"이 반지를 끼고 마력을 담아 마언(魔言)을 읊으면 주변에 바람의 결계가 생기는 구조예요. 화염이나 얼음 마법, 브레스 공격 등을 막아주죠."

리시안이 의기양양한 표정으로 설명을 해주었다. 그런데 결계라고 해도 말이지……. 에어리어 배리어와는 다른 건가?

"……적룡의 브레스도?"

"……막을 수 있었을지도 몰라."

폴라가 눈길을 돌리며 말했다.

아무래도 바람의 힘으로 완전히 튕겨낼 수가 있었던 모양이다. 그래도 꼬리 공격은 막아낼 수 없었을 테니 별로 달라지는 건 없었겠지만.

"루시엘 님, 적룡이라니요?"

"50층에 있는 보물 상자에 담겨 있던 은자의 열쇠……. 이건 굉장한 아이템."

폴라는 리시안의 질문을 무시하고서 50층에서 입수한 열쇠를 나에게 건넸다.

"이건 어떻게 쓰는 물건인데?"

"열쇠에 마력을 넣고 허공에 문 자물쇠를 연다고 생각하고 돌리면 공간에 건물을 만들 수가 있어."

……예상과는 전혀 다른, 상당한 치트 아이템이네.

뭐든지 열 수 있는 열쇠 같은 건 줄 알았는데 다른 의미로 치트였구나.

"이게 있으면 여행도 문제가 없겠네?"

"으음…………."

폴라가 머뭇거렸다.

"그 열쇠는 은자의 열쇠 시리즈 중에서 하위에 해당하는 종마(從馬) 시리즈라서 사람은 들어갈 수 없습니다."

리시안이 폴라를 대신하여 설명해주었다.

저 두 사람은 꽤 죽이 잘 맞는 콤비구나.

근데 사람은 못 들어가는 거였나. 조금 실망스럽군.

그래도 이게 있으면 여행길에 위험에 처했을 때 포레 누와르를 숨길 수 있지 않을까?

"말 같은 건 괜찮나?"

"……예. 하지만 종마의 열쇠라는 이름답게 그쪽 사람에게는 비싸게 팔릴걸요? 경매에 내놓으면 꽤 큰돈을 벌 수 있을 거예요."

결국은 개발에 쓸 마석과 자금이 필요하다고 말하고 싶은 거잖아.

그녀가 노예가 된 이유는 단순히 원하는 마도구를 닥치는 대로 개발하다가 자금이 고갈돼서가 아니다. 보통 마도구를 만든다고 하면 팔릴만한 물건을 개발하는 게 보통이지만, 그녀는 자기 스타일을 과하게 추구한 결과, 지인으로부터 재료와 함께 주문을 받았다가 의뢰자의 의도와는 다르게 자기 마음대로 마도구를 만들어버렸고, 결국 배상금을 청구 당한 끝에 돈을 갚지 못해 노예 신세가 되고 말았다.

뭐, 그녀가 만든 것 중에도 쓸만한 게 있었을 테지만, 만드는 데만 정신이 팔려있었으니 제대로 가격을 받았을지 어떨지도 알 수가 없다. 그걸로 돈이 없으면 마도구 만들기도 뜻대로 되지 않는다는 걸 배운 모양이니 그나마 다행이지만.

일단 못을 박아 둘까.

"내가 쓸 거니까 팔 생각은 없어. 그리고 당분간은 마도구를 만들어 팔지 않을 테니 그렇게 알고 있어."

내가 의사를 명확하게 밝히자 리시안은 입을 다물었다.

"……그리고 이 문서는 해독할 수가 없었어."

폴라가 문서 하나를 건네주며 말했다. 폴라가 흥미를 보이기에 넘겨주긴 했지만, 리시안이 온 뒤로 마도구를 제작하는 데 집중력을 쏟았으니 별수 없었겠지. 이 문서를 읽으려면 고대 문자를 해독하는 기관에 맡겨야만 할 것 같다.

결국은 문서는 무엇이 적혀 있는지 알아내지 못한 채 마법 주머니 속으로 돌아갔다.

그 뒤에는 밭에 물을 공급하는 마도구를 비롯해 있으면 편리할 것 같은 마도구에 관한 이야기를 나누었다. 그리고 마지막에는 모레 아침에 또 숲으로 갈 예정이라고 말을 전했다.

"그러니 내일은 절대로 밤을 새우면 안 돼."

그 뒤에는 하치족 하닐 공에게도 같은 내용을 전하고서 평소처럼 훈련하며 하루를 보냈다.

＊

이튿날 나는 라이오넬과 케티의 호위를 받으며 고더스 공과 함께 약사 길드로 향했다.

"만나고 싶다고 했더니 뭐라고 하던가요?"

"치유사 길드의 루시엘 님 이름을 대니 선선히 승낙해줬습니다. 저번 사건 때문에 경계하긴 했지만, 아무래도 그는 루시엘 님과 만나고 싶어 하는 눈치였습니다."

"그런가요……. 그런데 고더스 공은 언제까지 절 '님'으로 부를 생각입니까? '님' 자를 붙이지 않는다고 해서 물체X를 먹이지는 않습니다만."

"아뇨, 그게, 루시엘 님의 파동이 그렇게 하라고 시키고 있습니다. 되도록 양해해주시길."

"가호 때문에 무심코 반응한다는 건 알겠습니다만, 그래도 되도록 남들 앞에서는 삼가십시오."

"조심하도록 하겠습니다."

약사 길드에 들어가자마자 길드 마스터의 방이 아니라 지하 공방으로 안내를 받았다.

치유사 길드와 같은 지하 공간을 순간 상상했지만, 이내 찌를 듯한 냄새가 코를 자극했다. 하지만 나는 평범한 시설이구나 싶어서 도리어 안심이 되었다.

나는 라이오넬과 케티에게 코마개를 건네준 뒤 공방에 들어갔다.

고더스 공은 냄새를 느끼긴 했지만, 물체X보다는 자극이 약해서 견딜 만하다며 웃었다.

"잘 오셨습니다."

공방 안에 있던 인물이 우리가 온 것을 알아차리고는 생글거리며 인사를 했다. 그는…… 너구리 수인이었다.

"스믹크 공, 이 냄새 좀 어떻게 할 수 없나?"

"한창 조합 중이다 보니…… 송구합니다."

"그래서 우리가 오늘 올 거라고 미리 연락하지 않았던가……. 루시엘 니……, 공. 저 사람이 약사 길드 마스터인 스믹크 공이오. 이쪽은 치유사 길드 마스터 루시엘 공."

방금 '님' 자를 붙이려고 했었지?

여기까지는 고더스 공이 중개를 해줬으니 이제부터는 내 입으로 자기소개를 해야겠지.

"처음 뵙겠습니다. S랭크 치유사인 루시엘이라고 합니다. 오늘 시간을 내주셔서 고맙습니다."

"루시엘 님의 소문은 익히 들었습니다. 약사 길드 마스터인 스믹크라고 합니다."

"알고 계시겠지만 치료마법으로는 상처를 치유할 순 있어도, 병을 고치지는 못합니다. 그러니 약사 길드와 함께 의료특구에서 의료팀을 꾸릴 수 있다면 좋겠다 하여 찾아왔습니다."

"감사합니다. 그런데 의료특구가 뭡니까?"

고개를 갸웃거리는 모습이 영락없는 너구리였지만, 나는 평상심을 유지하며 대답했다.

"지난달 이에니스의 대표 회의에서 결정한 사항입니다. 치유사 길드와 약사 길드를 합한 시설을 세울 예정입니다만, 듣지 못하셨나요?"

"죄송합니다. 저는 이 약사 길드에서 약을 제조하는 일 이외에는 모두 부 길드 마스터에게 맡겨놓은 상태라서요. 그렇지 않더라도 약사 길드의 교섭 담당자가 그 이야기를 들었을 것 같으니 안심하십시오."

이 사람, 전혀 개의치 않잖아?

그냥 자기가 하고 싶은 것만 해서 이익을 남기는 타입이다.

연구자라면 그래도 되겠지만, 과연 이 약사 길드는 괜찮은 걸까? 아니 뭐, 나도 남이 보면 비슷해 보일 수도 있긴 한데……

"일단 개요만 말씀드리자면 병자든 부상자든 다 치료할 수 있는 시설을 만들자는 겁니다."

"오호, 그건 기대되는군요. 그나저나 저번에 조카인 왈라비스에게 루시엘 공이 가르바, 그루가와 아는 사이라고 들었습니다만?"

그 왈라비스 공의……. 그랬구나.

그런 것 치고는 말끝에 '푸~.'가 붙질 않는데.

그럼 그건 너구리 수인의 특성 같은 게 아니었단 말인가?!

"예. 성 슈를 공화국의 멜라토니에서 두 분께 꽤 신세를 졌습니다."

"그럼 물체X를 아시겠군요?"

"예. 원래는 현자님이 만든 '신의 탄식'이라 불리는 환약이었는데, 마도구로 정제했더니 액체가 되었다지요?"

"루시엘 공은 박식하군요. 맞습니다. 제가 지금 만들고 있는 게 바로 그겁니다."

그걸 만들려고 하다니. 미친 과학자가 아니라 미친 약사였구나.

나는 일단 일반적으로 반응하기로 했다.

"완성이 되면 좋겠네요."

"언젠가 두 사람한테 손수 만든 '신의 탄식'을 먹여서 오랜 원한을 풀고자 합니다."

스믹크 공은 고더스 공 쪽으로 몸을 돌리고서 의뢰를 했다.

"고더스 공, 미안하지만 신선한 맨드레이크가 필요해. 한 뿌리에 백금화 한 닢을 낼 테니 비명을 지른 지 다섯 시간이 지나지 않은 맨드레이크를 모아줬으면 하는데."

"그런 의뢰는 받을 수 없다고 예전에도 말했을 터. 마물한테 습격을 받으면 어쩔 셈이야."

"그전에 가르바 씨와 그루가 씨한테 왜 원한을 품은 겁니까?"

"……제가 성인이 됐을 때 주신 클라이야 님께서 내려주신 직업은 약사였습니다. 하지만 옛날에는 이렇게 약을 만들지는 않았습니다. 그런데 어느 날 조카인 왈라비스가 두 사람을 화나게 만드는 일이 일어났습니다. 당시 그루가는 벌칙으로 물체X를 넣어서 만든 요리를 억지로 조카한테 먹이려고 했었죠. 저는 급하게 끼어들었습니다."

화가 난 두 사람 앞에 용케도 끼어들었네. 더욱이 어떻게 일이 흘러갔을지 대강 예상이 된다.

"두 사람한테 왜 왈라비스를 괴롭히느냐고 물었더니 왈라비스가 가르바와 그루가 형제를 동경하는 아이들한테 두 사람의 소지품이라며 여러 가지를 팔았다고 하더군요. 개중에는 진짜 소지품도 있었던 모양입니다."

"……그건 화를 내는 게 당연하잖아요?"

"예. 너구리 수인은 장난치는 걸 좋아하는 종족입니다만, 그건 용서하면 안 되겠지요. 결국 왈라비스는 그루가가 해준 요리를 먹고 기절했습니다."

장난을 쳤다고 물체X를 먹이다니 그루가 씨와 가르바 씨도 뒤끝이 있네.

이 지역 사람들이 물체X를 싫어하는 건 그루가 씨 때문이었나?

지금은 스믹크 공의 목소리에 귀를 기울이자.

"그루가는 피해를 본 사람의 숫자만큼 요리를 만든 뒤 왈라비스에게 그걸 다 먹으면 용서해주겠다고 말했습니다. 저도 왈라비스를 위해서 거들어주기로 했습니다."

"……상냥하군요."

"아뇨, 왈라비스를 옹호하려고 나섰으면서 차마 그냥 돌아갈 수가 없었습니다. 결국 다 먹지 못하긴 했습니다만 두 사람은 용서해주었고, 왈라비스한테 두 번 다시 그런 짓을 하지 않겠다고 약속하게 했습니다."

"……이 이야기만 들어서는 두 사람을 미워할 만한 이유는 없는 것 같은데요?"

"문제는 그 뒤에 벌어졌습니다. 당시에 교제 중이던 애인이 제 몸에서 냄새가 난다면서 저를 차버린 겁니다. 거기에 직장에서도 냄새가 난다며 이 지하실에 박혀서 약이나 만들라는 명령을 내렸죠. 음식을 너무 먹어서 몸에 냄새가 배어버린 겁니다."

으아~, 원망할 만하네.

"이해는 합니다만, 그건 왈라비스 공의 잘못이 아닌지요? 애당초 왈라비스 공이 두 사람을 화나게 했고요. 두 사람이 스믹크 공한테 물체X가 든 요리를 먹으라고 했습니까?"

"……그러고 보니 그런 말을 들은 기억이……. 듣기는커녕 만류했던 것 같기도……. 그렇다면 난 지금까지 뭘 위해서 노력해온 거지……."

약사 길드의 마스터를 맡을 만한 조합 스킬을 획득한 것을 위안으로 삼으면…….

"퓨리피케이션."

나는 정화 마법을 발동하여 스믹크 공의 몸에 밴 심한 악취를 말끔하게 없앴다.

"방금 그건?"

"정화 마법입니다. 놀라셨다면 죄송합니다. 조금 환기하는 편이 좋을 것 같아서요. 이 방에 마법에 반응하는 물건은 없습니까?"

"딱히 없습니다만."

나는 정화 마법에 마력을 단숨에 넣어 냄새를 모조리 날려버렸다.

"역시 루시엘 니……공이군요. 냄새가 전혀 나질 않습니다."

고더스 공이 기뻐하며 말했다. 그러나 내가 힐끗 쳐다보자 얼굴이 창백해졌다.

물체X만은 봐달라는 얼굴이었다.

반성하고 있는 것 같아서 나는 다시 스믹크 공에게 말을 걸었다.

"동기야 어쨌든 스믹크 공은 줄곧 약을 조합해왔습니다. 마법 영창보다 어렵고, 끈기가 필요한 작업이겠죠. 당신을 보면 알 수 있습니다."

"……루시엘 공."

"그리고 상식적으로 생각하면 가르바 씨와 그루가 씨한테 그걸 먹이는 건 불가능합니다. 틀림없이 스믹크 공은 본인이 만든 걸 스스로 먹게 되겠죠."

나는 호흡이 서서히 거칠어지는 스믹크 공을 부드럽게 타일렀다.

"괜찮습니다. 스믹크 공은 판단을 그르치기 전에 착오를 깨달았습니다. 더욱이 스믹크 공이 노력한 시간은 쓸데없지 않습니다.

그 기술로 앞으로 수많은 사람을 도울 수 있도록 함께 노력하는 게 어떨까요?"

"…………."

그는 내 귀에만 들리도록 작게 "예" 하고 말했다.

이 사실은 가르바 씨와 그루가 씨에게 편지로 알려두기로 할까. 보내봤자 옛날 일이라서 까먹었을지도 모르겠지만.

그 뒤에 차분해진 스믹크 공이 고더스 공에게 다시금 맨드레이크를 채집해달라고 부탁했다.

"맨드레이크가 있으면 몸의 상처와 고갈된 마력을 동시에 회복할 수 있는 고급 포션을 만들 수 있을 겁니다."

내가 라이오넬과 케티를 보자 두 사람도 고개를 끄덕였다. 아마도 괜찮겠지.

"그럼 이걸."

나는 마법 주머니에서 맨드레이크를 꺼냈다. 숲을 탐색할 때 케핀이 실수로 뽑은 녀석이다.

"이, 이건?"

"비명을 지른 지 한 시간도 채 지나지 않은 맨드레이크입니다. 친교의 증표로 넘겨드리도록 하죠."

"뭐라고요?!"

"이제부터는 의료특구를 세우는 일에도 더 신경을 써주십시오."

"예. 하지만 우선은 이걸 조합해야겠습니다. 가까운 시일에 또 뵙도록 하죠."

그는 흥분한 표정으로 내가 넘겨준 맨드레이크를 들고 안으로 사라졌다.

그 모습을 보면서 우리는 쓴웃음을 지었다. 그리고 여기에 있어도 별 의미가 없을 것 같아서 돌아가기로 했다.

약사 길드 안에서 우리를 적대시하는 자가 얼마나 있는지는 모른다. 케티가 웃는 걸 봐서는 제법 많은 모양이다만.

그래도 같은 시설에서 함께 지내다 보면 언젠가는 괜찮아지겠지.

치유사와 약사는 생각보다 겹치는 영역이 별로 없다. 서로 적대할 이유가 없는 셈이다.

스믹크 공과 친분도 생겼으니, 나중에 치유사 길드, 약사 길드, 모험가 길드끼리 모여 식사와 함께 친목의 자리를 만드는 것도 좋을 것 같다.

나는 그렇게 생각하면서 치유사 길드로 돌아갔다. 조르드 씨의 보고를 들은 뒤에는 사고를 전환하여 자재를 조달하러 내일 떠날 예정인 숲에 대해 생각했다.

09 하치족의 이동

이튿날, 나는 다시 이에니스의 숲에 와 있었다.

나는 곧장 미궁에서 얻은 은자의 열쇠를 써서 포레 누와르와 다른 말들을 다른 공간에 보내기로 했다.

"포레 누와르, 여기서 기다려줄래?"

마력을 담아 문을 생각하며 허공에 열쇠를 돌리자, 대뜸 마구간으로 이어지는 문이 나타났다.

어제도 시험 삼아 열어보긴 했지만, 다시 봐도 놀라울 따름이군.

문 너머의 공간도 평범하진 않았다. 스트레스를 받지 않도록 여러 편의 시설이 갖춰져 있어서 밥을 먹거나, 잠을 자거나, 원하면 운동이나 마사지까지 가능했다.

말들도 대뜸 나타난 마구간에 조금 놀란 듯했으나, 안에 들어가도 딱히 아무런 문제가 없다는 걸 알자 서서히 마음을 놓기 시작했다. 포레 누와르만 빼고.

포레 누와르는 이 마구간이 맘에 들지 않는지 선뜻 들어가려 하질 않았다. 심지어 이게 처음도 아니었다.

여기서 시간 낭비할 수도 없거니와, 그렇다고 억지로 밀어 넣었다가 화나게 만들면 영영 태워주지 않을 것 같아 결국 포기했다.

"……그럼 이번에는 함께 다니기로 하자. 하지만 멋대로 돌아다니지 않기야?"

포레 누와르가 고개를 크게 끄덕였다.

"영리한 말이군요."

"어쩌면 배틀 포스의 아종일지도 모른다냥."

케티가 그렇게 말하자 포레 누와르가 그녀를 향해 앞발을 쳐들었다.

나는 큰일 났다 싶어 즉시 포레 누와르를 진정시키려 들었다.

"워워, 진정해. 케티, 빨리 사과해. 포레 누와르는 마물 취급받는 걸 싫어한다고."

그렇다고는 해도 이토록 감정을 노골적으로 드러낸 적은 없었는데, 어쩌면 오랫동안 실컷 달리지 못해서 스트레스가 쌓였는지도 모르겠다.

다른 말은 이런 이야기를 들어도 대뜸 화를 내거나 하진 않는다. 포레 누와르만 유독 마물이란 말에 민감했다.

"악의는 없었다냥. 용서해줘라냥."

"부르르르우우."

케티가 고개를 숙이자 포레 누와르는 어쩔 수 없지! 하고 용서해준 것처럼 보였다.

앞으로도 비슷한 일이 벌어질지 모르니 사전에 말을 해두도록 하자.

"내가 포레 누와르를 데리고 가는 걸 불만스럽게 생각하는 사람이 있겠지만, 이 말은 적의 기척을 찾는 실력이 좋아. 이에니스에 올 때도 그 능력을 증명했지. 방해가 되지는 않을 테니 안심해."

"""예."""

이의를 제기한 사람은 없었지만, 다들 속으로 꾹 삼켰다는 것을 느낄 수 있었다.

나는 포레 누와르에게 신뢰를 쌓으라고 나직이 말한 뒤 숲으로 들어갔다.

숲에 데리고 온 멤버는 저번과 같았다.

엘프들을 데려가야 할지를 놓고 고민에 빠졌지만, 놀랍게도 케티가 먼저 그녀들을 데리고 가자는 말을 꺼냈다. 나는 어차피 한 번 용서해줬으니 믿어보기로 하고 라이오넬에게 엘프들을 감독하라고 지시했다.

우리는 곧장 숲으로 들어가 하닐 공을 따라 하치족의 부락으로 향했다. 아니나 다를까, 헤매지 않고 금방 도착할 수 있었다.

"그럼 보고를 하고 올 테니 잠시만 기다려주십시오."

하닐 공과 그 수행원들이 상공에 있는 벌집을 향해 날아가는 모습을 바라보며 엘프들에게 말을 걸었다.

"숲을 안내하는…… 레시라고 했던가? 이번에는 안 나타났어? 그리고 물의 정령의 목소리는 들려?"

"오늘은 아무것도 없는 것 같아요."

리시안이 대표로 대답했다.

크레이시아와 리시안은 노예 문양이 사라졌다가 연대책임으로 치유사 길드에서 쫓겨나고 싶지 않은지 밀피네와 함께 정령을 감시하겠다고 나섰다.

뭐, 저번에 단단히 못을 박았으니 괜찮겠지.

"알았어. 무슨 일이 있으면 알려줘."

이번에는 세 그룹으로 편성을 짰다.

나와 라이오넬, 케티, 하닐 공, 드란과 밀피네는 과수 선별을. 폴라, 리시안, 야르보 부대는 목재와 마물의 마석을 수집하는 자재조달을. 케핀 부대와 크레시아는 하늘이나 숲 밖에서 우리를 미행하는 적을 색출해내는 색적을 맡았다.

나도 실은 마석 모으기에 힘을 쏟고 싶었지만, 초심으로 돌아가 목숨을 소중히 여기기로 했다.

일을 서두르면 그르치기 마련이니까.

하나하나 천천히 해나가기로 했다.

"현자님, 허가를 받았습니다. 아마 부락의 3할 정도가 이주하게 될 것 같은데 괜찮을는지요? 대략 40명 정도 될 겁니다."

하닐 공이 기쁜 표정으로 그렇게 말했다. 마치 한시라도 빨리 가족에게 새집을 보여주고 싶어 하는 아버지 같은 표정이었다.

그래도 오가는 길이 그리 안전하지는 않다는 건 말해둬야겠지.

"숫자는 문제가 없습니다만, 전에 말씀드렸다시피, 이에니스에서 여기까지 왕복하시기에는 길이 조금 위험합니다."

"예, 그래서 드리는 부탁입니다만, 치유사 길드 지하에 새로운 둥지를 짓고 싶습니다."

나는 처음부터 그렇게 할 생각이었는데…… 오히려 내가 안 된다고 하면 어쩔 생각이었던 거지?

"그 점도 생각해서 생활환경을 조성한 거니 괜찮습니다. 다만 이주하신 후에는 이곳으로 자주 돌아오시기는 어렵다는 것만 단단히 일러주십시오."

뭔가 안전하게 다닐 수 있는 방도가 있으면 좋겠지만, 아직 이렇다 할 대응책을 찾지 못했다.

나로서는 그냥 하치족이 통째로 이주해줬으면 좋겠는데.

뭐, 아무리 그래도 그건 어렵겠지?

하닐 공이 데리고 온 사람들은 대부분 젊은 사람들이었다.

이곳에서 오랫동안 산 사람들은 대부분은 이곳을 떠나고 싶어하지 않았다.

나는 사실상 하치족의 미래를 책임지게 된 셈이었다. 반드시 성공해야만 한다.

나무를 옮기는 과정은 우선 하치족이 나무를 고르고, 밀피네가 나무에 말을 걸어 뿌리를 정리하면 드란이 흙 마법으로 바닥을 파고 내가 나무를 마법 주머니로 옮기는 식이었다.

우리가 나무를 골라 옮기는 동안 포레 누와르도 색적 팀에서 활약하고 있었다.

포레 누와르가 반응을 보이면 케핀 부대와 라이오넬 또는 케티가 함께 움직이는 식이었다.

이걸로 포레 누와르가 기척을 잘 찾는다는 걸 다들 알아주겠지.

하지만 그 이외에는 딱히 아무 일도 없었던지라 나는 약간 김이 샜지만, 이번 목적인 과수(果樹)와 꽃 채집은 무사히 마칠 수 있었다.

"좋았어. 그럼 조금 비좁긴 하겠지만, 하치족 여러분들은 마차에 타주세요."

하치족에게 마차에 타라고 말한 뒤 이에니스를 향해 출발했다. 상품의 생산과 판매 맹약을 했으니, 하치족이 이에니스에 들어가더라도 문제없겠지만, 꿀에는 늘 온갖 벌레가 달라붙는 법이니 남모르게 움직여야겠지…….

내가 그런 시답잖은 생각을 하고 있자니 케티의 목소리가 들려왔다.

"날이 저물기 전이라서 그런지는 몰라도, 우릴 감시하는 시선이 느껴지지 않는다냥."

"앞으로도 그랬으면 좋겠는데 말이지."

"그래서 내일부터는 어떻게 하실 생각입니까?"

"내일부터는 미궁에 들어가서 마석을 모을 거야. 일단은 한나 절 정도 있을 생각인데, 거기는 한 번 답파했던 미궁이니까, 마물이 숫자가 얼마 없을지도 몰라. 그렇게 되면 미궁에서 야영해야겠지."

"그거 잘 됐군요. 나리아한테 미리 식사 준비를 해두라고 전하겠습니다."

"이번에는 지도도 있으니 루시엘 님도 싸울 수 있으면 싸워보는 게 좋겠다냥."

"뭐, 기회가 있다면……."

*

이에니스로 돌아가는 길에 나는 물의 정령을 떠올리고 있었다.

물의 정령은 내가 아직 거기 올 때가 아니라고 했었다.

이번에도 숲에 갔지만, 오늘은 정령과 만날 수 없었다. 원래 만나기 어려운 건가?

결국 이래저래 고민하는 사이에 이에니스에 도착하고 말았다.

나는 마차를 끌고 그대로 치유사 길드 지하 1층으로 이동했다.

이러면 하치족이 치유사 길드 지하에 들어와 있다는 걸 아무도 모를 거다.

"하치족 여러분들, 고생하셨습니다. 이곳은 지하 1층입니다. 이제부터 지하 3층으로 이동할 테니 절 따라와 주셨으면 합니다."

하치족은 지하에 하늘이 펼쳐져 있는 것을 보고 놀라워했다. 개중에는 자기들을 속이는 게 아니냐고 의심하는 자도 있을 정도였다.

그러자 하닐 공이 먼저 움직이기 시작했다.

"여러분, 지하 3층에 가면 더 놀랄 겁니다."

처음에는 다들 떨떠름한 표정으로 따라왔지만, 지하 2층으로 내려가자 모두 흥미진진해서 주변을 둘러보기 바빴다.

"이곳이 여러분들의 일터와 주거 구역입니다."

3층에 이르렀을 때는 이미 다들 얼이 나간 상태였다.

지하에 태양이 있고, 밭이 펼쳐져 있으니까.

"이제부터는 과수를 옮겨 심고, 밭에 씨앗을 뿌립시다. 여러분들이 안심하고 일할 수 있는 환경을 함께 만들어가도록 하죠."

이곳에 자신들의 오아시스를 만드는 모습을 상상했는지 다들 의욕을 내기 시작했다.

"현자님, 앞으로 하치족을 잘 부탁합니다."

"예. 함께 노력합시다."

훈훈한 분위기 속에서 나무를 옮겨심기 시작했다.

드란이 옮겨 심으면 밀피네가 나무에 정령 마법을 걸어 상태를 유지하는 작업이 이어졌다.

숲의 흙도 마법 주머니에 많이 넣어왔기에 옮겨심기 작업을 순조롭게 마칠 수 있었다.

드란은 작업을 마치자 곧장 공방으로 돌아갔다.

"……드란은 이만한 공사를 하고도 마석이 있으면 다시 의욕이 솟나 보네."

오늘 숲에서 가져온 마석 중 7할을 드란에게 넘겨줬건만, 세 자릿수가 되지 않는 양으로는 만족할 생각이 없는 듯했다.

"할아버지가 아무 말 없이 공방으로 돌아갔다는 건 기분이 좋다는 뜻."

내가 중얼거리는 소리를 듣고 폴라가 대답했다. 아무래도 내가 마석을 주지 않는 게 불만인 모양이다.

"폴라와 리시안이 개발한 건 너무 허무맹랑해. 일단 사람들이 편리하게 쓸 수 있는 물건을 만들어 봐."

"알겠어요."

리시안이 내 뒤에서 갑자기 나타나더니 폴라와 함께 폴라의 공방으로 향했다.

"이러니저러니 싸워도 결국은 친구가 되겠군."

하지만 이 다음날, 나는 염룡이 있던 미궁에서 처음으로 사신(邪神)의 존재를 알게 된다.

어젯밤 나는 곧장 하치족 이주민들과 전부 고용 계약을 맺었다.

계약은 맹약서로 작성했다.

하나, 식사와 주거를 보장하고, 임금은 대표와 합의한 금액을 지급한다.

둘, 외출할 때는 긴급한 상황일지라도 반드시 연락한다. 다만 이에니스의 내부가 안정될 때까지는 치안을 위해 외출을 금지한다.

셋, 휴일은 일주일에 하루로 한다.

넷, 일터에서 다른 종족과 문제를 일으키지 말 것.

계약 기간은 일단 반년으로 정했다. 벌꿀 생산 사업이 본궤도에 오르면 정직원으로 전환할 생각이다.

다행히도 하치족 사람들은 이 계약에 불만을 품지 않았다.

아마 오늘부터 움직이지 않을까?

나는 어제 말한 대로, 마석을 얻기 위해 미궁으로 향하는 중이었다.

오늘 호위는 라이오넬과 케티, 케핀 부대와 야르보 부대였다.

어차피 라이오넬과 케티는 거의 항상 있고, 내가 이에니스 밖으로 나갈 때만 노예 부대 중 2부대가 따라붙었는데, 내가 알기로 케핀 부대는 오늘 토끼 수인족을 감시하는 일이 있을 터였다.

"케핀, 어젯밤에 호위는 야르보와 바델 부대가 맡는다고 하지 않았어?"

당연하지만 세 부대나 있으므로 그중 2개 부대가 번갈아 가며 내 호위를 맡고 있다. 어제 바넬 부대에 직접 가서 확인까지 했는데.

 뭐, 어느 쪽이 되었든 다들 알아서 잘했을 것 같긴 하지만 가는 길이 심심하니 나는 굳이 물어보기로 했다.

 "실은 나리아 씨가 가르치고 있는 노예들이 바넬 부대원 중 몇을 좋아하는 모양입니다. 그래서 나리아 씨가 가능하면 바넬 부대에 길드 경비를 맡겨달라고 하셨죠."

 "응? 케핀 부대가 바넬 부대랑 역할을 바꿨다면, 바넬 부대는 토끼 수인족을 감시하러 나갔어야 하는 거 아냐?"

 "아마 부대를 나눴을 거다냥. 그래도 마음대로 임무를 바꾸었으니 나중에 단단히 설교해두겠다냥."

 "사랑이라니, 다들 젊군. 그래, 사랑도 중요하긴 하지."

 "루시엘 님한테 고루한 냄새가 난다냥. 루시엘 님은 이제 고작 스무 살 아니었냥?"

 "루시엘 님이 아직 젊긴 하시지만, 교회관계자 중에는 그런 사람이 많다고 하더구나."

 케티의 말에 라이오넬이 교회 사람들을 뭉뚱그려서 그런 말을 했다.

 물체X를 쭉 마시다가 끊으면 그쪽이 감퇴한다고 적혀 있긴 했는데……. 또 물체X를 정기적으로 마셔야 할 날이 오려나. 아니 그보다, 라이오넬의 착각부터 고쳐야 하지 않을까?

 그러나 내가 무얼 말하기도 전에 미궁에 도착하고 말았다.

 "……타이밍이 영 좋지 않군."

나는 그렇게 중얼거리고서 포레 누와르의 등에서 내렸다.

그리고 미궁에 들어가기 전에 은자의 열쇠로 마구간의 문을 열어 말들을 집어넣었다. 숲과 달리 미궁 안은 위험하다고 설명한 보람이 있는지, 포레 누와르도 마지못해 안으로 들어갔다.

"저번에 지도를 얻었으니까, 단숨에 올라가자. 마물은 얼마 없을 것 같지만 방심하지는 말고."

"""엡."""

우리는 미심의 미궁 안으로 들어갔다.

10 미궁의 이변

"어쩐지 마물의 숫자가 줄어들지 않은 것 같은데? 내 착각인가?"

"아뇨, 예전보다도 늘어난 것 같군요."

"마물의 종류는 거의 같은 것 같지만냥."

"그 '거의'의 밖에 있는 마물이 문제 아냐?"

미궁에 들어가자마자 지난번에 왔을 때와 달리 1층에서부터 엄청난 숫자의 마물이 돌아다니고 있었다.

"보통 미궁을 답파하면 활성화가 약해지잖아?"

그냥 그렇다고만 알고 있을 뿐이지 진짜 그런지는 알 수 없었다.

다만, 이번에 출몰한 마물들은 몸이 군데군데 언데드로 변해 있었다.

나는 뭔가 불길한 예감을 느끼며 마물들을 정화해나갔다.

대체 무슨 일이 일어난 건지는 모르겠지만, 마석은 쉽게 모을 수 있겠군.

우리는 지도를 보면서 미궁 안쪽으로 나아갔다.

마물이 딱히 강해진 건 아닌지, 층 하나를 오르는데 5분 정도밖에 걸리지 않았다.

이 정도라면 다들 여유롭게 나아갈 수 있겠는데?

다행히 미궁의 길이 바뀌거나 하지는 않았기에, 길을 찾는 것도 어렵지 않았다.

그리고 전투와 마석 회수를 반복한 끝에, 약 한 시간 만에 10층에 도착할 수 있었다.

"보스는 이미 토벌했으니까 어렵지는 않을 것 같지만 그래도 다들 조심해."

다들 내가 안전을 강조하자 웃으면서도 고개를 끄덕였다.

보스방에는 레드 리자드맨 세 마리가 나왔는데, 그중 하나는 언데드로 변해 있었다.

나는 곧바로 언데드로 변한 리자드맨을 정화하자 케핀 부대와 야르보 부대가 남은 레드 리저드맨 두 마리를 집단공격으로 쓰러 뜨렸다.

"역시 라이오넬이 단련시킨 부대답군."

그런데 케핀 부대와 야르보 부대를 칭찬했더니 라이오넬과 케티가 조금 불만스러운 표정을 지었다. 보나 마나 자기가 싸우고 싶어서 저러는 거겠지. 굳이 이유를 물을 필요는 없을 것 같아서 나는 개의치 않고 위층으로 향했다.

"……어쩐지 위로 올라갈 때마다 언데드로 변한 마물이 점점 늘어나는 것 같은데?"

"그런 것 같군요. 하지만 언데드로 변하면 몸놀림이 느려지니 루시엘 님이 전투경험을 쌓기에는 딱 좋을 것 같습니다."

"아니, 나도 열심히 노력하고 있는데, 미궁에 들어온 뒤로 레벨이 전혀 오르질 않아."

"적룡까지 쓰러트렸는데, 그런 사람이 이런 하찮은 마물들을 잡아봤자 레벨이 오를 리가 없다냥."

아무래도 레벨을 수월하게 올리기는 어려울 것 같다. 이러면 차라리 물체X를 마시는 게 좋지 않을까?

아니지. 아니지. 티끌 같은 경험치를 모아도 레벨업을 할 수 있다는 속담도 있잖아?

나는 층을 올라가는 내내 고민에 빠져있었다.

20층 보스는 레드 오크 두 마리와 커다란 파이어 울프였다. 아무래도 내가 활약할 기회는 없을 것 같군.

라이오넬이 레드 오크를 베었고, 케티는 파이어 울프의 목을 베었다. 케핀 부대와 야르보 부대 14명은 연대공격으로 오크의 남은 기력을 깎아 서서히 죽였다.

"케핀, 더 쉽게 이길 수 있던 거 아냐?"

케핀 부대의 멤버라면 1:1로 싸워도 레드 오크정도는 쓰러트릴 수 있을 것 같다.

나보다 강하니까. 그 정도는 해줬으면 한다.

"연대가 잘 되는지 확인했습니다. 이제부터는 마물이 서서히 강해질 텐데 저번처럼 아군의 발목을 잡을 수는 없지 않습니까."

케핀이 그렇게 말하자 모두가 고개를 끄덕였다.

"그렇다면 문제없지. 안전이 최우선이니까."

나는 웃으면서 더 위층으로 향했다.

"그나저나 용케도 계단을 척척 오르고 계시는군요."

라이오넬이 25층 계단을 오르고 있을 때 그렇게 물었다.

"나 혼자였다면 미궁에 들어가는 것조차 싫었겠지만, 믿음직한 호위들이 전투를 즐기고 있더라고. 그리고 강한 마물이 남기는 마석은 마력도 강해서 좋은 마도구를 만들 수 있다는 걸 최근에 알았어. 그러면 필요한 마석도 조금은 줄어들지도 모르지.”

나는 그렇게 말하고서 익살을 떨며 계단을 올랐다.

30층 보스방에는 파이어 베어와 레이스가 출현했다.

나는 레이스를 보자마자 반사적으로 정화 마법을 발동했다.

레이스는 녹아내리듯 마석으로 바뀌었다.

다행히도 이번에는 다들 무사히 넘어간 모양이다.

케핀 부대 몇 명이 파이어 베어한테 가벼운 상처를 입긴 했지만, 그래도 이만하면 완승이라 불러도 되리라.

나는 여기서 한차례 휴식을 취하기로 했다.

“아까 그 마물은 틀림없이 레이스였어. 고더스 공이 처음에 만났을 때 이 미궁의 40층 보스는 키메라였다고 했었는데.”

“나도 그렇게 들었다냥. 근데 레이스를 그토록 쉽게 소멸시키다니, 루시엘 님은 너무 대단하다냥.”

“분명 굉장했어. 역시 젊은 나이에 S급 치유사가 될 만해.”

“……레이스는 나한테 피라미 정도밖에 안 돼. 녀석이 쓰는 상태이상 마법도 나에게는 아무런 의미가 없으니까. 뭐, 그래도 딱 한 번 죽을 뻔한 적은 있었지만.”

“이유가 뭐냥?”

“혼자 싸울 때는 문제가 없는데, 주변에 있던 동료가 착란에 빠져 날 덮쳤거든. 레이스를 먼저 쓰러뜨렸는데도 효과가 남아 있기에 리커버를 발동하기 전까지 동료를 말릴 수가 없었어.”

이에니스에 오기 전에 실전훈련을 하고자 성치시대외 힘께 들어갔던 시련의 미궁에서 레이스의 정신공격을 받은 성기사들이 공격을 가했을 때는 정말로 아찔했었지…….

"그래서 레이스를 보자마자 움직이셨던 거군요."

라이오넬이 턱수염을 쓰다듬으면서 말했다.

"그런 셈이지. 자, 오늘은 나리아가 모처럼 만들어준 요리를 맛있게 먹자."

나는 마법 주머니에서 요리를 꺼내다가 방 안에 정화 마법을 쓰는 걸 깜빡했음을 깨달았다. 일단 모두에게 먼저 먹으라고 말하고서 정화하기 시작했다.

시련의 미궁에 함께 들어갔던 사람 중에 사망자는 한 명도 없었고, 성기사나 신관기사를 그만둔 사람도 없었지만…….

나는 어두워진 마음을 털어내고서 점심밥을 맛있게 먹기로 했다.

31층에서부터는 무슨 영문인지 언데드가 나오지 않았다.

나는 마음 한구석에 불안감을 느끼며 순조롭게 미궁을 나아갔다. 그리고 어느덧 40층에 도착했다.

문득 케핀이 혼잣말을 중얼거렸다.

"이상한데? 녀석들이 없어."

"녀석들?"

"루시엘 님이 처음 이곳에 왔을 때 여기서 죽치고 있던 모험가 놈들 말입니다. 모험가를 사냥하는 청소부 스위퍼가 없다니, 이상한 일이라고요."

"마물의 종류가 바뀌거나, 약해져서 돈벌이가 되지 않아 떠난 게 아닐까?"

"그런 것 같지는 않습니다만……."

라이오넬이 조금 흥분한 케핀을 달래자 그는 서서히 평정심을 되찾았다.

나는 케핀을 바라보면서 엄청나게 불안한 예감이 들었다.

서서히 사라져야 할 미궁이 부활하고, 예전에는 없었던 언데드 마물까지 나오는 상황.

거기에 늘 같은 자리에 있던 모험가 사냥꾼들의 실종.

"설마 그건가……? 내가 51층에 있던 커다란 마석에 손을 대지 않고 그냥 갔다는 얘기를 했었지?"

모두가 고개를 끄덕였다.

"그 청소부들이 50층에서 마석을 만졌을 가능성이 있을지도 몰라."

"하지만 용의 가호가 없다면 문은 보이지 않는 게 아니었습니까? 그 녀석들이 용의 가호를 받았을 것 같지는 않습니다만."

"51층에는 한 번밖에 갈 수 없다고 염룡이 말했었어. 만약에 그게 사실이라면 마석이 50층 보스방으로 이동했더라도 이상하지는 않을 것 같은데?"

"……그럼 혹시?"

"그 청소부들이 마석을 만졌을 가능성이 커. 난 절대로 만져서는 안 된다는 직감이 들었다고 해야 할까, 호운 스킬이 그렇게 시켜서 만지지 않았거든."

……어쩌면 새로운 적이나, 최악의 경우에는 사신이 손을 댔을 수도 있다.

이대로 나아갈 것인가. 아니면 여기서 되돌릴 것인가.

모두의 시선에 나에게로 쏠렸다.

내가 무슨 선택을 하든 모두 따르겠지…….

정보가 틀리지 않았다면 40층 보스방에는 키메라가 있을 것이다. 그러나 이번에는 언데드까지 있을 가능성도 있다.

나는 사지로 들어가는 건 사양이거니와, 다른 사람을 보내는 것도 싫었다.

"……보스방에는 분명 키메라가 있을 거야. 레이스가 있을 가능성도 있고……."

나는 결단을 내리지 못하고 모두에게 조언을 구하기로 했다.

책임을 떠넘길 생각은 없지만, 다른 사람의 목숨을 도저히 도박에 걸 수가 없었다.

"평소였다면 말씀드리지 않아도 물러나려고 하셨겠죠……. 뭔가 마음에 걸리는 게 있으신 거 아닙니까?"

라이오넬은 마치 내 생각을 꿰뚫어 본 것처럼 말했다.

"마음 같아선 당장이라도 돌아가고 싶다만, 이대로 내버려 뒀다간 미궁이 더욱 강해져서 난공불락의 영역에 들어설 것 같은 예감이 들어. 하지만 지금이라면 어떻게든 할 수…… 있을 것 같단 말이지."

"그렇다면 들어가야지냥."

"루시엘 님이 그렇게 생각했다면 우리는 그저 따를 뿐입니다."

"루시엘 님의 직감으로 판단해주십시오. 설령 물러나자고 판단을 내리시더라도 여기에 곤란해할 사람은 여기 없습니다."

케티는 나아가자고 말했고, 케핀 부대는 내 뜻에 따르겠다고 했고, 라이오넬은 평소에는 절대로 하지 않을 말을 했다.

"……위험하다 싶으면 곧장 철수하자. 보스방 문 사이에 나무를 끼어놓아 열어두고, 키메라의 공격을 맞고 상태이상에 걸리거나, 혹은 걸린 것 같다는 느낌이 들면 곧바로 말해줘."

"""예."""

그리하여 우리는 나아가기로 결단을 내렸다.

40층 보스방을 열고 다 함께 들어간 뒤 마법 주머니에서 나무 스토퍼를 꺼내 문 사이에 끼웠다.

"그럼 간다."

가운데로 걸어가자 어두컴컴했던 방 안이 환해졌다. 언데드가 있을까 하고 정화 마법을 준비하고 있었으나, 방에 있는 건 사벨타이거 5마리가 전부였다.

긴장하고 있던 만큼 김이 샜지만, 사실 내 실력으로는 사벨타이거 한 마리를 상대하는 것조차 벅차다.

호위들이 달려올 때까지 버티는 게 고작일 거다.

저번과 다른 점은 드란과 폴라, 바델 부대가 없다는 것이다.

나를 쳐다보던 파이어 사벨타이거 한 마리가 입을 쩍 벌린 채 나에게 달려들었다. 허를 찔린 나는 혼란에 빠졌다. 본능이 몸을 이끌었는지, 어느새 마법 주머니에서 성룡(聖龍)의 창을 꺼내고 있었다.

나는 본능적으로 성룡의 창을 찔러서 파이어 사벨타이거의 입을 꿰뚫었다.

파이어 사벨타이거는 바로 내 코앞에서 숨통이 끊어졌다.

1초라도 늦었더라면 결말이 바뀌었을지도 모른다. 몹시 무서웠지만, 사벨타이거가 입을 벌린 채 일직선으로 달려든 덕분에 살 수 있었다. 호운 선생이 계속해서 나를 지켜주고 있다……는 느낌이 들었다.

파이어 사벨타이거가 마석으로 변한 것을 확인한 뒤 다른 사람들 쪽으로 시선을 돌렸다. 케티와 라이오넬은 이미 전투를 끝마쳤다. 케핀 부대는 아직 전투를 벌이고 있었지만, 공세로 전환한 상태였다. 결판을 내기 직전이었다.

"혼자 쓰러뜨리다니 역시 용살자다냥."

"치유사의 영역을 이미 완전히 초월했군요."

두 사람은 생글생글 웃으며 다시 호위하고자 내 곁으로 다가왔다.

"매일 엉망진창으로 패고 있으니 내 실력이 어떤지 다 알 텐데 그런 말을 하다니."

"그래도 루시엘 님도 그럭저럭 강하다고 생각한다냥."

"실전에서 보여주는 힘이야말로 자신의 진정한 실력이지요. 이대로 10년쯤 정진하다 보면 꽤 재밌어질 것 같군요."

라이오넬의 머릿속에 있는 어떤 스위치가 켜진 것 같은 느낌이 들었다. 그러나 뭐가 재밌어진다는 건지 차마 물어볼 수가 없었다.

"그나저나 31층부터 언데드가 나오지 않은 걸 보면 미궁이 급속도로 본래 힘을 되찾고 있거나, 혹은 재구축되고 있는 것 같은데……."

내 말을 듣고 두 사람의 얼굴에서 웃음기가 사라졌다.

두 사람도 틀림없이 같은 생각이겠지.

"그래서 어떻게 움직일 겁니까?"

"당초 예정대로 마석을 회수한다. 그리고 50층 보스를 본 뒤에 마법진을 타고 되돌아갈지, 아니면 걸어서 돌아갈지 정하자."

"알겠다냥. 슬슬 저쪽 전투도 끝날 것 같다냥."

대화를 나누는 사이에 케핀 부대가 수적 우위를 살린 연대공격으로 전투를 끝마쳤다.

"요전보다는 무난한 전투였군."

"꾸준히 해온 성과가 나오기 시작했다냥."

두 사람은 케핀 부대가 성장했음을 느끼고 있는 듯했다.

"꾸준하게 한다라……."

나는 그 말을 자신에게 던졌다.

우선은 케핀 부대의 부상을 치유한 뒤 잠시 쉬고서 계층을 올랐다.

언데드는 41층 이후에도 나타나지 않았다.

마물의 숫자가 예전에 왔을 때 보다 조금 늘긴 했지만, 지도를 완성한 덕분에 전력을 분산시키지 않고 최단 경로로 돌파할 수 있었다.

그리하여 우리는 어려움 없이 50층 보스방 앞에까지 이르렀다.

출발한 지 5시간이 지난 후였다.

"……꺼림칙하다냥."

"……예전에 왔을 때보다도 농후하군."

"눈으로 보일 정도로 독기가 새어 나오고 있다면 이쪽에서도 정화할 수 있지 않을까요?"

"아, 그렇겠구나!"

나는 저녁 식사를 꺼내 나머지 준비를 케핀 부대에 맡긴 뒤 보스방 내부를 상상하며 정화 마법을 발동했다.

정화 마법을 여러 번 영창 후 마법진을 보스방 내부에 설치하는 장면을 상상하며 마법을 발동시켰다. 그리고 생추어리 서클과 정화 마법을 거듭 발동하자 이윽고 새어 나오던 독기가 사라졌다.

"오늘은 여기서 정화를 계속하다가 내일 보스방 내부를 살펴보기로 하자. 적룡이 나온다면 이번에도 이길 수 있다는 보장이 없으니까."

"그럼 저녁을 먹은 뒤에 루시엘 님은 이 방을 정화해주십시오. 저와 케티는 케핀 부대를 이끌고 마석을 회수하러 가겠습니다."

"알겠어. 나는 마력이 2할 정도 남으면 먼저 잘 테니까. 다들 너무 무리하지 말고 일찍 자도록 해. 어쩌면 내일은 오늘보다도 더 고단할지도 모르니까."

"""예."""

물체X를 통로에 두어 마물이 얼씬하지 못하도록 봉한 뒤 나는 보스방을 말끔하게 정화하는 장면을 상상하며 마법 영창을 재개했다.

케티와 케핀 부대는 먼저 잠자리에 들었고, 라이오넬과 야르보 부대는 마물을 쓰러뜨리러 갔다.

나는 명상을 하면서 보스방 문에 손을 댔다. 그리고 정화가 안으로 침투되기를 바라며 마법을 계속 발동했다.

그리고 불현듯 어떤 사실을 깨달았다.

옛날에는 온갖 상상을 하면서 마법을 사용했는데, 지금은 그렇지가 않았다.

그렇게 생각하니 마법에 서서히 적응해가는 게 아닌가, 하는 착각이 들기 시작했다. 혹시 이건 오만한 생각이 아닐까?

자문자답을 해보니 확실히 그랬다.

내가 성 속성 마법을 이 레벨까지 올릴 수 있었던 이유는 숙련도가 보였기 때문이다.

물론 노력도 꾸준히 하긴 했지만, 역시 나는 재능으로 올라가는 타입은 아니었다.

이에니스를 떠나 여행길에 오르면 멜라토니를 한 번 들러 블로드 교관에게 일주일쯤 단련해달라고 부탁해야겠다.

"지금 내게는 사람을 다루는 재능은 없어. 좀 더 노력해야 해."

나는 마력이 2할까지 떨어지도록 정화 마법을 쓰고 마법 주머니에서 천사의 베개를 꺼내 잠자리에 들었다.

*

이튿날 눈을 뜨자 라이오넬과 야르보 부대의 모습 대신 케티와 가벼운 상처를 입은 케핀 부대가 보였다.

"미안, 지금 막 일어났어. 에어리어 힐로 회복시킬 테니 모두 모여 줘."

에어리어 힐과 에어리어 배리어를 발동한 뒤에 현 상황을 확인하기로 했다.

"그 뒤로 얼마나 시간이 지났고, 또 다들 언제쯤 돌아왔는지 알려줘."

"세 시간마다 교대하기로 했고, 지금은 라이오넬 님과 야르보 부대가 두 번째로 돌고 있는 중이다냥."

어쩐지 몸이 가볍더라니.

"그럼 내가 5시간쯤 잤구나. 미궁은 바뀐 게 없고?"

"없었다냥. 그런데 마물이 조금 늘어난 것 같다냥."

역시 미궁이 조금씩 활성화되고 있는 건가……. 31층에서부터 언데드가 나타나지 않았던 점을 생각한다면 이대로 갔다간 성가시게 될 것 같다.

"알겠어. 그럼 다들 자도록 해. 아니면 출출하면 밥을 먹을까?"

아무도 식사를 하고 싶다는 반응을 보이지 않았다.

"라이오넬과 야르보 부대가 돌아오면 깨울 테니 모두 자도록 해."

마력은 완전히 회복되었으니 어제에 이어서 마력이 8할 남을 때까지 정화 마법을 쓰기로 했다.

그런데 한창 정화 마법을 쓰고 있으니 날붙이끼리 맞부딪치는 소리가 들려왔다.

라이오넬인가? 혹시 같은 편끼리 싸우고 있나? ……어쩐지 불안해졌다. 감고 있던 눈을 뜨니 때마침 라이오넬과 야르보 부대가 돌아온 참이었다.

아니나 다를까, 라이오넬은 제외한 나머지 사람들은 가벼운 상처를 입은 상태였다. 나는 우선 에어리어 힐로 치유한 뒤에 아까 들린 소리가 뭐였는지를 물었다.

"아까 날붙이가 부딪치는 소리가 들렸는데 괜찮아?"

"예? 저희는 그런 소리를 듣지 못했습니다만……."

라이오넬이 의아한 표정을 지었다.

혹시 보스방에서 들린 건가?

그렇다면 사령 기사왕 같은 새로운 보스가 출현했을 가능성이 있다.

"라이오넬, 마석은 얼마나 모았어?"

"케티와 케핀 부대가 모은 것과 합해서 200개쯤 됩니다."

50층 보스방까지 오는데 모은 마석이 대략 천 개. 거기다 추가로 200개를 더 얻었으니 목표 수량의 6할 정도 모은 건가.

더 망설일 이유는 없겠군.

"6시간 뒤에 보스방 문을 연다. 내부를 보다가 안 될 것 같으면 퇴각하고, 모험가 길드에 맡기자. 만용은 부리지 마. 혹여나 내가 잘못된 판단을 내린다면 말려줘."

"예. 루시엘 님의 목숨을 기필코 지키겠습니다."

나는 묘하게 멋있는 라이오넬의 어깨를 두드리며 어서 자라고 말했다.

그리고 체력이 회복되도록 스스로 눈을 뜰 때까지 모두를 깨우지 않았다.

아침밥을 먹으면서 라이오넬에게 했던 말을 다시 모두에게 전한 뒤 나는 보스방 문을 열었다.

보스방에서 나를 맞이한 건 ……청소부 모험가들이었다.

"언데드화가 되었다냥!"

적룡 같은 마물은 없었다.

그러나 이상한 점은 마법진도 없다는 것이다.

"S급 치유사~! 살려줘~."

유령이라고 표현해야 맞을까? 새하얀 얼굴에 붉은 불이 번쩍이는 눈을 보니 시련의 미궁에 있던 사령기사를 연상케 했다.

"저건 이미 사람이 아니다! 루시엘 님, 저들을 정화하든가, 아니면 단호하게 버려야 합니다!"

라이오넬은 그렇게 외친 뒤 청소부 모험가들이 나에게 다가오지 못하도록 막아섰다.

"몸에서 독기가 나오고 있다냥! 이미 마물이다냥!"

다른 사람들도 라이오넬을 따라서 나에게로 다가왔다.

몸이 떨린다. 저들에게 정화 마법을 쓰면 정말 돌이킬 수 없게 된다. 그건 살인을 저지르는 거나 마찬가지 아닌가? 생각만 했을 뿐인데도 몸이 떨리고, 구역질이 났다.

"S급 치유사, 살려줘."

"이 고통을 없애줘~."

"꺄핫핫핫. 죽여, 죽여, 죽여."

"죽어~, 죽으라고."

"우리를 희생양으로 삼다니 용서 못 해. 고더스, S급 치유사."

"우리의 몸이, 영혼이 없어진다."

착란에 빠진 모험가도 있었지만, 그들은 살아 있었다. 의지가 남아 있는 것처럼 느껴졌다.

"하이 힐."

그래도 나는 각오를 굳힌 뒤 가장 가까이에 있는 모험가에게 하이 힐을 날렸다. 그들이 힐에 대미지를 입지 않는다면 아직 구할 수 있을지도 모른다고 믿고서. 그러나 안타깝게도 내 바람대로 흘러가지 않은 모양이다. 언데드에게도 통각이 있는지 하이 힐을 받은 모험가는 절규했다.

"끄아아아아아악!"

언데드에게 회복 마법이 공격으로 통한다는 건 시련의 미궁에서 겪어봐서 알고 있다. 그러나 안타깝게도 언데드가 된 지 얼마 되지 않았더라도 언데드는 언데드인 모양이다. 회복 마법을 맞고 대미지를 입었다. 그 사실이 묘하게 분했지만, 감상에 빠져있을 새가 없었다.

시선을 다른 사람들 쪽으로 돌렸다. 희한하게도 라이오넬과 케티가 고전하고 있었고, 케핀과 야르보 부대는 삽시간에 수세에 내몰렸다.

나는 하이 힐을 맞고 절규하는 언데드에게 마음속으로 구해주지 못한 것을 사과하면서 전력으로 정화 마법을 발동했다.

그러자 사실은 환상이 아니었을까, 싶은 생각이 들 만큼 장비만 남기고 그들의 몸이 허무하게 사라졌다.

그리고 다시 다른 사람들 쪽으로 시선을 돌렸다. 아무래도 고전하고 있던 건 케핀과 야르보 부대뿐이었던 듯하다. 라이오넬과 케티는 내가 모험가를 언데드로 간주하고 쓰러뜨릴지, 아니면 그들을 되돌릴 수 있을지를 엿보고 있었던 모양이다.

미궁의 최심부까지 들어올 만한 역량이 있는 모험가가 언데드로 변해 강해졌는데도 라이오넬은 적을 압도하고 있었다. 케티도 히트 앤 어웨이 전법을 구사하여 상처하나 없이 대응하고 있었다.

그러나 케핀과 야르보 부대는 열세였다. 나는 언데드로 변한 그들을 포기하기로 했다. 여기서 이들을 구하려다 동료나 자신까지 죽을 수는 없었기에 모험가들을 향해 전력으로 정화 마법을 사용했다.

푸른 빛이 짙은 보라색 독기를 싹 지워나가며 청소부 모험가들을 감쌌다. 이윽고 그들은 단말마의 비명을 내지르며 마석으로 바뀌었다.

그러나 라이오넬과 싸웠던 남자가 사라지기 직전에 외쳤던 말이 나를 심하게 동요케 했다.

"용서 못 해……. 사신한테 희생양으로 바치다니……. 네놈들도 사신의 희생양이 될 거다."

그 목소리가 귓속에서 계속해서 맴돌았다.

그들이 사라진 자리에는 모험가 카드와 장비 그리고 마석만이 남아 있을 뿐이었다.

"가운데에 있는 마석이랑 모험가의 마석은 절대로 손대지 마!"

나는 강한 어조로 명령했다.

아니나 다를까, 그들이 사라지자 방 가운데 커다란 마석이 나타났다. 커다랗고 아름다운 마석이었지만, 그게 위험하다는 걸 나는 직감으로 알 수 있었다.

모험가들의 마석도 마찬가지였다. 비록 작긴 했지만 다른 마석과는 비교가 되지 않을 만큼 아름다운 게 도리어 불길했다.

나는 마석을 제외한 나머지 물건을 회수한 뒤 모두에게 정화 마법과 리커버를 걸었다. 부상자에게는 회복 마법도 걸어주었다.

나는 마법을 걸면서도 줄곧 몸을 떨었다.

이 미궁에서 무슨 일이 벌어졌는지 아직도 도무지 알 수가 없었다. 그러나 나는 마음속으로 확신했다. 용을 봉인할 만한 힘을 가졌고, 모험가를 언데드로 바꿔버린 사신이 이런 함정을 파놓았다는 것을……

잠시 뒤에 나타난 귀환의 마법진을 타고 미궁 입구까지 날아간 뒤에도 떨림은 가라앉지 않았다.

다만 미궁을 나와 햇볕을 쬐자 굳어버린 몸속에서 피가 다시 휘돌기 시작했다. 그제야 떨림이 가라앉았다.

다들 나를 걱정하며 바라보고 있었지만 아무도 입을 열진 않았다. 그 배려심이 몹시 고마웠다.

은자의 열쇠로 마구간에서 포레 누와르를 비롯한 말들을 꺼냈다. 그는 내 얼굴을 보자마자 그대로 머리를 깨물었다.

"부르르르."

정신 차려! 하고 말한 것 같았다.

포레 누와르에게서 물린 뒤 다시 주변을 둘러봤다. 여전히 다들 아무 말 없이 날 보고 있었다.

정신을 똑바로 차려야겠다. 라이오넬이 아직도 모두에게 지시를 내리지 않은 이유는 그것은 라이오넬이 아닌 내 일이기 때문

이겠지…….

　나는 심호흡을 하고 모두에게 지시를 내렸다.

11 슬럼가 소멸

이에니스로 돌아온 나는 케핀 부대에 포레 누와르를 맡겨 먼저 돌려보내고 모험가 길드로 향했다. 케핀에게는 돌스터 씨에게 미궁에서 돌아왔다고 보고하라는 임무를 맡겼다.

"이번에는 어땠습니까?"

자이어스 공이 옆에 있는 고더스 공보다 먼저 입을 열었다. 이번에 겪었던 일을 간략하게 말하기로 했다.

"미궁이 급속도로 힘을 되찾고 있습니다. ……활성화 상태였다고 말하는 편이 이해하기 쉽겠네요."

"뭐라!"

"그래서 구체적으로 어떤 상태입니까?"

놀란 자이어스 공을 대신하여 고더스 공이 몸을 앞으로 내밀며 자세한 내용을 알려달라고 부탁했다.

"결론부터 말하자면 미궁을 다시 답파했습니다. 하지만 이걸로 해결되지는 않겠지요."

"다시 답파했는데도…… 말입니까?"

"……우선 원래 미궁에 나돌던 마물 이외에 새로이 언데드 계열 마물이 나타났습니다."

"……계속하시지요."

나는 50층 보스방에 있던 자들의 모험가 카드를 응접용 탁자 위에 올려뒀다.

"그들은 50층 계층주의 방, 그 적룡이 있었던 방에 있었습니다……. 언데드가 돼서 말이죠."

"……농담은 아닌 것 같군요."

"농담을 보고할 리 없지 않습니까. 50층 계층주의 방 앞에 도착했을 때는 이미 방안에서 엄청난 독기가 새어 나오고 있었습니다. 아마 그들은 그 독기를 견디지 못한 거겠죠."

"그럴 수가! 들어본 적도 없는 함정이라니……."

"그런데 언데드로 변한 모험가 중 하나가 저와 고더스 공이 자기들을 사신에게 희생양으로 바쳤다고 이야기하더군요."

""뭐라! 사신?!""

두 사람이 큰소리를 지르며 놀라워했다.

"미궁을 다시 안정시킬 방법이 없겠습니까?"

"저도 그건 잘 모르겠습니다. 아마 마지막 계층주를 쓰러트리고 나온 커다란 마석이 이번 사태의 원인이 아닐까 하고는 있습니다만."

"미궁의 코어 말입니까?"

"예. 그게 정말 코어일지는 모르겠지만요. 어쩌면 그 모험가들이 아무 생각도 없이 그걸 만졌는지도 모르겠습니다. 이 사건은 이미 저 혼자서 어떻게 할 수 있는 게 아닙니다. 그래서 두 분께 말씀드리는 거고요."

"……모험가들에게 일러두란 말씀이신지요?"

"예. 모험가는 전투를 생업으로 삼은 분들이니 제가 가지 말라고 할 수도 없거니와, 또 그럴 만한 권한두 없습니다. 그러니 두 분의 판단에 맡기도록 하겠습니다."

내가 말을 마치자 잠시 침묵이 흘렀다.

먼저 입을 연 건 자이어스 공이었다.

"일단 정보를 제공해주셔서 감사합니다. 다만, 이건 저희도 즉답을 드리기 어려울 것 같군요. 앞으로 자주 루시엘 님에게 상담을 부탁드려야 할 것 같습니다. 잘 부탁합니다."

"알겠습니다. 미궁이 안정되기를 기도하지요."

"무슨 일 있으면 치유사 길드로 연락드리겠습니다."

솔직히 달갑지 않은 제안이었지만, 선선히 수락하기로 했다.

"고맙습니다. 앞으로도 잘 부탁합니다."

그리하여 미궁이 활성화되었다는 이야기를 마친 뒤 우리는 치유사 길드로 돌아갔다.

모험가 길드에 보고를 마치고 치유사 길드 지하로 돌아오니, 무슨 일인지 바델 부대가 드란의 지휘를 받고 있었다.

"이게 무슨 상황이야?"

"치유사 길드의 기사들이 낮 경비는 자기들이 서겠다고 해서 저들을 빌려왔소."

"아니, 나도 사람을 붙여주지 못해서 미안하던 차니 그건 상관없는데, 바델 부대는 오늘 맡은 일이 따로 있었을 텐데 왜 여기 있는 거지? 토끼 수인족을 감시하라고 하지 않았던가? 보고는 어디로 간 건지 놀랍군."

그러자 케티의 얼굴에서 표정이 사라졌다. 꽤 화가 난 모양이다.

엘프들이 실수했을 때 보다 더 혹독하게 설교를 늘어놓을 것 같다. 뭐, 우리가 미궁에 있는 동안에 벌어진 일이니 즉각 보고하긴 어려웠겠지. 조금 불쌍하니 살짝 도와주도록 할까.

"죄송합니다."

"임무를 받은 상황에서 다른 일이 생기면 먼저 보고를 해줬으면 좋겠어. 이런 상황을 예상 못 한 내 잘못도 있다만."

이건 임무의 우선도를 잘못 생각했으니 그들의 잘못이다. 다만 매번 나무라기만 하면 현장판단이 필요할 때 긴급 대처 능력이 떨어질지도 모른다.

"이런 일을 대비해서 연락 사항이나 일정을 써 놓을 보드를 하나 달아놔야 하나. 아, 물론 그렇다고 무턱대고 일정을 바꾸는 건 안 돼. 만약 그런 일이 생긴다면 벌칙으로 물체X를 먹일 거다."

"""예?"""

"이에 따를 수 없다면 나는 너희를 노예상에 보낼 거야. 새로운 주인 밑에서 열심히 살아가도록."

내가 먼저 으름장을 놓았으니 케티도 그들을 너무 강하게 나무라진 않을 거다.

"루시엘 님, 부디 용서를……."

그러나 이마저도 바델에게는 지나치게 강했는지 그는 곧장 내 앞으로 나와서 고개를 숙였다.

"바델, 이건 나한테 사과하란 말이 아니라고. 그리고 이번에는 사후보고를 했으니 다 함께 물체X를 마시도록 해. 물론 나도 마신다. 드란 한 사람한테 모든 일을 맡겨서 벌어진 일이니까."

"그렇진 않네. 이 반복 작업이 지루하긴 하다만, 저 건물도 함께 짓고 있으니."

"……무리하지 마. 그리고 앞으로는 마석을 모아오기 어려워질 것 같으니 낭비하지 말고."

"……선처하지."

그날 밤에 바델 부대는 사이좋게 물체X를 마시며 고통스러워 했다. 나는 30분쯤 지나서 그들을 용서하고 정화 마법과 회복 마법을 걸어주었다.

냄새가 사라지자 그들은 나에게 몇 번이고 고마워했다. 다만 결국 케티에게 끌려가 정신공격을 호되게 받은 모양이지만.

나는 드란에게 진척 상황을 물은 뒤 집무실로 돌아갔다. 그리고 교황님과 마통옥으로 연락을 주고받았다.

"얘기는 잘 들었노라. 사신은 우리 쪽에서도 조사하도록 하지. 그리고 이에니스에서 벌꿀을 생산하게 된다면 가장 먼저 내게 보내줄 것을 믿고 있겠노라."

"알겠습니다."

통신을 끊은 뒤 나는 한 마디 중얼거렸다.

"어쩐지 교황님이 매번 벌꿀 이야기를 하시는 것 같은데. 아무래도 벌꿀이란 게 내 생각보다 귀한 건지도 모르겠군."

나는 곧이어 멜라토니에 보낼 편지를 쓰기 시작했다. 편지에는 각지의 벌꿀과 설탕의 시세를 알고 싶다는 것과 스믹크 공의 이야기를 담았다.

그 뒤로, 우리는 미궁과 숲을 중심으로 일주일간 탐색에 나섰다.

숲에서는 나무를 베고 새로운 마물이 있는지를 조사했으며, 미궁에서는 30층까지 돌아다니며 마석 모으기에 힘썼다. 걱정과 달리 미궁이 점차 안정세를 보여준 덕분에 나는 진심으로 안도했다.

그리고 순식간에 대표 회의가 열리는 날이 찾아왔다.

"이번 회의는 제가 사회를 맡도록 하겠습니다."

토끼 수인 리리알드 공이 이번 회의에서 사회를 맡았다.

회의는 특별한 문제 없이 진행되었다.

"다음은 저번에 루시엘 공이 문제를 제기한 임금 문제입니다. 포렌스 공 부탁합니다."

"부정을 발견하고 실태를 조사한 결과, 종족마다 임금 격차가 있고, 또한 불법적으로 돈을 착취한 종족이 있다는 것이 밝혀졌습니다. 다만, 임금을 다시 얼마로 정할지는 차차 회의를 거쳐야 하므로, 우선 부정을 저지른 종족한테 착취한 돈을 돌려받거나, 제제를 주도록 하겠습니다."

"그, 그게 어떤 종족인지는 공표하지 않습니까?"

리리알드 공이 식은땀을 흘리며 물었다.

"이 시기에 이런 얘기가 밖으로 새어나가면 큰 혼란이 일어날 겁니다. 다만, 문제를 일으킨 종족을 제명하실 건지, 아니면 회수 조치로 끝내실 건지는 여러분의 선택에 맡기지요."

포렌스 공이 단호하게 말했다.

저 사람은 협상 자리에서 싸울 때는 있어도, 상도를 더럽히는 부정한 짓은 저지르지 않을 것 같다.

그를 보니 그런 기백이 느껴졌다.

다만 제명처리는 종족 전체가 영향을 받는 처벌이다. 그들이 부정을 저질렀다 하더라도, 진범은 상층부의 몇 명이지 종족 모두가 그런 건 아닐 테니, 섣부르게 움직이면 오히려 폭동을 부를 수도 있다.

일단, 무고한 피해자들을 고용할 방책을 마련해두도록 할까.

"그, 그럼 의료특구에 관한 사항도 포렌스 공이."

"예. 의료특구 건으로 호랑이 수인족과 용인족이 선뜻 나서주신 덕분에 두 종족의 땅과 우리 여우 수인족의 땅을 할애하여 짓기로 정했습니다. 고용에 관한 사항들은 차차 정하도록 하겠습니다."

"다른 의견이라도?"

리리알드 공이 나를 보고 말했다. 나는 고개를 가로저었다.

사전에 이렇게 하기로 포렌스 공에게서 들었기 때문이다.

더욱이 무슨 일이 있을 때마다 내가 발언을 하면 비난을 받을 테니 이번에는 입을 다물고 있기로 했다.

"그럼 다음 안건도 루시엘 공이 문제를 제기한 사항입니다. 이 에니스의 서쪽 공백지대 절벽 위에 마물이 있다는 소문의 진상이 어떤지, 사우저 공, 말씀해주시지요."

"미안하지만 모험가는 발견하지 못했다. 앞으로도 조사를 이어나가도록 하겠다."

"혹 의견이 있으십니까?"

나는 또다시 고개를 가로저었다.

어차피 예상하던 대답이었다. 이걸로 모험가 유치안 중 하나가 사라졌다만, 이제 날 이용할 생각은 못 할 테니 꼭 나쁜 이야기만은 아니었다.

"그럼 마지막으로 슬럼가 개발이 얼마나 진척되었는지 루시엘 공이 말씀해주시죠."

나에게로 시선을 쏠렸다.

조금이라도 거짓말을 하면 곧장 물어뜯겠다는 의지가 담긴 눈빛이었다.

나는 웃음을 머금으며 전할 수 있는 것만 보고했다.

"예. 작업은 이제 3할 정도 진행된 상태입니다. 슬럼가 사람들을 의료특구 공사에 투입한 덕분에 속도가 빨라졌지요."

"슬럼가를 부수고 있다고 말씀을 하셨지만, 그 근거가 보이지 않는군요."

"하프라곤 해도 그들 또한 소중한 이에니스의 주민 아닙니까?"

"우리 눈에는 손을 전혀 대지 않은 것처럼 보입니다만."

뭐, 슬슬 불만이 터져 나올 때라고 생각했다.

그렇기에 오늘은 두 눈으로 보게 해줄 작정이다.

"그렇군요. 그럼 일단 정원으로 나가도록 하죠."

내가 먼저 일어나서 정원으로 향하자 대표들도 아무 말 없이 나를 따라나섰다.

"지금은 모험가들의 거주지를 먼저 만드는 중입니다만."

나는 마법 주머니에서 건물을 통째로 꺼냈다.

"이것이 거주용으로 짓고 있는 건물입니다."

갑자기 집 한 채가 나타나자 대표들의 눈이 휘둥그레졌다.

이렇게 거대한 건물이 마법 주머니 안에 있을 줄은 생각지도 못했겠지.

"현재 이와 같은 건물 50채를 짓고 있고, 학교 건물은 별도로 짓고 있습니다. 이것으로 의심이 풀렸으면 좋겠습니다만?"

내가 웃자 대표들은 얼굴만 굳어졌을 뿐 아무런 불평도 내뱉지 못했다.

작업을 전혀 진척시키지 못하고 있는 애송이를 들볶을 작정이었겠지만, 이렇게 성과를 보여주면 아무 말도 못 하겠지.

물론, 내가 보여준 거라 해봐야 고작 한 채뿐이지만, 가방에서 꺼내는 충격적인 연출도 함께 보여줬으니 순순히 믿게 될 거다.

다만, 이걸로 그들이 만족할 리는 없으니 다음 회의를 대비해 또 대응책을 짜야 한다. 그 혼혈 수인들을 어떤 조건으로 고용할지를 미리 정해둬야겠다. 대표들이 방해 공작이나, 공갈, 협박할 가능성도 생각해둬야겠지.

……그러나 걱정이 무색하게도 그 뒤로 아무런 방해도 없이 순식간에 2개월이나 지났다.

임금은 제대로 나오고 있었으며, 전과 달리 휴일도 꼬박꼬박 챙겨주고 있었다. 다만 너무 순조롭게 일이 풀리는 게 오히려 찜찜했는지 돌스터 씨의 표정은 썩 좋지 않았다.

"조심하는 편이 좋겠어. 이건 무언가가 있다는 징조다."

"알겠습니다. 그나저나 그 절차는?"

"괜찮다. 모두 끝내뒀어."

"그렇군요. 다들 돌아오실 무렵에는 슬럼가 해체도 끝나 있을 겁니다."

"음…… 막상 사라진다고 하니 좀 아쉽군. 그런 비루한 곳인데도 애착이 있었을 줄이야."

"필요 없는 것들은 모조리 분해하도록 하겠습니다."

"부탁한다. S급 치유사 루시엘 님."

"예. 맡겨두세요."

돌스터 씨를 비롯한 슬럼가 주민들 대부분이 의료특구로 향했고, 남아 있는 사람은 케핀 부대가 다른 곳으로 인도했다.

그 후 슬럼가는 드란의 정령 마법과 폴라의 5미터짜리 골렘, 그리고 내 정화 마법과 마법 주머니의 힘으로 그날 완전히 사라졌다.

슬럼가 주민 중에는 바닥에 엎드려 우는 사람도 있었다.

슬럼가 주민이 아닌 자들도 그 광경을 보고 대부분 아연실색했다.

내가 대표 회의에서 결정된 사항을 주저 없이 실행하자 겁을 먹은 사람마저 있었다. 다만, 다음날 그들 눈에 비친 것은 슬럼가에 새로 들어선 새집에서 사는 슬럼가 주민들이었다.

*

원래는 슬럼가 주민들도 지하에서 3개월 정도 지내게 하려고 했다. 다만 이를 반대한 인물이 있었다.

바로 나리아였다.

"민중의 편견을 고치려면 상당한 시간이 걸리는 법입니다. 나중에 아무리 작전이었다고 해명해도 루시엘 님의 악명이 퍼져나가겠죠."

"그야 그럴지도 모르겠지만, 그걸 신경 쓰면 작전이 잘 진행되질 않잖아?"

"아뇨, 슬럼가를 탈바꿈한 루시엘 님을 헐뜯기보단 아군으로 삼아서 이득을 보고자 하는 자들이 더 많을 겁니다."

"하지만 그래도 불평하는 사람들이……."

"있겠지요. 하지만 루시엘 님이 그 사람들에게 거짓말한 건 아니지 않습니까?"

"……그렇지."

"그럼 괜찮습니다. 이번 일도 루시엘 님이었기에 가능했던 일이지요. 반발이 있더라도 그것을 능가하는 대의가 있다면 사람들은 그 대의를 따르는 법입니다."

나리아는 잠깐 서글픈 표정을 내비쳤지만, 이내 나를 보고 굳게 고개를 끄덕였다.

*

이튿날에 나는 긴급 대표 회의에 불려 나갔다.

그리고 아니나 다를까, 여덟 종족의 대표 사이에 끼어 집중포화하기 시작했다.

"루시엘 님, 대체 어떻게 된 것이오? 어째서 슬럼가 사람들이 그곳에서 사는 거요?"

포문을 연 사람은 뜻밖에도 용인족 잭 공이었다.

그는 강자와 용의 가호를 받은 사람에게는 우호적이지만, 종족에 대한 편견이 강하다.

"옳소, 슬럼가를 없애겠다고 하지 않았던가!"

다음으로 입을 연 사람은 호랑이 수인이었다. 참고로 그는 발언권이 없는데도 끼어든 거였다.

"혼혈 수인을 새집에 살게 하다니 대체 무슨 생각이오?"

개 수인 세벽 공은 혼혈 수인이 자기 집보다 좋은 집에서 사는 걸 용납할 수 없는 모양이었다.

"이건 사기가 아닌가! 중위에서 상위에 이르는 모험가를 유치하겠다고 했을 텐데!"

고양이 수인 캐스럴 공도 세벽 공과 같은 의견이었다.

다만 그는 말과 생각이 다른 듯했다. 뭔가 나한테 하고 싶은 말이 따로 있는 것 같은데, 그게 뭔지는 알 수가 없었다.

"무슨 생각으로 그런 짓을 했는지 듣고 싶습니다."

토끼 수인 리리알드 공이 씩씩거리며 물었다.

내가 대표로 취임하자 공금 횡령을 시도하다 들킨 전과가 있기에 나를 원망할 만도 했다.

하지만 집중포화 속에는 평범한 질문도 섞여 있었다.

"루시엘 공, 그 건물을 그렇게 쉽게 만들 수 있는 건가?"

"혹시 직접 시찰을 다니셨던 것도 도시 전체를 고려하고 계획을 추진하려고 했던 겁니까?"

"……설마!? 최근에 곰 수인들이 활기를 되찾은 이유도……."

늑대 수인 올가 공, 여우 수인 포렌스 공, 그리고 곰 수인을 좋아하는 사우저 공이 차례대로 말했다.

나는 오른손을 살짝 쥐고 앞으로 뻗은 뒤 입을 열면서 검지를 세웠다.

"우선 첫 번째, 전 슬럼가를 헐겠다고 약속했습니다. 실제로 더러운 슬럼가를 헐었고, 지금은 슬럼가 대신 깨끗한 거리가 들어섰죠."

나는 검지에 이어 중지를 세운 뒤 말했다.

"두 번째, 모험가를 유치하는 건입니다만, 우선 슬럼가에서 모험가가 될만한 역량이 있는 사람들을 모았습니다. 치안도 개선되었고 살 곳도 있으니, 외부의 모험가도 유치하기 쉬워졌죠."

"그건 궤변이야! 어찌 혼혈 따위를 위해서 새로운 집을 준단 말인가!"

"호오, 이상한 말씀을 하시는군요? 2개월 전에 혼혈 수인도 이 나라의 소중한 주민이라고 하셨던 건 대체 누구였습니까? 전 앞으로도 살기 좋은 도시를 만들어갈 작정입니다. 물론 도시 밖에도 똑같은 건물을 지어 타국에서 모험가를 유치하는 활동도 지속할 생각이고요."

나는 줄곧 웃으며 말했다.

이번에는 이 상황을 미리 연습해놓았다. 나올만한 질문도 여러 개 생각해두었기에 마음에 여유가 있었다.

그때 포렌스 공이 입을 열었다.

"루시엘 공, 혹시 슬럼가를 사들인 것도 무슨 이유가?"

"특별한 이유는 없습니다. 아니, 없었습니다만, 여러분께서 너무나도 비협조적이라서 말이죠. 가능한 범위에서 최선을 다한 결과입니다."

반대파는 할 말이 있는 것 같았지만, 포렌스 공이 한발 먼저 움직였다.

그의 놀라운 점은 돈을 벌 수 있다는 계산이 선다면 사악한 짓이 아닌 한 이야기를 듣고 곧바로 결정한다는 것이다.

"……학교가 아직 세워지지 않은 것 같습니다만?"

"그건 아직 준비 중입니다. 잠시만 기다려주십시오."

"그렇습니까? 기대되는군요."

여전히 올가 공의 머릿속에는 실라만 있는 듯했다.

"곰 수인족과 최근에 사이가 좋아진 것 같은데 이유가 뭡니까?"

"그들은 소수 종족이다 보니 여러모로 지쳐 있는 상태였습니다. 그래서 식사와 치료를 조금 제공해주었죠."

벌꿀이라는 이름의 식사를.

"그렇군요. 식사 말입니까……."

사우저 공의 말을 끝으로 입으로 공격하던 자들도 입을 다물었다. 뭐 이해했다기보단 반박할 말이 딱히 없는 거겠지만.

나는 이쯤에서 회의를 끝내기로 했다.

이젠 다들 진짜 나를 방해하려 나서겠구나.

나는 저택을 나서면서 대책을 생각했다.

12 굉음

대표 회의가 끝난 이튿날, 개 수인족 세벽 공과 고양이 수인족 캐스럴 공이 함께 찾아와 고개를 숙였다.

"고개를 드세요. 이러신다고 해도 제가 곧바로 해드릴 수 있는 게 아닙니다. 아직 학교를 짓는 한창이라고요."

자기 영역도 새롭게 변한 거리처럼 고쳐달라는 부탁을 하기 위해서였다.

"학교 공사가 끝난 뒤라도 좋습니다. 물론 맨입으로 해달라고 하지는 않겠습니다."

"우리 종족은 늑대 수인이나 호랑이 수인보다 떨어지는 열등 종족으로 불립니다만, 그건 전투에만 국한된 얘기입니다."

"개 수인은 늑대 수인보다 집중력이 높고, 약속을 확실하게 지킵니다."

안타깝게도 개 수인 중에는 지인이 없지만, 늑대 수인족 중에는 신뢰할 수 있는 사람이 많다.

그래도 밭을 진지하게 경작하고 있다는 보고는 받았다.

"고양이 수인은 호랑이 수인보다 눈치가 빠르고, 게으름뱅이가 없습니다."

호랑이 수인족에 비하면 그럴지 모르겠지만, 대신에 고양이 수인족은 변덕쟁이가 많은데.

케티가 배신하지 않는 것을 보면 고양이 수인족도 집을 지어주면 은혜라고 여겨줄지도 모르겠다. 그러나 케티가 고양이 수인족을 신뢰하지 않으니.

"앞으로 무슨 일이 있다면 루시엘 공……, 아니, 루시엘 님 편에 붙을 테니 앞으로도 잘 부탁합니다."

"고양이 수인족도 잘 부탁합니다."

"'님' 자는 붙이지 않아도 됩니다. 아직 먼 이야기이기는 하지만, 그 시기가 오면 대화의 장을 마련하도록 하죠."

내가 그렇게 말하자 세벡 공은 꼬리를 흔들었고, 캐스럴 공은 꼬리를 세우며 돌아갔다.

아무래도 내 대답이 맘에든 모양인데…….

"결국은 아무것도 얻은 게 없는데 만족하고 돌아갔군요."

"루시엘 님도 상당히 악인이다냥."

라이오넬과 케티가 웃으면서 듣기 거북한 소리를 했다.

저들이 멋대로 착각한 것뿐이니 이번에는 내가 잘못한 것이 없다.

언젠가 교섭을 하겠다고 했지 계약을 맺겠다고 하진 않았다. 그나마도 입으로 한 약속이라 아무런 효력도 없다.

뭐, 가능하다면 협력은 할 생각이지만.

"지금은 무언가를 덜컥 정해서 얽매이기보다는 진행 중인 걸 먼저 처리하는 게 급선무이니까. 케티, 부탁했던 건은 어떻게 됐어?"

"말 수인, 토끼 수인, 소 수인, 원숭이 수인의 대표들 모두 쉽사리 믿진 않았지만 그래도 끝내는 고개를 끄덕였다냥."

"잘됐군. 그럼 계속해서 교섭해나가자."

"알겠다냥."

케티가 방에서 나갔다.

사실 이전에 블로드 스승님과 가르바 씨, 그루가 씨에게 보냈던 편지의 답장이 한 장으로 한꺼번에 돌아왔는데, 편지에는 가르바 씨가 나서면 공포 정치가 될 거라는 것과 위기가 닥치지 않는 한은 스스로 헤쳐나가라는 내용이 적혀 있었다. 다만 편지 봉투에는 답장 이외에도 4장의 편지가 더 들어 있었는데, 이걸 이에니스에서 추방된 종족 리더들에게 보내면 내 아군이 되어줄 거라는 내용이 답장에 덧붙여져 있었다.

나는 케티에게 케핀 부대를 나누어 각 종족에 이 편지를 들고 만나러 가라고 지시했다.

결국은 네 종족 모두 고개를 끄덕인 모양인데, 가르바 씨는 대체 이에니스에 얼마나 큰 영향력을 가지고 있는 거지? 무서워서 차마 물어볼 수가 없다.

"그나저나 아슬아슬할 때 답장이 도착했군요."

"맞아, 아직 방심할 순 없지만, 길에서 죽을 위험은 줄어들었겠지."

더는 켄타로스의 화살을 조심하지 않아도 된다.

"이제 벌꿀만 잘 생산되면 좋을 텐데……."

"하닐 공의 말에 따르면 양을 더 늘릴 수는 없다고 합니다."

"그래? ……교황님도 잘 받았다고 말씀하셨는데, 벌꿀 한 잔이 금화 수 닢에 팔릴 만큼 귀한 걸 줄은. 세상일은 알다가도 모를 일이네."

"서민은 먹을 수가 없겠군요."

"설마 설탕보다도 비쌀 줄이야."

애초에 벌꿀을 만드는 하치족 자체가 얼마 없어서 옛날에는 노예처럼 혹사를 당했다고 한다.

근데 하는 일만 듣고 보면 지금이랑 별반 다르지 않은 것 같아 하늘 공에게 직접 물어봤더니 웃음을 터뜨렸다.

"습격을 받을 걱정 없이 꿀을 잔뜩 모을 수 있고, 공기도 맑으니 자식을 낳기에도 최적입니다. 여긴 그야말로 천국이지요."

그들이 살던 숲은 모험가가 다니질 않아서 그런지 마물이 득실거리는 탓에 뭘 해도 안심하고 지낼 수가 없었다는 모양이다.

여기서 자식을 길러 숲으로 돌아가도 된다고 했기에 지금 생활에 불만을 품은 하치족은 없을 거란다.

나는 그 말을 듣고 안심했다.

참고로 그루가 씨가 편지에 벌꿀 가격을 적어주면서 자기한테도 벌꿀을 보내 달라는 내용도 함께 보냈다.

곰 수인족 브라이언 공에게 처음 건네줬던, 벌꿀 100mL의 가격이 못해도 금화 한 닢은 족히 된다고 한다.

"그래도 재고는 어느 정도 있습니다만……."

"한꺼번에 팔면 하치족을 노리는 세력이 생길 가능성이 있으니 지하 3층에서 재배하는 과일류와 함께 도매로 넘길 생각인데……."

"……과일을 본 포렌스 공의 얼굴이 조금 그렇긴 했지요."

"과일을 보고도 그런 반응을 보일 줄이야. 이런 상황에서 벌꿀까지 넘긴다면……. 생각만 해도 무서워."

상인 일을 하는 포렌스 공에게 지하에서 키운 과일을 나눠줬더니 놀라워하며 불쑥 이런 말을 중얼거렸다고 한다.

'과일이 이토록 탐스러우니 3년만 있으면 충분히 본전을 거둘 수 있을 텐데…….'

참고로 왜 전달체냐면 나는 포렌스 공의 눈빛이 무서워서 뭐라고 하는지 듣지 못했기 때문이다. 나는 그저 나중에 케티를 통해 들었을 뿐이다.

그 사람을 화나게 하면 안 될 것 같아서 여러모로 고민이 되기 시작했다.

"그런데 언제 판매를?"

"……으음, 어쩔까…… 학교 공사에 들어가면 또 바빠질 것 같은데……. 아, 마침 얘기가 나와서 말인데, 나리아를 학교장 자리에 앉히려고 해."

"나리아 말입니까? 그렇군요. 저도 적임자라고 생각합니다."

"그래? 그럼 그렇게 하자. 아직 해야 할 게 잔뜩 있지만, 이렇게 하다 보면 점점 형태가 잡히겠지."

"예. 의료특구가 완성될 즈음에는 이에니스의 대표 임기도 끝날 테니 딱 좋군요."

라이오넬은 상당히 즐거워하는 눈치였다.

임기를 마친 뒤에 멜라토니에 한 번 가겠다는 말을 한 적이 있는데, 그날부터 블로드 스승님과 다시 싸울 날을 기대하고 있는 게 틀림없다.

"……아까 이야기로 돌아가서, 이제 누가 날 노리려나?"

"뭐라 단정할 수 없군요. 굳이 있다면 호랑이 수인족일 것 같습니다만……."

"하아, 그냥 두고 볼 수밖에 없나. 내일은 숲으로 가는 날인데 걱정이네."

"세심하게 주의하도록 하지요."

"부탁해."

사실 이제 나무도, 마석도 충분했지만, 마석을 낭비하는 사람이 셋이나 있는 바람에 사라지는 속도가 너무 빨랐다.

물론 아무거나 만들게끔 놔두고 있는 건 아니다. 기획을 들어보고 수인도 쓸 수 있을 만한 물건인지 확인한 뒤에, 이건 좋겠는데 싶은 것만 허가를 내리고 있다.

그렇게 완성한 마도구는 포렌스 공에게 납품하고 있다. 지금은 하나같이 인기 상품이 되어 있다. 뭐, 도매로 넘기고 있어서 포렌스 공의 핏발선 얼굴이 풀어지고 있는 거겠지만.

지금까지 문제가 벌어졌던 것은 초창기뿐이었다. 그 이후로는 큰 문제 없이 지내왔기 때문에 나도 완전히 잊어버리고 있었는데, 그게 결국 문제를 크게 만들었다.

＊

그로부터 3개월이 더 지나고, 학교의 완공이 머지않았을 무렵.

거대한 폭죽이라도 터진 것처럼 뱃속까지 뒤흔드는 강력한 폭발음이 이에니스에 울려 퍼졌다.

소리가 난 쪽으로 가니 새빨간 화염과 검은 연기가 솟구치고 있었다.

"······저긴 의료특구잖아? 라이오넬과 케티는 날 따라와. 드란과 폴라는 이곳에 대기하다가 자기 판단대로 움직여. 케핀 부대는 혹여나 이곳이나 치유사 길드가 습격을 받을지도 모르니 상황에 맞춰서 경비를 서줘."

나는 대답을 듣지 않고 달려나갔다.

의료특구에는 치유사 길드와 약사 길드가 들어설 예정이다. 두 건물이 하나가 되면 환자가 증상에 따라서 시설을 옮겨 다니지 않아도 된다는 이점이 있다.

공사 현장에는 혼혈 수인뿐만 아니라 다양한 수인들이 공사에 참여하고 있었다. 이 폭발로 많은 사람이 휘말렸을 건 불 보듯 뻔한 이야기였다.

불이 나면 겉은 멀쩡하더라도 장기가 화상을 입는 경우가 있다. 자칫하면 호흡이 어려울 수도 있고, 어쩌면 사망자가 나올지도 모른다.

지금 그들을 구할 수 있는 건 나뿐이라는 생각이 들자 몸에서 힘이 솟아났다.

나는 길을 막은 구경꾼들을 밀치고 소리 지르며 앞으로 나섰다.

"비켜!! 치료가 시급하다!"

내 목소리에 반응한 사람들이 길을 내주었다.

라이오넬은 내 앞에 섰고, 케티는 뒤에 섰다.

평상시 진형이 갖춰지자 평소답지 않게 초조해하고 있다는 걸 깨달았다.

달리면서 한 번 심호흡하자 심한 화상을 입은 사람이 건물 밖으로 뛰쳐나왔다.

"주변 사람들은 부상자가 있는 곳을 알려줘요! 하이 힐."

바깥으로 나온 사람의 상처와 화상이 말끔하게 치료되어갔다.

여기는 혼혈 수인만 해도 37명이나 일하고 있었다. 허무하게 잃어도 될 생명은 없었다. 나는 무조건 모두를 구해내겠다고 스스로 다짐했다. 곧 여기저기에서 부상자가 있다는 소리가 들려왔다.

나는 환자에게 달려가 옛날처럼 낫는 모습을 상상하며 화상에 대고 하이 힐을 사용했다. 그러자 환자의 상처가 말끔히 사라졌다. 오히려 이전보다도 위력이 더 올라간 것 같았다. 마법을 쓸 때 이미지를 떠올리도록 노력한 보람이 있다고 생각하니 기쁨의 눈물이 흘러나올 것 같았다. 다만 지금은 감동에 빠져있을 때가 아니었다. 한시라도 빨리 더 많은 사람을 구해야 했다.

나는 건물 주변에 있던 부상자를 구해낸 뒤에 검은 연기와 화염이 솟구치는 건물 안으로 들어가기로 했다.

건물 안에도 사람이 남아 있었지만, 아직 괜찮아 보였다.

승산은 있다.

"라이오넬, 케티. 가자."

타들어 가는 건물 앞까지 망설이지 않고 따라온 두 사람이 고마웠다. 건물 안으로 들어가자마자 나는 팔찌에 마력을 주입하여 바람의 결계를 생성했다.

"무모한 부탁을 해서 미안. 케티는 이곳에 와본 적이 있지?"

"똑똑히 기억하고 있다냥. 5층짜리 선물인데, 4층과 5층은 널찍한 공간만 조성되어 있다냥. 아마도 한참 3층 내부 공사를 하던 중이었을 거다냥. 아, 그리고 지하 공간도 있다냥."

지하가 있다는 건…….

"……가장 위에서부터 간다."

"냥!?"

라이오넬과 케티가 의아해했다.

"연기는 위로 올라가니까 위쪽에 있는 사람이 더 위험해. 안내를 부탁해."

나는 간략하게 설명한 뒤 계단을 타고 5층까지 달려갔다.

"천장이 뻥 뚫려 있어. 대체 폭발이 얼마나 격렬했길래."

나는 5층 천장이 날아간 걸 보고 아연실색했다.

"아직 살아 있다냥."

나는 케티의 목소리에 제정신을 차리고서 쓰러져 있는 부상자 곁으로 달려갔다.

확 트인 내부 공간에 세 사람이 쓰러져 있었다.

바로 달려가서 하이 힐을 발동했다. 상처는 곧바로 사라졌지만, 그래도 의식은 돌아오지 않았다.

"업어야 하나?"

"그럴 필요 없습니다."

라이오넬이 찰싹, 찰싹, 찰싹, 때리자 이내 세 사람은 깨어나서 벌떡 일어났다.

"화상은 이미 다 고쳤어. 어서 1층으로 도망쳐. 갈 수 있지?"

라이오넬이 대검을 들고 노려보자 세 사람은 목소리조차 내지 못했지만 내 말을 듣고 고개를 끄덕였다.

4층과 5층은 아직 벽을 세우지 않았기에 곧바로 쓰러진 사람을 발견해낼 수 있었다.

4층에서도 5명을 구조했다.

"두 사람 모두 괜찮아?"

"연기는 마시지 않았으니 괜찮다냥."

"불이 난 곳이 아래층이었던 모양이군요."

"맞아. 그나저나 왜 이렇게 불이 빠르게 번진 거지?"

"빨리 지으려다가 부실공사를 했다냥."

"내화성이 있는 건축자재를 쓰지 않은 것 같군요."

"우리한테 말했으면 융통해줬을 텐데."

"루시엘 님한테 빚을 지고 싶지는 않았겠죠."

우리는 그런 대화를 나누면서 발걸음을 멈추지 않고 계속 구조해나갔다.

3층에서는 팔을 잃고 돌 더미에 깔린 사람도 있었다. 일단 라이오넬이 대검으로 석재를 부수어 꺼낸 후 엑스트라 힐로 고쳐냈다.

살아 있으면 치료해줄 수 있다. 중장비가 필요할 때는 라이오넬이 있다. 생명탐지기가 필요할 때는 케티가 있다.

두 동료를 믿음직스럽게 여기면서 부상자를 구조했다.

1층까지 내려갔을 때 불에 타던 기둥이 부러지면서 천장이 내려앉았다. 바람의 결계로 막아내지 못한 잔해는 라이오넬이 대검을 휘둘러 잘게 부수었다.

"돌스터 씨와 수행원들이 없어. 지하에서 씩씩 연기가 피어오르는 것도 마음에 걸리고. 설마 약사 길드의 약을 벌써 가져온 건가?"

"그런 이야기는 듣지 못했다냥."

"약 때문에 불이 난 것 같지는 않습니다만……."

우리는 지하로 이어지는 문을 부수고 계단을 따라 아래로 내려 갔다.

바람의 결계가 없었다면 연기로 한 치 앞도 보이지 않았으리라.

나는 정화 마법으로 냄새와 연기를 한 번 걷어내기로 했다.

그러자 바닥에 쓰러진 돌스터 씨와 수행원들, 그리고 스믹크 공의 모습이 보였다.

"에어리어 힐. 리커버, 리커버, 리커버, 리커버. 좋았어. 들쳐 매고 나가자."

내가 그렇게 말한 순간 또다시 커다란 폭발음이 들렸다. 그 순간 1층으로 이어지는 계단이 잔해에 막혀버렸다.

"갇혔나……. 이런 상황은 예상하지 못했는데. 일단 불부터 끌 까?"

"알겠습니다."

"알겠다냥."

인생이란 그리 달콤하지 않다는 것을 통감하면서 라이오넬과 케티에게 지시를 내렸다.

두 사람은 내 지시대로 불을 꺼나갔다.

나는 정화 마법으로 먼지와 그을음을 없애나갔다.

뭐, 다행히 산소가 아직 남아 있는지 숨이 막히지는 않았다. 조 금은 버틸 수 있을 것 같다.

"라이오넬, 천장을 벨 수 있겠어?"

"가능은 합니다만……. 위쪽 상황을 모르니 자살행위겠지요."

"케티, 뭐 떠오르는 작전 없어?"

"나도 이렇게 될 줄은 몰랐다냥. 오히려 루시엘 님은 왜 당황하질 않는 거냥?"

케티는 그렇게 말했지만, 나는 한창 초조함을 느끼고 있었다. 나는 평소처럼 표정으로 다 들켰을 줄 알았는데, 아무래도 그렇지 않은 모양이다.

이번에도 내심 초조해서 평소처럼 표정에 드러났을 줄 알았다. 그런데 그렇게 보이지 않는지 케티가 의아한 표정을 짓고 있었다.

"우리가 돌아오지 않으면 드란과 폴라가 골렘으로 구출하러 올 거고, 그게 아니더라도 잔해를 조금씩 마법 주머니에 넣다 보면 자력으로 탈출할 수도 있을 거야."

"이런 상황을 상정하신 겁니까?"

"그건 아니지만, 지하에 들어가면서 잠깐 생각했어. 내가 모두를 구출하고 기적적으로 생환을 하면 내 명성은 올라갈 거야. 그렇게 되면 내가 이에니스에 없더라도 내가 만든 시설은 앞으로도 안전하겠지. 다만 걱정되는 건 바로 이 순간이야."

"그렇군요……. 적이 움직이기에 절호의 기회이긴 하군요."

"그러니 모두를 위험에 빠뜨리지 않으면서 이번 건을 해결하려면 우리가 탈출했다는 사실을 감추고서 남몰래 범인들을 색출해 내야 한다고 생각해."

"루시엘 님은 속이 시커멓다냥."

"꽤 대담한 술수를 쓸 줄 아시게 됐군요."

"그렇게나 스트레스가 쌓여 있었냥?"

두 사람이 놀란 표정으로 나를 쳐다봤다. 요 반년 동안 얼마나 시달려왔던가……. 참지 않으면 눈에서 눈물이 흘러나올 것 같다.

쓴웃음을 지은 두 사람에게 나는 현재 심정을 한마디로 표현했다.

"난 지금 물체X 원액 한 통을 통째로 마신 것만큼 스트레스가 쌓여 있어. 자, 차나 마실까?"

나는 두 사람을 보고 웃으면서 차를 준비했다. 그리고 네 사람이 깨어나길 기다리기로 했다.

*

그로부터 몇 분 뒤 지하에서 차를 마시며 담소를 나누고 있으니 네 사람이 깨어나기 시작했다.

"윽, 여긴? S급?"

"아, 돌스터 씨. 정신 차리셨습니까? 깨어나서 다행이네요."

"헉! 그 녀석들은 어떻게 됐지?"

"모두 구했습니다. 그래서 현재 지하에 갇혀 있긴 하지만, 목숨에 지장이 있는 사람은 한 명도 없습니다."

"? ……그런가? 무사하다니…… 잘 됐군."

돌스터 씨가 자기 수행원들을 깨우기 시작하자 나도 스믹크 공을 깨우기로 했다.

"여긴 어디냐푸~?"

정신이 흐리멍덩해서인지 말꼬리에 '푸~'를 붙인 스믹크 씨를 보면서 말을 걸었다.

"정신이 좀 듭니까? 여긴 의료특구 건물 안이에요."

"······어째서 루시엘 공이 이곳에?"

이번에는 정신이 완전히 깼는지 '푸~'를 붙이지 않았다.

"이 건물에서 폭발음이 나서 부상자가 있을까 싶어 구하러 달려왔습니다."

"······그렇습니까? 송구합니다."

이 사람이 왜 사과를 하는 거지?

"왜 사과를 하는 거죠? 고마워한다면 이해가 되겠지만, 스믹크 공이 사과할 필요는 전혀 없는데요?"

"···········."

"······돌스터 씨, 무슨 일이 있었습니까? 스믹크 공이나 돌스터 씨가 여기 있는 것도 좀 이상한 것 같은데요."

돌스터 씨는 스믹크 공을 힐끔 보고서 입을 열었다.

"······지하에서 연기가 피어오르고, 또 악취가 풍기길래 큰일이 났나 싶어서 확인하고자 이곳에 왔지."

"그랬군요. 그런데 여기서 폭발이 일어난 건 아니죠?"

"그래. 이곳에서는 졸음과 혼란을 일으키는 연기만이 자욱한 상태였지."

그렇다면 아까 그 불은 위층에서 난 건가?

"졸음과 혼란이라뇨? 그런 것 치고는 엄청난 폭발이었는데. 5층 천장이라고 해야 하나? 지붕이 완전히 날아갔다고요."

"뭐라고!?"

"폭발음을 들었죠?"

"아니, 외침과 무언가가 터지는 것 같은 소리가 들린 것만 어렴풋이 기억이 난다."

약에 취해서 기절하는 바람에 폭발이 일어난 것도 몰랐다고? 대체 얼마나 강력한 연기를 마신 거야?

"스믹크 공은 뭔가를 알고 있는 거죠?"

"……예. 왈라비스가 찾아왔습니다."

"왈라비스? 아아, 왈라비스 공 말입니까?"

그러고 보니 너구리 수인족 대표를 완전히 잊고 있었다.

"예. 제가 이곳으로 약품을 옮기고 있다는 소리를 들었는지 도와주러 왔다고 했습니다."

"혹시?"

"……평범한 조합으로는 벌어질 수 없는 변화가 일어났습니다. 여러 분말을 섞은 것 같은데……."

"하지만 폭발을 일으킬 만한 물질은 없었죠?"

"…………."

스믹크 공이 식은땀을 엄청나게 흘리기 시작했다. 그러고는 시선을 돌렸다.

"……연기가 났을 때 귀한 화염초 등을 황급히 챙겨서 밖으로 달아나려고 보니 이미 약재 몇 개가 없어진 뒤였습니다. 조합에 집중하는 바람에 알아차리지 못했는데……."

"화염초라는 게 그토록 쉽게 폭발하는 겁니까?"

"폭발은 하지 않습니다. 공기에 닿으면 파이어볼 만한 불이 일
기는 하지만……."

방아쇠는 그것인 듯하다.

연기에 인화할 만한 물질이 섞여 있었나? 아니면 분진 폭발?
아니, 아주 자욱하지는 않았으니 그건 아닌가.

"……그렇다면 폭발의 원인을 알 도리가 없군요. 왈라비스 공은
건물 안에 없었고."

"……그렇군요."

의심만 해서는 안 된다.

물론 연기를 피운 책임은 져야만 하겠지만…….

"그밖에 이상한 점은 없었나요?"

"요즘에 일하는 사람이 늘어서 여러 종족이 뒤섞여있긴 했지만,
함께 작업을 한 건 아니라서 잘 모르겠습니다."

"그렇겠죠."

드라마였다면 명추리로 범인을 지목했을 테지만…….

"그나저나, 여기 남아 있는 건 전부 귀중한 겁니까?"

"예. 포기하긴 아깝지만 이런 상황이니 어쩔 수 없죠. 약사 길
드에도 재고가 남아 있으니 어떻게든……."

"……가져갈 수 있는데요? 진짜 포기하실 겁니까?"

"부디 챙겨주십시오!"

"그리하지요."

내가 모든 병과 약초를 회수하자 스믹크 공이 머리를 연거푸 숙
였다.

"그런데 S급, 어떻게 여기서 나가지?"

"나가려고 마음만 먹으면 지금이라도 나갈 수 있습니다만, 당장 나가셔야 합니까?"

"당연하지. 우리 때문에 폭발이 일어났다고 떠넘기면 억울하잖아."

아, 혼혈 수인의 처지를 깜빡하고 있었네.

"뭐, 시간이 제법 흘렀으니 나가도록 할까요."

나는 계단 입구 앞에 쌓인 부러진 나무와 벽돌을 마법 주머니 안에 넣어나갔다.

라이오넬은 커다란 방패를 들고 내 옆에서 붕괴에 대비하고 있었다.

뒤에서 감탄하는 목소리가 들려왔지만 나는 언제 무너질지 알 수가 없어서 마음을 놓을 수가 없었다.

계단이 보이기 시작하자 나는 신중하게 잔해를 치워가며 계단을 올라갔다.

라이오넬이 베어버린 지하 입구도 잔해가 벽처럼 쌓여 지나갈 수 없는 상황이었다.

"마법 주머니를 챙겨오길 정말 잘했군."

잔해의 벽을 통째로 마법 주머니에 넣자 건물이 불타는 모습이 눈에 들어왔다. 대체 왜 이렇게까지 불타고 있는 걸까. 이것도 조사를 해봐야겠지.

내가 필사적으로 움직인 결과, 탈출을 시도한 지 한 시간쯤 지나서야 의료특구 건물에서 빠져나올 수 있었다.

"구경꾼이 확 줄었네."

"예. 우려하던 상황이 벌어진 것 같군요."

여기 올 때만 해도 지나다닐 수 없을 만큼 사람이 많았는데, 지금은 드문드문 보이는 상황이었다.

"우선 어디로 갈 거냥?"

"뭐, 당연히 골렘이 있는 곳이지."

케티가 묻자 나는 즉답했다.

학교 공사 예정지 인근에서 5미터짜리 골렘이 난동을 부리는 모습이 보였기 때문이다.

"우리한테 싸움을 건 녀석들을 후회하게 해주마. 돌스터 씨, 혼혈 수인이 모일만한 곳이 어디일까요?"

"대표자 저택 앞이다만."

"그럼 먼저 가주시겠습니까? 거기서 정보를 좀 모아주세요."

"나만 믿으라고."

"예. 그럼 두 사람은 날 따라와."

""예.""

13 예기치 않은 조력자

우리는 전력으로 학교 건설지로 향했다. 그곳에는 개, 고양이 수인족과 용인족이 있었다.

나는 환상 지팡이를 쥔 채 다가가며 목소리를 높였다.

"무슨 짓이지?"

거기에는 골렘을 조작하느라 분주한 폴라와 망치를 든 드란, 다친 몸으로 두 사람을 지키고 있는 야르보 부대가 있었다.

누가 봐도 교전 중이었다.

"다시 한번 묻겠다. 대체 이게 무슨 짓이야!!"

내가 외치자 용인족이 바닥에 엎드려 용서를 구하기 시작했다.

"화, 황송합니다. 루시엘 고……님. 이건 긴급하게 열린 여덟 종족 회의에서 정해진 사항입니다."

"용인족이 내게 변명을 하는 건가?"

"…………"

서른 명 가까운 용인족은 나를 향해 엎드린 채 입을 꾹 다물었다.

그 광경을 보고 있던 개 수인과 고양이 수인은 내 곁으로 다가오더니 몸을 부들부들 떨기 시작했……지만, 나는 그들을 무시하고 지나쳤다. 그리고 치유사 길드 식구들에게 회복 마법을 걸었다.

"우리가 폭발에 휘말린 지 두 시간도 채 지나지 않았는데 어쩌다 이런 사태가 된 거야?"

"이 녀석들은 루시엘 님이 죽었다느니, 루시엘 님이 혼혈 수인족을 쓰라고 해서 사고가 났다느니 하는 소리를 해대며 여길 점거하려 했네."

"오호? 이건 성 슈를 교회 및 S급 치유사인 내게 선전포고를 한 것으로 받아들이면 되는 건가?"

그러자 현장에 있던 수인들이 몸을 바들바들 떨기 시작했다. 곧이어 라이오넬의 대검이 불타오르기 시작하자 겁을 먹고 하나둘씩 무기를 떨어뜨렸다.

"죽고 싶다면 루시엘 님을 대신하여 내가 응해주지."

개 수인과 고양이 수인 중에는 라이오넬의 패기에 질려 엉덩방아를 찧는 사람마저 있었다.

"이, 이봐. 당신도 고양이 수인이지? 살려⋯⋯."

말이 끝나기도 전에 케티가 그의 뒤로 돌아가 목을 쳐 기절시켜 버렸다. 보이지는 않았지만.

"꼴불견이다냥. 이곳에 있는 모두의 얼굴을 똑똑히 기억해뒀다냥. 지금 루시엘 님을 돕는다면 나중에 훨씬 이득이 될 거다냥. 가서 혼혈 수인들을 구해라냥."

케티가 그렇게 말하자 수인들은 서로 마주 보다 무기를 들고 대표자 저택으로 달려나갔다.

"루시엘 님, 저희도 만회할 기회를, 지시를⋯⋯."

용인족은 여전히 바닥에 엎드려 있었다.

"그럼 의료특구 건물을 불태운 범인, 그곳에 목재를 납품한 상인, 그곳 현장을 정말로 관리했던 책임자를 체포해주십시오."

"'예!'"

곧이어 용인족이 대열을 정비하여 이동하기 시작했다.

"길드 식구들은 이곳을 아주 잘 사수해줬어. 여기는 아직 아무것도 없으니 일단 혼혈 수인들이 사는 도로를 지나 치유사 길드로 돌아가자."

"""예."""

혼혈 수인족의 거주지로 향하자 질투심에 사로잡혀 폭도로 변한 사람들이 새로 지은 집에 불을 지르려 하고 있었다. 케티는 재빨리 다가가 그들을 발로 차버렸다. 나는 치유사의 임무를 다하기 위해서 지시를 내렸다.

"모두 각 집을 수색해서 생존자가 있으면 치료해!"

나는 천천히 걸으며 주변을 둘러봤다.

그리고 마음에 걸리는 곳으로 다가가니 아이 하나가 칼에 베여 죽어 있었다. 그 아이를 어떻게든 구하고 싶은 마음에 주변 시선을 의식하지 않고 엑스트라 힐을 발동했다.

"엑스트라 힐."

그러자 마법의 빛이 나타나더니 아이에게 흡수되었다.

어? 이런 적이 있었던가?

곧 아이의 몸이 빛나기 시작하더니 칼에 베인 상처가 원래대로 되돌아갔다.

"수인의 생명력은 굉장하구나."

모르는 아이를 구했을 뿐인데도 눈물이 핑 돌았다.

라이오넬은 내 눈물을 모른 척해주었다.

근처를 수색해 본 결과, 아무래도 이 아이만 본보기로 삼아 벤 것 같았다.

다만, 이대로 계속 여기 있을 수는 없으니 사람 하나를 남겨 나중에 치유사 길드로 데려오라 하고 다시 발걸음을 옮겼다.

"혈흔이 남아 있는 것으로 보아 전투가 벌어졌을지도 몰라. 어쩌면 최악의 사태가 벌어질지도."

"어떻게 하시겠습니까?"

"이번만큼은 용서 못 해. 주모자는 물론, 가담한 자들도 가만두지 않을 거야."

치유사 길드에 도착하자, 많은 수인족이 치유사 길드를 둘러싸고 대치 중인 모습이 보였다. 다들 치유사 길드의 결계를 어쩌지 못해서 밖에 있는 듯했다. 그들이 이곳으로 몰려온 건 내가 치유사 길드를 등에 업고 있다는 걸 알기 때문이리라.

어디 보자, 토끼, 늑대, 여우, 새 수인인가.

길드에서는 몸이 거대해진 곰 수인들과 그들 어깨에 탄 하치족, 성치사대의 기사들이 그들에 맞서 길드를 지키고 있었다. 다만 새 수인족은 치유사 길드의 편을 들고 있는 것 같았다. 설마 새 수인족이 이쪽 편을 들어줄 줄이야. 이것도 곰 수인족의 페로몬 덕분인가.

날 가장 먼저 발견한 건 새 수인족이었다. 그들은 나를 보자마자 비행을 멈추고 땅으로 내려왔다. 곧이어 곰 수인과 하치족이 나를 발견했다.

내가 무사하다는 걸 알자 그들은 환호하기 시작했다.

"이 많은 사람을 끌고 치유사 길드까지 친히 쳐들어오시다니,

대체 무슨 생각이신지 말씀해주셔야겠습니다. 리리알드 공, 올가 공, 포렌스 공."

내 목소리가 들리자, 그들도 그때야 나를 알아챘는지, 수인들의 움직임이 멈추었다.

"이게 무슨 짓인지 묻고 있습니다만? 안 들립니까?"

"살아있었는가."

올가 공이 입을 열었다.

"이건 저기⋯⋯."

평상시 말투가 아닌 무거운 말투로 포렌스 공이 말했다.

"이건 여덟 종족 회의에서 정해진 사항입니다. 루시엘 공이 대우한 혼혈 수인들이 의료특구에 손해를 끼쳤습니다. 이 책임을 대표인 루시엘 공한테 묻기로 정했습니다."

이건 책임 전가 아닌가? 뭐, 아무래도 좋다.

"건물이 화염에 휩싸인 지 두 시간밖에 지나지 않았는데 용케도 그런 회의를 하셨군요? 그래서 내놓은 결과가 이겁니까? 아하, 여러분들이 나와 치유사 길드를 계략에 빠뜨리신 거군요. 하하하."

내가 딱딱한 말투로 말하며 웃자 포렌스 공이 반박했다.

"하치족을 멋대로 이에니스에 들이다니, 어째서 우리와 아무런 논의를 하지 않은 겁니까?"

"내가 친구들을 내 집에 부르는데 의논까지 해야 합니까? 그들은 치유사 길드 밖으로 한 발자국도 나가지 않았고, 민폐를 끼치지도 않았는데요?"

"그런 의미가 아닙니다. 저들한테 벌꿀을 만들도록 하면 막대한 이익을 거둘 수가 있다는 말입니다.”

“그게 뭐 어쨌다는 거죠? 하치족 분들은 제 친구입니다. 노예가 아니고요. 게다가 여긴 제 소유지이며, 이익을 어떻게 내고, 또 어떻게 쓸지 또한 제 자유라고 맹약까지 맺지 않았습니까? 상인이라면 그게 어떤 의미인지 잘 아시리라고 생각합니다만?”

“…………”

포렌스 공이 완전히 침묵했다.

“토끼 수인 리리알드 공, 귀하는 다른 종족이 땀 흘려서 번 돈을 착복한 주제에 이번 사건의 책임을 전가하려고 여길 오신 겁니까? 제가 아는 토끼 수인은 사람을 보는 눈이 뛰어났는데, 귀하의 눈은 아무래도 흐려진 모양이군요.”

“무, 무슨 말을 하는지 모르겠군요. 더욱이 의료특구는 애초부터 없던 구상이었습니다. 그런데 고작 ‘용살자’가 되었다고 여기저기를 들쑤시니 이런 꼴을 당하는 겁니다.”

“그렇군요. 그게 토끼 수인 전체의 뜻이라고 받아들여도 되겠습니까?”

리리알드의 주변을 둘러보니 괭이나 부엌칼을 들고 있던 토끼 수인들이 등 뒤로 그것들을 숨겼다.

토끼 수인은 원래 호전적인 성격이 아니라서 그런지, 리리알드가 몰리자 하나둘 돌아서기 시작했다.

“나, 난 죽고 싶지 않아요.”

“나도 시켜서 어쩔 수 없이 왔을 뿐입니다.”

“리리알드 씨, 당신, 거짓말을 했어?”

"용서해주세요."

그 모습을 보고도 동정심이 솟지 않는 이유는 아까 무참하게 베인 어린 혼혈 수인을 봤기 때문이겠지.

아무래도 나는 단단히 화가 난 모양이다.

"아무래도 좋습니다. 그럼 리리알드 공만이 그렇게 생각하고 있다고 치죠. 다만 여러분도 폭동에 가담하셨으니 현 이에니스 대표로서, 그리고 이에니스 치유사 길드를 대표하는 S랭크 치유사로서도 여러분에게 벌을 내리겠습니다."

그들은 내 말을 듣고 어깨를 축 늘어뜨렸다.

"올가 공, 난 적어도 당신만은 이에니스의 발전을 바라는 동료인 줄 알았습니다. 실라를 위해서 학교를 세워달라는 마음도 진심이라고 생각했지요. 그런데 긍지 높은 늑대 수인족이 왜 이런 짓을 저지른 겁니까?"

"……송구하오. 전부 늑대 수인족을 위해섭니다."

"실라 앞에서도 그 말을 할 수 있습니까?"

"…………."

"그래서 어떻게 할 겁니까? 이대로 저와 반목하실 작정입니까?"

나는 이 사람이 악인이라고는 생각할 수가 없었다.

올가 공은 검을 거꾸로 쥔 뒤 눈을 감고 입을 열었다.

"큭, 하지만 이미 이것밖에……."

"루시엘, 그렇게 괴롭히지 마. 그러다가 올가가 울겠다."

"네?"

"그래, 루시엘 군. 약한 자를 괴롭혀봤자 뭐가 재밌겠어? 뭐,

그래도 이로써 모든 종족을 대강 다 조사한 것 같군."

"루시엘, 이런 문제는 여러 정보를 유효하게 활용하여 원만하게 처리해야만 좋은 평가를 받을 수 있는 법이야."

"뭐, 나는 루시엘이 아직도 변함없어서 안심했지만."

느닷없이 나타난 두 늑대 수인족이 웃었다.

"어라?! 어째서 두 분이?"

나는 꿈이라도 꾼 것 같은 기분이었다.

하지만 이건 꿈이 아니다.

두 사람은 즐거워하며 나에게 말을 걸었다.

"오래 떠나 있긴 했지만 여긴 우리 고향이잖아? 뭐, 루시엘이 우왕좌왕하는 모습을 구경하려고 왔지. 거기에 따끔하게 혼을 내 줘야 할 녀석들도 잔뜩 있는 것 같고."

"솔직하게 말하자면 올가한테서 슬슬 위험이 닥쳐오고 있다는 편지를 받았을 뿐이지만. 그나저나 진짜 전귀(戰鬼) 장군이 여기 있을 줄이야. 저기 있는 고양이 수인족 여성은 어둠 속 암살이 특기인 순영(瞬影)이지?"

아마도 라이오넬과 케티를 가리키는 거겠지. 그러나 케티가 그토록 강한 암살자였을 줄이야.

그러고 보니 전에 두 사람을 조사해달라고 했었지.

"이 두 사람은 노예로서 사들이긴 했지만, 지금은 신뢰할 수 있는 수행원들입니다."

두 사람은 얼굴을 마주 보고 웃었다.

그리고 라이오넬과 케티도, 무슨 영문인지 뒤에서 웃고 있었다.

"뭐, 됐다. 올가, 저 여우 수인과 위에 있는 새 수인은 적이냐?"

"왜 이렇게 늦었나! 조금만 더 늦었더라면 실라를 울릴 뻔했다고! 어차피 흑막을 찾느라 늦었겠지만!"

"잘 알고 있네, 뭘. 네 말대로 흑막은 이미 붙잡아뒀어. 그래서 여긴 어떤 상황인데?"

"여우 수인 포렌스는 하치족을 보고 눈이 돌아서 이런 짓을 저지른 것뿐이니 적이라고 하긴 어렵다. 새 수인족은 곰 수인족을 보자마자 돌아섰고."

"그렇군. 슬슬 혼혈 수인도 다 모였을 테니 이에니스의 집회장으로 가볼까? 그나저나 루시엘 군, 이에니스를 발전시키려고 애를 썼다면서? 그 소리를 들으니 어찌나 기쁘던지."

"저기, 감사합니다. 그나저나 왜⋯⋯."

혼란스러워하는 나를 아랑곳하지 않고 가르바 씨가 내 말을 가로막았다.

"그래도 말이야. 수인들을 지도하는 위치에 섰을 때는 따끔하게 혼을 내어 길들이지 않으면 얕잡아 보일 수 있다고. 집회장에서 어떻게 길들이는지 알려줄 테니 보고 배우도록."

가르바 씨의 말투는 아주 부드러웠지만, 저 날카로운 눈빛은 내가 아는 가르바 씨가 아니었다. 약간 혼란스러웠다. 그래서 나는 고개만 끄덕였다.

"예, 가르바 씨."

"루시엘, 그러고 보니 물체X 제조 마도구를 모험가 길드에서 무기한으로 빌렸다면서?"

옆에 있던 그루가 씨가 어느새 내 어깨를 쥐고 있었다.

"예? 아아, 네. 설마 지금 쓰시려고요?"

"응. 신작 요리를 먹여줘야만 하는 녀석이 있거든……. 그것도 한둘이 아니라."

"그루가 씨, 혹시 밥 테러입니까?"

"듣기 거북한 소리 하지 마. 누구든 끝까지 먹을 수 있는 요리니까. 적어도 먹는 도중에 기절은 하지 않아."

기절하지 않는다고? 그건 오히려 고문 아닌가……? 그렇게 생각했지만, 이쯤에서 그만두기로 했다.

"그건 그것대로 굉장하네요. 아니, 잠깐. 그거 다 먹으면 결국은 기절하는 겁니까?"

"그 요리를 다 먹은 뒤에도 멀쩡할 수 있는 사람은 너뿐이겠지. 자, 갈까?"

"아, 잠시만 기다려주세요. 야르보 부대는 여기서 대기. 하닐 공, 브라이언 공. 부상자는 없습니까?"

"괜찮습니다."

"저희도 괜찮습니다."

딱히 싸움이 벌어진 건 아니라서 그런지 다친 사람은 없었던 모양이다.

나는 두 형제와 함께 집회장으로 걸어갔다.

그리고 두 형제는 일찍이 이에니스를 장악했던 실력을 아낌없이 발휘하기 시작했다.

*

집회장으로 이동을 시작한 지 얼마 지나지 않아 가르바 씨가 입을 열었다.

"먼저 가고 있어. 잠시 다녀올게."

가르바 씨가 그렇게 말하고서 사라졌다.

"역시 은둔이다냥."

뒤에서 케티가 그렇게 평가했다.

하지만 나는 나대로 그루가 씨와 해야 할 이야기가 있었다. 아까부터 빙긋 웃으며 자꾸 날 보고 있었다. 아무래도 벌꿀 이야기를 하고 싶은 모양이다.

뭐, 그루가 씨에게는 곰…… 지구의 반달가슴곰을 연상케 하는 존재감이 있으니까.

"설마 하치족을 끌어들였을 줄이야. 역시 놀라워. 벌꿀은 좀처럼 구하기 어려운 식품이야. 그래서 벌꿀을 받았을 때 하치족과 관계를 맺지 않았을까 싶더라고. 평소에는 좀처럼 만날 수 없는 종족이니까."

"그들과 만난 건 우연이었습니다. 더욱이 이에니스를 살기 좋은 도시로 만들려고 생각했지만…… 실패의 연속이었어요."

"그렇겠지. 제아무리 '용살자'일지라도 지금 이 나라는 썩어 있으니까. 가르바 형이 왜 이에니스를 떠났는지 아나?"

"아뇨. 올가 씨한테서 과거에 신동이라 불렸다는 얘기만 들었습니다."

"대표도 아닌데도 실컷 부려먹고서 실패하면 그 책임을 모조리 떠넘겼지. 그런 일상이었어. 그래서 내가 모험가로 등록했을 때 둘이서 이에니스를 떠났어."

"그 온후한 가르바 씨가 포기하다니……."

옛날부터 이런 나라였나?

"근데 그때 뿌리 뽑지 못한 폐단이 시간을 넘어 루시엘을 괴롭히고 있다는 걸 알자 가르바 형이 후회하더라."

"……사람을 부리는 게 얼마나 힘든지 뼈에 사무칠 정도로 깨달았습니다. 요즘에는 여행을 떠나고 싶은 생각뿐이에요……."

영업 사원 시절에는 전문분야 이외의 업무, 다시 말해서 계약을 따온 뒤의 일은 기술부에 맡기만 하면 되었다.

그러나 지금은 모든 것을 책임져야만 하는, 중소기업 사장 같은 신세다.

모든 책임이 어깨를 무겁게 짓누르고 있다.

"이번에 미궁을 답파하면서 '용살자'가 되었잖아? 그 사건을 계기로 이 나라의 폐단을 감추려고 한 건 대표들……이 아니라 장로들이야. 넌 그 음모에 휘말린 거고."

"장로라고요?"

그런 게 있어? 나는 정작 처음 듣는 이야기였다.

더욱이 '용살자' 소문을 퍼뜨린 건 고더스 공이었을 텐데.

내가 의아해하자 그루가 씨가 간략하게 설명해주었다.

"여덟 종족의 대표는 모두 젊지? 아무리 나이가 많아도 마흔 살 전후야. 이상하다고 생각해 본 적 없어? 그건 장로회…… 각 종족의 족장들이 따로 지시를 내리고 있기 때문이지."

"……그런 얘기는 들어본 적도 없는데요?"

"음, 각 종족에는 대표를 정하는 장로들이 있어. 그들에게는 대표들도 감히 대들 수 없지."

"…………?"

"여덟 종족 회의에는 여덟 종족만 참석하지? 더욱이 용인족 장로는 용의 가호가 있어서 용인족은 그의 뜻을 거역하지 못해."

……나는 아직도 이에니스의 속사정에 대해 모르는 것이 많구나.

"요 몇 개월은 순조롭다고 생각했는데……."

내가 탄식하자 그루가 씨가 내 어깨를 쥐고서 속삭이듯 말했다.

"네가 슬럼가를 일신하고, 혼혈 수인이나 몸 기댈 곳 없는 자들을 대우하는 게 장로들은 마음에 들지 않았을 거야. 그래서 이번 계획을 짠 거지."

"……고작 그런 이유로 폭발을 일으킨 겁니까?"

"그래. 자세한 내용은 이따가 알게 될 테지만, 건물이 파괴되고 네가 밖으로 나오지 못하자 그들은 기회구나 하고 치유사 길드에 책임을 떠넘기기로 한 모양이더라."

"……가르바 씨는 대체 어디에서 그런 정보를 얻은 겁니까? 애당초 두 분은 꽤 오랫동안 이곳을 떠나 있었잖습니까?"

"실은 이에니스에 도착한 게 사흘 전이거든."

"사흘이요? 용케도 안 들켰군요?"

"가르바 형이 있으니까."

"그나저나 집회장에 도착한 뒤에 제가 맡을 역할이 있습니까?"

"없어. 루시엘은 악습에 얽매여 있던 이에니스에 새로운 바람을 일으켰어. 온갖 방해를 받더라도 이에니스를 발전시키고자 노력해왔으니 잠시 쉰다고 해서 누가 나무라진 않아."

우리는 그런 대화를 나누며 집회장에 도착했다. 집회장에는 호랑이 수인을 필두로 여러 수인이 혼혈 수인을 둘러싸고 있었다.

그 광경을 본 나는 달려가려고 했지만, 그루가 씨가 어깨를 붙잡았다.

"안심해. 아무도 다치지 않았잖아? 미리 모험가 길드 녀석들한테 의뢰해놓았다고."

자세히 보니 혼혈 수인들과 수인들 사이에 무장한 부대가 있었다. 그들은 혼혈 수인이 습격받지 않도록 사이에 껴서 바리케이드 역할을 하고 있었다.

그 바리케이드 안에는 고더스 공과 자이어스 공도 있었다.

"어떻게 된 겁니까?"

"조금 더 가까이 가면 알 거다."

그 말대로 가까이 다가가자 밧줄에 묶인 것도 모자라 천으로 입을 막아놓은 각 종족의 늙은 수인들과 실행범인가 싶은 수인들이 있었다.

"오래 기다렸지? 루시엘도 무사했군. 루시엘, 이 녀석들이 아까 말했던 원흉이다."

그루가 씨가 주변 사람들이 다 들리도록 말하자 집회장이 소란스러워졌다.

늙은 수인들은 우우, 하고 신음하고 있지만, 함께 붙잡힌 수인들은 얌전하게 있었다.

"루시엘 님, 돌스터 씨를 구해주셔서 감사합니다. 저희도 루시엘 님의 지인분들 지시대로 일을 확실하게 처리했습니다."

날 발견한 케핀이 다가와 보고했다.

"응? 지시? 그보다, 케핀 부대 중에 다친 사람은?"

"아뇨, 없습니다."

내가 그 소리를 듣고 그루가 씨에게 무슨 영문인지 물으려고 하자 이번에는 고더스 공과 자이어스 공이 말했다.

"역시나. 용의 강력한 가호를 받은 루시엘 님이 그리 쉽게 죽을 리가 없지요."

"가르바 씨에게 루시엘 님이 죽었다는 말을 유포하고 선동하라는 부탁을 받았을 때는 조마조마했습니다. 하지만 경계심이 무척 강해서 남들 앞에는 좀처럼 모습을 드러내지 않던 장로들을 붙잡을 수 있었죠. 이런 기회는 또 없을 테니 일이 잘 풀렸습니다."

두 사람은 나를 보고 안도한 표정을 지었다. 그러고는 노인들을 내려다봤다.

나는 이 상황을 이해할 수가 없었다.

보다 못한 그루가 씨가 조금씩 설명하기 시작했다.

"실은 이번 작전을 세울 때 모험가들의 힘을 좀 빌렸어. 이에니스를 바로 세울 마지막 기회라고 호소하면서."

"……학교 예정지와 전 슬럼가, 치유사 길드를 습격한 건?"

"부상자가 조금 나오긴 했지만, 반대 세력을 걸러내기 위해선 이게 최선이었다."

"……하지만 슬럼가에서는 죽을 뻔한 혼혈 수인이 있었습니다. 저는 대체……. 혹시 불을 지른 것도?"

무슨 목적으로 이런 작전을 꾸몄는지는 대강 이해가 되었다.

그러나 내가 무른 걸지도 모르겠지만, 사람을 다치게 하는 작전은 찬동할 수 없었다.

"그럴 리가 없잖아? 느닷없이 큰 폭발이 일어나는 바람에 우리도 꽤 놀랐다고. 사실은 작전을 펴기 전에 루시엘을 만나러 가자고 어제 가르바 형이 말했거든."

그 말을 듣고 안도했다.

일부러 그런 폭발을 일으켰다면 두 사람을 경멸할 뻔했다.

바로 그때 경쾌한 목소리가 들렸다.

"이야, 기다리게 해서 미안. 이상한 기술을 쓰는 바람에 하마터면 놓칠 뻔했어."

가르바 씨는 어깨에는 너구리 수인을, 옆구리로는 밧줄에 묶인 남자를 안고 있었다.

그러자 소란스러웠던 집회장이 순식간에 정적에 휩싸였다.

"……저기, 어깨 위에서 축 늘어져 있는 건 혹시 왈라비스 공인가요? 어라? 저기 묶인 사람은 아까 내가 치료했던 사람 같은데…… 수인이 아니었나?"

"너무하지 않냐? 오랜만에 만났는데 내 얼굴을 보자마자 기절하다니……. 이 녀석이 이번 파괴 공작의 실행범이야."

"예?"

왜 가르바 씨가 범인을 알고 있는 거지?

"혼혈 수인족 여러분은 이 얼굴이 낯이 익지 않나?"

가르바 씨는 왈라비스 공을 땅바닥에 내려놓은 뒤 옆구리에 긴 남자의 얼굴을 이쪽으로 내보였다.

"……아니, 핫토리잖아?!"

케핀이 외쳤다.

핫토리라면, 미궁에서 죽었다던 그 닌자 핫토리?

"죽었다고 하지 않았나?"

내가 의문을 던지자 케핀이 아니라 가르바 씨가 대답했다.

"그동안 온갖 공작을 벌여온 모양이야. 이 나라가 아니라 일마시아 제국 소속으로서."

"저 사람은 이에니스 덕을 보지 않았던가요?"

"예전에는 그랬던 모양인데. 최근에는 뭐든지 변신할 수 있는 능력으로 정보 수집을 해왔던 것 같더라. 슬럼가 상황을 조사하여 장로회에 흘리고 있었고."

"큭큭큭. 배신은 닌자의 상투수단. 이 몸의 능력을 높이 평가해주는 동지를 택하는 게 뭐가 나쁘단 거……말이오."

지금 어미를 급히 고쳐서 붙였지? 어쩐지 잘못된 닌자 지식을 익힌 외국인 같은 느낌이 드는데……. 혹시 전생자?

"막 깨어난 차에 이런 말을 해서 미안한데, 이제 네 능력은 쓸수 없어. 범죄 노예가 되면 모든 능력을 봉인할 수 있거든."

"뭣이……?! 어라? 밧줄 풀기 술법을 쓸 수…… 없소이다!"

"핫토리, 왜 우릴 배신했나?"

슬럼가 간판인 돌스터 씨가 혼혈 수인들이 모인 무리에서 나와

따져 물었다.

"이 몸을 거두어준 것은 감사하고 있소이다. 허나 이 몸에게는 신한테 선택받은 자로서 책무가 있소."

"신이라고? 주신 클라이야 님께서 강림이라도 하셨다는 말이냐? 무슨 얼토당토않은 소리를. 넌 그런 칭호를 갖고 있지 않잖아?"

"이 몸이 목숨을 잃었을 때 신께서 구해주⋯⋯셨소이다. 신한 테 선택을 받은 이 몸이 언제까지고 이런 데서 궁핍하게 살고 있으면 신한테 면목이 서질 않소이다."

⋯⋯이런, 전생자가 틀림없다.

신 이야기는 이번 사건과 관련이 없으니 제쳐두기로 하고⋯⋯. 문제는 살인미수를 어떻게 판단하느냐는 건데.

"돌스터 씨가 그곳에서 작업하고 있었던 건 알고 있었을 거야. 내가 그들을 구출하지 않았더라면 몇 명이 죽었을지 모르는 일이 었지. 그건 어떻게 대답할 셈이냐?"

그러자 핫토리가 나를 노려보며 대답했다.

"전부 그대 탓이오. 그대가 제국에서 보낸 간첩을 잇달아 붙잡아버린 바람에 이 몸이 자금난에 처해 이 임무를 받아들일 수밖에 없도록 만들었소."

바로 그때 핫토리를 옆구리에 끼고 있던 가르바 씨가 냉철한 눈으로 말했다.

"그냥 책임 전가잖아. 이제부터 널 고문해서 여러 정보를 불게할 거다. 일단 기절부터 시켜둘까? 루시엘 군, 물체X를 이 남자한테."

"예? 아, 알겠습니다."

나는 마법 주머니에서 통과 컵을 꺼낸 뒤 물체X를 부었다.

저 사람도 전생자이고, 닌자는 인내심이 강하기로 정평이 나 있으니 혹시 버텨내는 게 아닐까 하는 생각이 들었지만, 가르바 씨가 명령에 따라 물체X를 마신 핫토리는 컵을 비우기 직전에 눈을 뒤집은 채 입에 거품을 물었다.

"루시엘……. 원액을 주다니 역시."

그루가 씨가 질색했지만, 나는 아무렇지도 않았다.

그 뒤에는 가르바 씨의 연설이 시작되었다.

"여러분, 오랜만입니다. 절 모르는 사람은 처음 뵙겠습니다. 저는 저기에 굴러다니고 있는 늑대 수인족 장로 그라우가의 아들입니다. 전 옛날부터 이 이에니스가 싫었습니다. 저는 15살 때부터 아버지를 수행하여 이에니스 대표 회의에 출석했습니다. 그곳에서 본 건 정책을 의논하는 정상적인 회의가 아니었습니다. 각 종족이 서로의 발목을 잡아서 넘어뜨리는 데 혈안이 되어 있는 협잡의 장이었습니다. 무언가를 제안했다가 실패를 한다면 모든 책임을 그 종족한테 떠넘기고, 성공하면 권리만을 주장하는 아주 더러운 모임이었습니다. 이는 책임을 모조리 현자한테 떠넘기고 쫓아낸 뒤 치유사 길드를 헐어버렸던 할아버지 시절부터 이어져 내려온 악습입니다. 현재 이 나라의 밭에서 향신료를 재배할 수 있는 건 현자가 온 세계에서 씨앗을 가져와 키우는 방법을 가르치고, 또 판로를 개척해주신 덕분입니다. 이에니스의 대표 회의에서 주도한 게 아니지요."

가르바 씨는 대표 회의의 실체를 정말로 알고 있었다.

"가르바 형은 젊었을 적에 세 차례 정책을 냈었지. 두 정책은 성공했고, 한 정책은 혹독한 비난을 받았어. 그런데 나중에 알고 보니 비난을 받았던 그 세 번째 정책이 실은 장로…… 그러니까 사실상 족장 회의에서 이미 묻어버리기로 결정이 나 있던 상태였다. 믿어지냐?"

"대표 회의와 장로 회의는 다른 거죠?"

"그래, 아까도 말했지만, 각 장로가 2년마다 종족 대표를 정해."

"그것도 몰랐습니다."

"그렇겠지."

우리가 작은 목소리로 대화를 나누는 동안에도 가르바 씨의 연설은 이어졌다.

"저기 계시는 치유사 루시엘 님을 왜 이에니스의 대표 자리에 앉혔을 것 같습니까? 그건 대표였던 자들의 부정을 감추기 위해서였습니다. 조사해보니 호랑이 수인족 샤자는 약사 길드의 전부 길드 마스터였던 구로하라와 공모하여 이에니스의 정보를 타국에 팔아넘기고 거액의 자금을 확보한 뒤 장로들을 매수하여 대표가 된 것으로 밝혀졌습니다. 그밖에도 토끼 수인족 대표인 리리알드는 허위보고를 하여 공금을 횡령했죠. 그래서 S급 치유사이자 '용살자'인 루시엘 님을 대표 자리에 앉혀서 그 악행을 은폐하려고 했던 겁니다. 족장들은 루시엘 님이 아무것도 하지 못하고 이에니스의 대표 임기를 끝마치리라 생각했겠지요. 그러나 그는 여간내기가 아니었습니다. 우선은 저 더럽고 냄새가 나는 슬럼가를 말끔하게 단장했습니다. 태어난 곳을 스스로 정할 수 없다면서 혼혈 수인일지라도 차별하지 않고 대우해주었습니다. 그 결과 그들이 범죄를 일으킨 적은 단 한 번도 없었습니다. 다음으로 이에니스의 밝은 미래를 위해서, 다음 세대가 활약할 수 있도록 사재를 투자하여 학교를 건립하려고 했습니다. 하지만 오늘 저들은 루시엘 님과 혼혈 수인들을 함정에 빠뜨리고자 의료특구 건물을 파괴했다는 사실이 판명되었습니다. 이에니스에 사는 주민들이여, 정령 이렇게 살 겁니까? 수인은 은혜를 원수로 갚는 파렴치한 종족입니까? 그렇지 않다면 다 함께 이에니스를 재건합시다."

가르바 씨는 이번 기회에 모든 악습을 없애버리려고 하는 거겠지.

그나저나 학교 이야기가 나왔을 때 사람들이 수런거렸다. 설마 학교 이야기를 모르는 사람이 아직도 있었단 말인가?

충격의 진실이로군.

나는 그루가 씨에게 나직이 말했다.

"가르바 씨가 제 이름에 '님' 자를 붙이니 어쩐지 낯이 간지러운데요?"

"뭐, 연설이니 그런 거지."

"이대로 가르바 씨가 대표 자리에 오르는 게 더 좋지 않을까요?"

"임시라면 몰라도, 그건 좀⋯⋯."

"그나저나 멜라토니 모험가 길드는 괜찮습니까?"

"응. 블로드가 한동안 도와주고 오라고 했지."

"스승님께는 감사하다는 말밖에 떠오르질 않네요."

"임기를 마치면 멜라토니에 가서 네 입으로 말해."

"그래야겠죠."

두 사람을 보내준 블로드 스승님께 고개를 들 수가 없었다.

"선풍이 정말로 제자를 아끼는 모양이군요."

라이오넬이 그렇게 말했다.

"그렇지 뭐. 멜라토니에 있었을 때도 도움을 받았고, 또 이번에도 받았으니까. 라이오넬도 노예 신분에서 풀려나면 존댓말을 쓸 생각인데?"

"캇캇캇. 전 지금 이대로가 좋습니다."

"으윽, 뭐, 일단 생각은 해봐."

라이오넬은 그저 웃을 뿐이었다.

가르바 씨는 연설에 이어 강하게 선언했다.

"아직 제게는 저들을 처단할 권리가 없지요. 그러나 지금, 이 자리에서 늑대 수인족장 자리를 계승하고 족장 권한으로 강행권을 발동할 것을 선언합니다."

사람들이 웅성거리기 시작했다. 족장 계승? 강행권? 뜻을 알 수가 없어서 나는 곧바로 그루가 씨에게 물었다.

"가르바 씨가 지금 선언한 것처럼 족장 자리를 그렇게 쉽게 계승할 수 있습니까? 그리고 강행권은 뭐죠?"

그루가 씨는 잠시 뜸을 들인 뒤 입을 열었다.

"우선 족장 계승부터 설명하지. 족장이 사망하거나, 혹은 노예가 될 만한 범죄를 저지르면 그 종족 안에서 회의하여 새 족장을 뽑을 수 있어."

"……현재 가르바 씨한테 이의를 제기할 수 있는 사람은 없을 테니 족장을 계승하겠다고 직접 말한 거군요……."

내 말을 듣고 그루가 씨가 히죽 웃으며 대답했다.

"그래. 이곳 이에니스에서 가르바 형 앞에서 이의를 제기할 수 있는 녀석 따윈 없거든. 그리고 강행권은 말이지……."

그루가 씨의 말에 따르면 강행권을 행사하면 위험이 따른다고 한다.

강행권은 족장만이 행사할 수 있는 권한이다. 그 권한을 사용하면 향후 10년 동안 선임된 대표의 발언권이 없어진다고 한다.

또한 이에니스는 민주주의국가라서 강행권을 발동하더라도 각 수인족과 사전협의를 하지 않았다면 가결될 가능성이 대단히 낮다고 한다.

나는 걱정이 되어 그루가 씨에게 거듭 질문했다.

"이번에 가결될까요?"

그루가 씨는 또 히죽 웃으며 대답했다.

"이번에 각 종족의 모든 족장이 범죄 노예가 될 만한 죄를 저질렀으니 사실상 실각. 지금 이에니스에 있는 족장은 형 하나뿐인 셈이지. 더구나 족장이 바뀌면 강행권도 부활하니까 사실 위험은 하나도 없는 셈이야."

그루가 씨에게 질문을 끝낸 뒤 다시 가르바 씨 쪽으로 고개를 돌렸다. 어떤 내용으로 강행권을 행사할지 발표하기 시작했다.

"그럼 나도 슬슬 가볼게. 저걸로 요리를 만들 거니까 빌려줘."

그루가 씨는 그렇게 말하고서 나에게서 물체X가 든 통을 넘겨받은 뒤 가르바 씨 곁으로 걸어갔다.

두 사람이 한자리에 있으니 박력이 배가 되었다.

"이번 사건의 원흉인 여덟 종족의 장로들을 모조리 처형하고, 그 재산을 전부 몰수한다. 또한, 현재 각 종족의 대표를 전원 해임하되 경제 보호를 위해 후임자를 뽑아 인수인계 기간을 두고, 현 대표들은 조사를 거쳐 죄가 밝혀진 경우는 범죄 노예로 삼아 평생 밭을 개간하는 형벌에 처하고, 죄가 없는 경우도 연대책임을 물어 재산을 몰수한다. 치유 특구의 건물을 폭파한 범인은 조사를 거쳐 슬럼가의 대표가 처벌을 결정한다. 또, 왈라비스는 이자의 꾐에 넘어갔다는 것이 판명 났으나, 그 역시 범죄 노예로 삼는다. 이밖에 폭동을 일으킨 자 모두 체포하여 범죄 노예로 삼아야 마땅하나, 루시엘 님이 은혜를 베푸신바, 그루가가 만든 요리와 현자의 음료를 다 비우면 용서하기로 하였다. 참고로 도망칠 곳은 없으니 안심하도록. 모두 같은 조건이다."

"내가 요리를 담당할 그루가다. 하늘을 나는 것 같은 기분을 맛볼 수 있는 요리와 언제 마셔도 여운이 진하게 남는 현자의 음료를 마시며 신생 이에니스의 탄생을 축하하자!"

그루가 씨가 기뻐하며 소리쳤다.

나는 그 광경을 보면서 이번에 가르바 씨가 내린 처분이 혹독한 건지 타당한 건지 줄곧 자문자답을 반복했다.

사람에게 혹독한 처분을 내려 미움을 사고 싶지 않다……. 나는 자신의 안위만 중요하게 생각하는 건가? 하다못해 교도소나 재판 같은 게 있다면…….

나는 자신이 다른 사람을 재판하는 것을 두려워하고 있음을 깨달았다.

나는 온갖 감정이 뒤얽혀서 혼란스러웠다. 여기저기에서 고함과 울음소리가 들렸다.

물체X를 마시라는 말에 항의하는 목소리뿐만 아니라 각 족장을 처형함으로써 이번 사건을 마무리 지으려는 가르바 씨에게 화를 내는 자도 많았다.

그중에는 심지어 패륜아라는 신랄한 비난도 있었다. 그러나 가르바 씨는 결정된 내용을 번복하지 않았다. 스스로 자기 아버지에게 벌을 내린 것이다.

그러던 와중에 나는 이번 처분에 대해 딱 하나 추가하기로 했다.

"집행일은 나중에 정해도 되겠죠?"

그러자 가르바 씨는 놀란 얼굴로 고개를 끄덕였다.

"이번 당신들은 용서받을 수 없는 범죄를 저질렀어. 이제 영혼은 하늘로, 육신은 대지로 돌아갈 거야. 처형이 집행되는 날까지 참회하도록."

나는 그 말만은 덧붙였다.

"그럼 처형일까지 각 장로와 그 권속들을 범죄 노예로 삼는다."

모험가들에게 끌려가는 장로(아니 족장이라 해야 하나?)들을

바라보면서 이에니스가 조금이라도 정상으로 돌아올 수 있기를
바랐다.

　나는 일그러진 이 나라에서 누가 누구를 재판해왔는지, 그 권
한이 누구에게 있었는지조차 몰랐다. 겉에 보이는 정보만 믿고
놀아나던 내가 얼마나 위태로운 상황에 있었는지를 깨닫자 공포
에 몸을 떨렸다.

14 각자의 길

가르바 씨가 어떻게 강행권을 사용할지 내용을 발표한 뒤에 가르바 씨와 그루가 씨는 나에게 치유사 길드로 돌아가라고 권했지만 나는 현장에 남기로 했다.

마지막까지 모든 것을 지켜볼 필요가 있다고 느꼈기 때문이다.

"뭐, 별로 유쾌한 구경거리는 아닐 텐데."

가르바 씨는 그렇게 말하고서 각 종족의 주민명부를 꺼냈다. 그러고는 그루가 씨에게 이번 폭동에 참가한 사람들에게 물체X를 먹이도록 지시했다. 아무래도 요리는 나중에 먹이기로 한 모양이다.

하긴, 아무리 그루가 씨라도 이 많은 사람을 먹일 요리를 당장 준비하기는 어렵겠지.

물체X를 주민들에게 먹이는 그루가 씨 바로 옆에서 가르바 씨는 강행권이 무엇인지 상세하게 설명해주었다.

"……그런 이유로 강행권은 그 종족의 족장이 바뀌면 부활하게 되어 있거든. 늑대 수인도 족장이 바뀔 거니까 딱히 불리해지지는 않을 거야."

"그렇지만 여러 종족이 결탁해서 한 종족을 때릴 수도 있는 거 아닌가요?"

"글쎄. 강행권이라고 해도, 사실 각 종족의 장로 중 과반수의 찬성을 얻어야 진행할 수 있는데, 범죄자는 그럴 권한이 없거든.

그래서 족장을 모두 모을 필요가 있었어."

"폭발 사건을 이용해서 단번에 이에니스의 부정을 뿌리 뽑을 생각을 하신 겁니까?"

"응. 이에니스의 모험가 길드와는 옛날부터 인연이 있어서 말이지. 어제 막 부탁한 참이었는데 이렇게 될 줄은. 원래는 한 달 정도에 걸쳐 더 깔끔하게 처리하려 했거든."

"그랬군요……. 가르바 씨도 시기를 잘못 읽을 때가 다 있군요."

"하핫. 오히려 항상 그런 느낌이야."

이번에는 한 사람밖에 남지 않은 족장이 강행하여 처분을 내렸다. 그리고 폭동에 가담한 자들은 자신들이 저지른 죗값을 이걸로 치를 수 있다면 하고 기꺼이 물체X를 마신 뒤 기절했다.

용인족 37명, 개 수인족 217명, 고양이 수인족 163명, 토끼 수인족 211명, 호랑이 수인족 349명이 물체X를 비우고 기절했다.

새 수인족은 이번에 무죄, 여우 수인족도 몇 명을 빼고 무죄 판결이 내려졌다. 늑대 수인족 중에서 폭동에 참가한 사람들은 물체X를 마셨고, 가르바 씨를 불러준 올가 씨를 비롯해 습격에 가담한 몇몇 사람들은 범죄 노예가 되었다.

개 수인족, 고양이 수인족, 토끼 수인족, 호랑이 수인족의 대표와 그 수행원들은 범죄 노예로 삼아 미궁도시 그란돌에 보내기로 했다. 미궁도시 그란돌은 처음으로 미궁을 발견한 나라로 여러 미궁이 있다고 한다. 아마도 미궁을 공략할 때 모험가들의 방패로 쓰이게 되겠지…….

용인족 대표인 잭 공과 그 수행원들은 이번 폭동에 가담하지 않았고, 또한 용인족이 폭동이 가담하지 않도록 힘썼다는 사실이 판명되었다. 다만 모든 용인족을 폭동에 가담하지 못하도록 막지 못했기에 범죄 노예로 삼을지 말지는 고더스 공에게 일임하기로 했다.

나는 올가 씨에게 물었다.

"……이 처분에 만족합니까?"

이 사람은 나름대로 이에니스를 발전시키려고 했다. 나는 그 마음을 알고 있다.

"그럴 리가요. 하지만 우리가 노예가 되지 않는다면 다른 종족들한테 본보기가 되지 않을 테니까요."

그는 웃으며 말했지만, 샤자를 말리지 못했던 때부터 줄곧 후회해왔겠지.

"그래도 올가 씨한테는 실라가 있지 않습니까? 어떻게 할 겁니까?"

"……실라는 가르바 씨와 그루가한테 부탁했습니다. ……적적하긴 하겠지만, 이건 속죄이기도 합니다."

그는 그 말을 남기고는 물체X를 단번에 비우고서 기절했다.

나는 기절한 올가 씨를 보며 중얼거렸다.

"……지인이 벌을 받는 걸 보니 꽤 괴롭네요."

"그렇지. 그래도 어설픈 용서는 관용이 아니야. 남들의 위에 서는 자한테는 그에 상응하는 책임이 있어. 루시엘 군도, 마음을 조금 더 단단하게 단련해야 해."

가르바 씨는 내 어깨를 두드린 뒤 모험가에게 지시를 내리며 노예로 전락한 사람들을 노예상에게 데리고 갔다.

그리고 이에니스의 쇄신이 시작되었다.

각 종족은 자천타천으로 후보자를 모집한 뒤에 인망이 있는 자를 새로운 대표로 선출했다. 대표들은 부정한 짓을 저지르지 않겠다, 부정한 지시를 내리지 않겠다고 맹약했다.

임기도 인수인계를 끝마친 뒤에 2년으로 하기로 정했다.

그리고 차기 이에니스 대표에는 브라이언 씨가 취임하기로 했다.

이전의 관행대로 여덟 종족끼리 정해버리면 자칫 담합을 할 수가 있어서 브라이언 씨를 대표로 올린 모양이다.

부정을 이중으로 감시하며 예방하는 체제를 정비했다. 또한, 추방했던 네 종족을 불러들여 가까운 장래에 함께 새로운 도시를 만들어가자는 이야기가 나왔다. 나는 대표가 된 뒤에 되도록 이쪽이 아니라 그쪽 사람들과 얽히고 싶었는데. 내가 실망하며 어깨를 축 늘어뜨린 건 비밀이다.

＊

내가 대표로 취임한 지 만 8개월. 개발 계획을 세울 때 가장 먼저 고려했던 학교가 드디어 완공을 눈앞에 두고 있었다.

"흠!"

"고정⋯⋯ 완료."

드란에게 학교 입구에 기념비를 세워달라고 부탁했다. 폴라가 그 기념비를 고정하는 작업을 끝으로 학교 건립이 완료되었다.

"드란, 폴라, 고생했어! 그리고 다들 오늘까지 수고했습니다. 이것으로 학교가 완성됐다!!"

내가 주먹을 높이 쳐들자 환호성이 터져 나왔다.

폴라와 드란뿐만 아니라 수많은 주민이 열흘에 걸쳐 만든 학교에 기대감을 품고 있다는 걸 잘 안다.

폭동 이후로 며칠 동안은 뒤처리에 시달렸다.

특히 벌꿀 제작 프로인 하치족이 이에니스에 정착했다는 사실이 알려지자 이에니스에 새로운 산업이 부흥하는 게 아니냐고 호들갑을 떠는 사람들이 많았다.

그러나 하치족 대표인 하닐 공의 한마디로 혼란은 단번에 수습되었다.

"우리가 이곳에서 벌꿀을 만드는 이유는 생명의 은인인 루시엘 님의 거처이기 때문입니다. 그리고 우린 루시엘 님의 직속 생산자가 되기로 계약을 맺었습니다. 이에니스에 이익을 넘기라고 한다면 우린 당장 여길 떠납니다."

"……쿠마~!? 그건 안 된다쿠마~! 하치족을 다치게 하려는 자가 있다면 우린 최후의 한 사람이 남을 때까지 결사항전하겠다쿠마~!"

브라이언 공이 몸을 부풀려 외치자 새 수인족도 그의 편을 들었다. 그것으로 이 이야기는 끝났다.

여우 수인들은 마지막까지 아쉬워 보였지만, 스스로 새로운 사업을 모색하기로 한 모양이다.

그런 혼란과 뒤처리 때문에 예정보다 약간 늦어지기는 했지만, 오늘 드디어 학교 건립을 완료할 수 있었다.

계획을 수립했을 당시에는 자식을 학교에 보내고 싶다는 부모들의 지원을 받아 학생을 300명쯤 입학할 예정이었다.

그러나 가르바 씨의 연설을 듣기 전까지 학교를 세운다는 이야기를 듣지 못했던 사람들, 누구든지 다닐 수 있는 학교라는 걸 몰랐던 사람들이 많았다는 사실이 밝혀졌다. 연설을 듣고 학교에 관심을 가질 가정까지 생각한다면 학생은 1,600명까지 불어날 상황이었다.

학생이 생각보다 훨씬 많아진 탓에 교육 방침을 기초 과정을 밟고 선택 수업으로 넘어가는 식으로 재구상했다.

사람마다 배우는 속도가 다르기에 같은 수업을 이틀간 하고, 사흘째는 휴식, 다음 이틀 동안은 다른 수업을 듣는 식이다.

기초 과정에서는 아이들이 글을 읽고 쓸 수 있도록 하고 간단한 산수를 가르칠 생각이다.

언어 수업에서는 자기 이름부터 시작하여 가족의 이름을 쓰고, 일상 단어를 쓰고, 마지막으로는 편지를 쓸 수 있는 수준까지 가르칠 예정이다.

산수는 사칙연산만 할 수 있어도 충분하리라.

기초 과정을 끝낸 뒤에는 약사 길드에서 약학 강사를 초빙하여 약학 지식을 가르치거나, 성 속성에 적성이 있는 아이를 가르치기로 했다. 이미 조르드 씨의 양해를 구해됐다.

다른 속성의 재능이 있는 아이도 가르치고 싶었지만, 우리의 역량으로는 어렵겠다 싶어서 당분간은 뒤로 미루기로 했다.

앞으로 교육 내용을 더욱 다양하게 만들어야겠지만, 그건 이에니스가 차차 해결할 문제다.

공부 이외에도 운동장에서 무술훈련이나 줄넘기 등의 레크레이션도 만들까 생각했지만, 이건 교장 선생님에게 맡기기로 했다.

"우선 학생을 모집하려면 면접부터 봐야겠네요. 기대가 참 큽니다. 나리아 교장 선생님."

"알겠습니다, 루시엘 님."

"그렇게 부르지 마세요. 나리아 씨는 이제 노예가 아니라 학교의 교장 선생님이십니다."

나는 그렇게 말하고서 웃었다.

"……비천한 제게 교장이라는 막중한 직책을 넘기시고 노예에서 해방하신 것 모두 루시엘 님이 하신 것 아닙니까?"

"나리아 씨가 그만한 인물이었다는 이야기일 뿐이지 않습니까? 훌륭한 인격과 지혜로 학생들을 가르칠 수 있는 사람이 나리아 씨 말고 누가 더 있겠습니까?"

"당치도 않습니다."

"겸손해할 필요 없습니다. 참, 그리고 치유사 길드에서 보호 중인 어린 노예들이 집사나 메이드가 될만한 수준이 된다면 학교나 치유사 길드에서 고용하게끔 해주세요. 조르드 씨도 디스펠을 쓸 수 있으니 말씀하시면 노예 문양을 지워주실 겁니다."

"알겠습니다."

"나리아 교장 선생님, 아주 막중한 자리겠지만, 교사들과 학생들을 잘 부탁합니다."

"……라이오넬 님도 루시엘 님이 이 땅에서 기반을 굳힐 수 있도록 노력해달라고 말씀하셨으니 전력을 다하겠습니다."

"고맙습니다."

약 한 달 전쯤, 학교 교장 건으로 케티, 라이오넬, 나리아를 길드 마스터 방에 부른 적이 있었다.

"나리아, 노예 계약을 해제하겠어."

"기다려주십시오."

하지만 나는 흘려듣고 이야기를 이어갔다.

"일마시아 제국에는 전귀라 불리는 천하무적의 고명한 장군이 있다더군. 그의 이름은 라이오넬 그라스트 엘펜스. 그런데 어느 날, 전장에서 떨어진 야영지에서 아군의 꾐에 빠져 독약을 마셨고, 전귀 장군이 독에 정신을 못 차리는 틈을 타 그의 발목 힘줄을 잘라버렸다더군. 그나마 다행히도 곧장 순영이라는 고양이 수인이 나타난 덕분에 목숨은 건진 모양이지만. 그러나 어이없게도 두 사람은 탈영이라는 죄를 뒤집어쓰는 바람에 제국에 붙잡혔고, 황제의 질책뿐만 아니라 벌까지 받았지. 물론, 그건 그냥 만들어낸 명분이겠지. 실제로는 제국에서 인체실험을 벌인다는 소문과 마족이 제국을 드나든다는 소문의 진상을 캐다가 함정에 빠졌다는 이야기가 있었으니까. 결국 두 사람이 반역죄로 노예가 되사, 엘펜스 가문에서 오랫동안 메이드장으로 일해온 루나리아라는 여성이 두 사람을 사려고 노예상을 찾은 모양인데, 그녀마저도 함정에 빠져 정신을 차렸을 땐 마찬가지로 노예 신세가 되어 이에니스를 향하고 있었다더군."

나리아는 라이오넬과 케티를 바라본 뒤 조용히 고개를 끄덕였다.

"당신이 나리아로서 치유사 길드에서 보호하던 어린 노예들을 가르친 것처럼 이에니스의 학교에서 학생을 가르쳐줬으면 해."

"루나리아……. 그동안 엘펜스가를 위해서 고생이 많았어. 앞으로는 나리아로서 네 적성에 맞는 인재육성을 하며 살아가도록 해. 그렇게 해준다면 이 땅에 루시엘 님의 기반을 굳힐 수 있겠지. 그럼 나도 안심하고 여행을 떠날 수 있어."

"두 분은 내게 맡겨달라냥. 나리아의 몫까지 일하겠다냥."

"……이미 기정사실인 모양이네요……."

"황제 폐하뿐만 아니라 재상…… 그 밖의 몇몇 귀족들까지 가담해 수상한 행동을 벌이고 있어. 어쩌면 정말로 그들이 마족과 연루되어 있을지도 몰라. 정령의 그 예언도 꼭 허무맹랑하다고만 할 수는 없는 상황인 거지. 만약의 사태가 찾아왔을 때, 믿을만한 사람이 이에니스에 하나쯤은 있는 게 좋지 않겠나."

……모처럼 잊고 있었던 정령의 예언이 다시 떠올랐다. 그리고 제국이 마족과 연루되어 있다는 소리는 들어본 적이 없는데요? 제국에도 절대로 가지 않겠다고 나는 마음속으로 다짐했다.

"알겠습니다. 그러니……, 부디, 부디, 꼭 돌아오십시오."

"……알겠다."

라이오넬과 나리아는 서로를 쳐다보고 있었다.

예전에는 신분의 차이 때문에 이루어질 수 없는 사랑이었는지도 모른다……. 불타오를 것 같기도 한데…….

"아 저기, 분위기 깨서 미안한데, 학교가 완공되더라도 대표 임기 2년을 채울 때까지는 여기 있을 거니까 말이지?"

두 사람은 어리둥절하다가 웃음을 터뜨렸다. 창피한 마음을 감추고 싶었겠지.

이튿날, 나는 치유사 길드에서 모두가 보는 앞에서 나리아의 노예 계약을 해제했다.

그리고 이에니스의 교장으로서 부임한다는 계약을 새롭게 맺었다.

나는 노예 계약을 처음으로 해제한 뒤에 선언했다.

"이것으로 나리아가 해방 1호가 되었어. 그녀의 인품과 공적을 봐서 새롭게 건립된 학교장을 맡기기로 했지. 앞으로 누군가의 노예 계약을 해제해줬을 때나 맡은 임무로 할 말이 있을 때, 또는 자신의 의사로 노예 계약을 해제하고 싶을 때는 날 직접 찾아와."

내가 계단을 오르자 길드에서 보호하는 어린 노예들이 나리아 씨에게 '축하합니다.' 하고 인사를 건넸다. 다들 진심으로 기뻐하는 것이 참 인상적이었다.

"그로부터 한 달……. 나리아 씨도 마음을 단단히 먹은 것 같네."

나리아 씨에게 학교를 맡긴 덕분에 대부분 순조롭게 해결되고 있었다.

하치족과 함께 세운 벌꿀 공장은 생산량을 항상 유지 중이다. 다만 양이 워낙 적다 보니, 벌꿀값에 웃돈이 붙어서 오히려 더 비싸게 팔리고 있었다. 지금은 판로도 생겼다.

밭에 뿌려 키운 목화는 너구리 수인들이 매일 필사적으로 면을 지어 속옷이나 수건, 옷을 개발하고 있다.

이 역시 각지에서 수요가 있을 것 같다고 여우 수인 포렌스 씨가 말했다.

포렌스 씨는 다른 사람들이 혼혈 수인 문제로 폭동을 일으키고 있을 때, 하치족을 보고 충격에 빠져 혼자 다른 이유로 폭주하고 있었다.

그게 우리가 도착하기 약 5분 전이었는데, 그걸로 노예 신세가 되었으니 내가 봐도 너무 불쌍해서 내가 사기로 했다.

돈을 좋아하고, 장사도 좋아하지만, 나쁜 짓을 하는 사람은 아닌지라 상점 일을 맡겼다.

지금은 부인을 위해서 필사적으로 일하고 있다. 상점의 후계자를 키우면 노예 계약을 해제해주겠다고 말했더니 이런 직장은 그 누구에게도 넘겨줄 수 없다고 했다.

하는 수 없이 10년 뒤에 노예 계약을 해제하기로 했다. 그때까지 후계자가 없다면 또 10년 동안 노예로서 지내면서 후계자를 키우라고 명령을 내리자 바닥에 넙죽 엎드려서 깜짝 놀랐다…….

노예가 된 올가 씨는 가르바 씨가 샀고, 왈라비스는 그루가 씨가 샀다.

가르바 씨는 올가 씨와 함께 현재 여러 가지를 조사하고 있다.

실라도 거두기로 했는지 올가 씨가 울면서 기뻐했다.

그루가 씨는 먼저 멜라토니로 돌아갔다.

이제부터 왈라비스와 함께 사이좋게 물체X가 들어간 요리를 연구하겠다며 기뻐하던 그루가 씨의 모습이 인상적이었다.

왈라비스는 만날 때마다 기절해 있어서 내 머릿속에 별 인상을 남기지 못하고 떠났다.

이에니스를 부패하게 만든 원흉이었던 장로들은 시간에 따라 하나씩 처형되었고, 각 종족의 새로운 대표가 그 시체를 수습하여 돌아갔다고 한다.

다만 그들의 마지막 모습을 직접 볼 수는 없었다. 가르바 씨가 이런 건 보지 말라고 막은 탓이었다.

"루시엘 군은 사람을 치료하는 게 일이니 그런 걸 볼 필요는 없어. 다만…… 내세가 있다면 사라지는 그 목숨이 행복하기를 빌어줘."

가르바 씨는 그렇게 말하고 나 대신 케핀을 불러 데려갔다.

"이제 의료특구에서 종합진료소가 완공되면 모험가 유치는 새로운 대표들한테 맡길 수 있으니 비로소 이에니스에서의 내 일도 끝나겠구나……. 마지막까지 방심하지 않고 분발해볼까."

나는 이에니스에서 벌어졌던 수많은 사건을 떠올리면서 방심하면 일을 그르칠 수 있다며 마음을 다잡았다.

의료특구 건물은 폭발 사건 뒤로 한동안 방치되어 있을 예정이었는데, 아무래도 의료특구가 어서 완성되기를 기다리는 수인이 많았는지, 학교 공사를 재개한 이튿날부터 한가할 때마다 하나둘

씩 건물터를 찾아가 불탄 잔해를 스스로 치우기 시작했다.

이번 사건으로 여러모로 깨달은 바가 있었던 걸까? ……앞으로 이에니스를 위해서 자신들이 무엇을 해야 좋을지 깨닫고서 조금씩 행동으로 옮기려는 모양이다. 학교가 완성될 즈음에는 새까맣던 폐허가 말끔하게 치워져 있었다.

그리고 장로들과 대표들을 처벌하면서 몰수한 재산 덕분에 국고 사정이 좋아져, 의료특구 예산이 나올 수 있게 되었다.

나는 건축 의뢰를 받아 학교 건물이 완공된 직후에 의료특구를 건설하기 시작했다.

드란이 도편수로서 지휘를 맡았고, 바델 부대원들이 현장 감독을 맡았다. 돌스터 씨를 비롯한 혼혈 수인들과 다른 수인들에게 건축기술을 알려주면서 작업을 진행했다.

물론, 부정한 짓이나 방해를 하지 않겠다고 한 사람, 한 사람 맹약을 만들어 예전 같은 파괴 공작을 벌이지 못하도록 대책도 세워뒀다. 그러나 의료특구 건물을 함께 짓고 싶다고 말한 수인들은 혼혈 수인들을 차별하지 않았다.

우리는 숲으로 가서 자재를 조달하고, 정상으로 돌아온 미궁에서 마석을 확보하며 개교 준비를 해나갔다.

"양피지를 대량으로 준비하긴 했지만, 제때 개발할 수 있어서 다행이군."

"루시엘 님의 발상이 굉장했어."

"설마 맹점이 있었을 줄이야."

라이벌이자 공동 연구자가 된 폴라와 리시안은 매직시트와 매직펜을 개발하는 데 성공했다.

"여러 번 쓰고 지울 수 있어. 문자와 계산을 반복하여 익힐 때 아주 유용한 도구야."

"글자를 배우면 음유시인의 시를 읽거나 쓸 수 있고, 사칙연산을 배우면 상인이 아니더라도 사기를 당하지 않을 거예요."

"뭐, 언젠가 그렇게 됐으면 좋겠네."

저 두 사람은 사이가 퍽 좋은 것 같다.

왜냐면 언제나 함께 다니니까.

이걸 보고 초록은 동색이라고 하는 거겠지.

"이번 개발이 끝났으니 이제 두 사람의 임무는 끝났어. 이제부터 진로를 정해야 하는데……."

"난 할아버지와 정할게."

"전 평생의 라이벌이 가는 곳을 따라가겠어요. 하지만…… 루시엘 님이 나리아 씨처럼 절 연구자로서 고용해주셨으면……."

리시안은 지금까지 줄곧 그렇게 말해왔다.

"연구자로서 일하고 싶다면 드란한테 말해봐. 연구자와 기술자 채용은 드란한테 일임해놨으니까. 만약에 드란이 거절한다면 리시안은 밭 관리인으로 고용하고 싶어. 급료도 챙겨줄 테니까 틈틈이 마도구 연구를 진행해도 상관없어."

"……뜻을 꺾지 않으시네요."

내가 마지막까지 완고하게 나오자 이번에도 리시안은 물러났다.

"다른 사람의 인생을 짊어지기 전에 나 스스로가 야무진 사람이 되어야만 해. 그래서 나보다 적임자한테 맡긴 거야. 난 드란을 신뢰, 신용하고 있고, 기술 역시 나보다 훨씬 더 정통하니 적임자지."

"신용과 신뢰?"

"처음에 두 사람이 폭주했을 때는 머리를 싸쥐었어. 하지만 요즘에는 계획을 세운다는 것도 알고 있지. 애당초 두 사람의 기술을 신뢰하고 있었고, 또 요즘에는 폭주도 하지 않아. 그래서 다른 일을 맡겨도 신용할 수 있겠구나 싶었어."

나는 그 당시를 떠올리며 웃었다.

폴라는 시선을 돌렸다. 그녀도 당시 기억이 떠오른 모양이다.

"두 사람은 나리아 씨와 드란을 도와줬으면 좋겠어. 그 일을 마치면 제작 희망 목록을 작성하도록 해. 내가 목록을 보고 허가한 도구들은 제작해도 좋고."

"다시 한번."

"잘 부탁합니다."

두 사람은 내 말을 듣고 기뻐하며 달려갔다.

"누가 완고한 건지……."

나는 쓴웃음을 지으며 중얼거렸다.

그날 밤, 나는 드란을 치유사 길드 집무실로 불렀다.

"루시엘 님, 날 불렀소?"

"어. 앉도록 해."

나는 드란을 응접용 의자에 앉힌 뒤 의료특구 건설이 얼마나 진척되었는지 확인했다. 그러고는 앞으로의 계획을 말하기로 했다.

"의료특구라고 칭하고 있는 종합진료소 공사는 현재 얼마나 진척이 되었어?”

“치유사 길드의 조르드 공과 약사 길드의 스믹크 공과 상의를 하여 내장공사만 하면 끝나지.”

“그래? 그 일이 끝나면 내 임기는 종료야. 그 뒤에는 뭘 하고 싶어?”

“루시엘 님을 따라갈걸세. 난 그 생각뿐이야.”

망설임 한점 없는 곧은 눈빛이 나에게로 향하자 오히려 내가 긴장되기 시작했다.

“······기술자들이 모여 있는 고향으로 돌아가고 싶진 않아?”

“으음······. 고향에서는 빚 때문에 공방이 날아가고 노예 신세가 되었지······. 거기에 내가 있을 곳은 없어.”

“그렇군 ······실은 거기서 개발책임자로서 날 도와줬으면 좋겠다 싶었는데······.”

“············.”

“노예는 그만두고, 내······ S급 치유사의 기술개발 책임자로 들어올 생각 없어?”

“······고맙소.”

“그럼 멜라토니에 한 번 데리고 갈지는 나중에 얘기하도록 하고, 그럼 계속 일해줄 거지?”

“그리하겠소.”

“고마워. 드란과 폴라는 언제라도 노예 신분에서 풀어줄 테니 말해줘.”

“그렇다면 그 도시에 돌아간 뒤에 부탁하오.”

"알겠어. 그럼 지금까지 그래왔던 것처럼 잘 부탁해."

"예."

드란은 용무를 마치고서 방을 나갔다.

"고향이고, 또 가족의 무덤도 있을 테니 먼저 가고 싶다고 말해 줬으면 좋았을 텐데."

드란의 자식 부부는 채굴하고자 광산으로 향한 뒤 돌아오지 않았다.

광산에서 폭발 사고가 일어났는데 두 사람이 휘말린 모양이다.

소란이 벌어진 와중에 드란은 폴라 곁에서 떨어질 수가 없었다.

수색대가 며칠씩이나 수색했지만, 두 사람은 영영 돌아오지 못했다고 한다.

그란드 씨와 편지를 주고받으면서 그 사실을 알았다. 또한 드란이 내 수하라는 걸 안 그란드 씨는 드란의 공방이 있던 곳에 새로이 공방을 세웠다고 한다.

사고가 터졌을 때 그란드 씨는 원정 중이었다. 사고 소식을 듣고 급히 돌아와 드란과 폴라를 찾았지만, 두 사람은 이미 떠난 뒤였다고 한다.

"이제 남은 건 케핀 부대뿐인가."

나는 팔짱을 낀 채 어떻게 할지 고민하면서 방으로 돌아왔다. 그리고 마법진 영창을 연습한 뒤에 잠자리에 들었다.

참고로 밀피네를 비롯한 엘프들은 공장에서 일하기로 했다. 노예 문양도 이미 지운 상태다.

참고로 나리아 씨가 교장에 취임한 뒤로 밀피네는 묘하게 불안해 보이길래 그녀를 길드 마스터 방으로 불러 물었더니 갑자기 정령의 무녀 이야기를 실토했다.

내가 왜 갑자기 그런 이야기를 털어놓느냐고 물었더니 그녀는 양심의 가책을 견딜 수가 없었다고 했다.

"그런 짓을 저질렀는데도 변함없이 대해주셨습니다. 그런데 차마 쭉 입을 다물며 살 수가 없었습니다."

그녀의 말을 완전히 믿을 수는 없었지만, 일도 성실하게 하고 있으며, 정령 마법으로 식물의 성장을 돕고 있고 하치족과의 상성도 좋으니 이곳에 남기기로 했다.

그녀는 감격하며 눈물을 흘렸다.

"고맙습니다. 정령님께서 정령의 무녀를 찾으라고 말씀하셨지만, 제게는 그런 특수한 능력은 없어서……."

그녀는 전투에 능숙하지 않고, 또 맛있는 벌꿀은 가끔 얻어먹을 수 있는 이 환경이 마음에 들었다나 뭐라나.

그리고 나리아 씨를 존경하는 혼혈 엘프 크레시아가 학교 선생이 되고 싶다고 요청했다.

나리아 씨도 크레시아를 좋게 평가했다. 그래서 학교 선생으로 고용하기로 했을 때 노예 계약을 풀어준 뒤 새롭게 고용 계약을 맺었다.

실은 크레시아는 궁술과 쌍검술이 특기이다. 레인스타 경을 동경해왔다고 한다.

그녀의 실력은 나보다도…… 훨씬 뛰어나서 무척 강했다.

스테이터스는 내가 더 높은데도 나는 무참히도 몇 번이나 땅바닥을 나뒹굴었다. 그래서 스테이터스로 사람을 판단하지 않기로 했다.

레벨이 올라서 강해졌다고 착각한 나에게 혹독한 현실을 일깨워준 크레시아를 그 자리에서 채용했다.

블로드 스승님의 가르침을 받아 머리로는 알고 있었던 것을 실전으로 경험한 그 날부터 내 훈련량은 늘어났다. 물론 이건 비밀이다.

앞으로 두 사람이 이에니스에서 새로운 행복을 거머쥘 수 있기를 바란다.

이튿날은 케핀 부대와 만났다. 케핀을 제외한 나머지 부대원들은 이에니스에 남겠다고 했다.

더욱이 케핀을 포함한 모두 노예 계약을 유지하겠다고 했다.

"전 루시엘 님을 따라갑니다만, 나머지 녀석들은 이에니스에 남습니다."

"이에니스에 남는 편이 더 생활하기가 좋을 텐데?"

"그렇겠죠. 틀림없이 이 나라는 옳은 방향으로 발전해나갈 겁니다. 하지만 전 그보다 루시엘 님을 곁에서 모시고 싶습니다."

아무래도 의지를 굳힌 모양이다.

"그래도 케핀은 리더잖아?"

"그렇기에 이 녀석들을 이에니스에 남기는 겁니다. 이 녀석들한테는 루시엘 님이 세운 지하 과수원과 학교를 지켜달라고 부탁했습니다. 더욱이 저희 같은 범죄 노예가 그렇게 쉽게 노예에서

해방된다면 틀림없이 루시엘 님한테 반감을 품는 자가 나올 테죠."

이번 사건에서 노예가 된 사람이 많다는 걸 염두에 두고 이런 결정을 내린 건가? 이렇게 나오니 내 뜻이 꺾일 것 같네.

"날 수행하는 건 생각보다 훨씬 고단할지도 몰라?"

"그렇겠죠. 그렇기에 앞으로 5년, 아니, 10년쯤 성실하게 일을 하여 속죄한 뒤에 노예에서 풀어달라 부탁하기로 했습니다."

케핀 부대는 내 예상보다 더 앞을 내다보고 있었다. 언제나 그들에게 의지하기만 했다는 걸 깨달은 나는 그들의 부탁을 수락하기로 했다.

다만, 그들의 소유주는 꼭 나이어야 한다길래 이유를 물어봤더니 내 노예로 있으면 모험가들이 감히 시비를 걸지 못한다는 이야기가 돌아왔다.

나중에 고더스 공에게 물어봤더니 절대로 시비를 걸어서는 안 되는 인물 목록 가장 위에 내 이름이 올라있다고 한다. 노예도 내 재산이니 아무도 함부로 건드리지 못한다는 건가. 나는 그들의 바람대로 노예주를 바꾸지 않기로 했다.

치유사 길드와 약사 길드를 합한 의료특구, 종합진료소가 완성되었다.

1층은 종합창구가 설치되어 있고, 치료실도 완비되어 있다.

2층은 치유와 약학에 관한 서적을 읽을 수 있는 곳이다.

3층은 식당이고, 여기서부터는 관계자가 아닌 외부인은 들어올 수가 없도록 설계되었다.

4층은 남성 주거공간, 5층은 여성 주거공간이다.

또한 지하실에는 약 조합실을 설치했다. 물론, 예전처럼 연기가 새어 나오지 못하도록 해두었다.

아울러 첫날 딱 하루만 이 진료소의 초대책임자 자리를 떠맡았다. 아니나 다를까, 온갖 관심이 나에게 쏠렸다. 나는 조르드 씨 역시 눈에 띄는 걸 싫어한다는 걸 그때 비로소 알았다.

수개월이 순식간에 지나간 듯했다.

그리고 현재 나는 학교 개교식에서 인사말을 하는 중이었다.

"방금 소개받은 S급 치유사 루시엘입니다. 이처럼 쾌청한 날씨에 이에니스 학교가 개교하게 되어 참 기쁩니다. 학교를 세우기까지 온 힘을 다해주신 모든 분께 창립자로서 감사 인사를 올립니다. 그리고 1기생 여러분, 입학을 진심으로 축하합니다. 이 학교를 건립하자고 생각한 이유는 종족 사이의 대립과 혼혈 수인을 향한 편견을 해소하기 위해서였습니다. 사람은 평등하게 태어나지 않습니다. 하지만 평등하게 배울 권리는 있다고 생각합니다. 이곳에서 열심히 배워 자신의 가능성을 넓혀 장래에 발명가나 약사, 상인 등 원하는 직업을 가질 수 있기를 바랍니다. 그리고 이곳에서 생각하는 힘을 길러서 여러분들이 장차 이에니스를 이끌어나가기를 바랍니다. 불타버린 의료특구의 잔해를 자발적으로 치운 여러분이라면, 이에니스를 발전시키고자 마음먹은 여러분이라면 틀림없이 해낼 수 있을 겁니다. 전 첫날에 이곳에 도착하자마자 암살을 당할 뻔했고, 치유사 길드를 홍보하려다가 방해도 받았고, 또 미궁도 답파했습니다. 이에니스의 대표 자리에 취임한 뒤로 온갖 방해를 받았습니다. 때리면 때릴수록 반대 세력은 더욱 거세게 반격을 했죠. 그 절정이 바로 이에니스의 폭동이었습니다. 이 학교 덕분에 여러분들이 조금이라도 행복해진다면 이에니스에서 겪었던 가장 행복한 기억이 되어갈 겁니다. 그렇게 되기를 바라면서 제 인사는 끝내도록 하겠습니다. 여러분, 입학을 다시 한번 축하합니다."

행사를 끝낸 밤에 나는 나리아 씨 앞에서 무릎을 꿇은 채 다리가 저릴 때까지 혼이 났다. 그건 굳이 말하지 않기로 하겠다.

이튿날 새벽, 아직 해가 뜨기 전에 나는 포레 누와르에 탔다. 마찬가지로 말을 탄 라이오넬과 케핀이 마부를 맡은 마차가 이에니스를 출발했다.

마차에는 케티, 드란, 폴라, 리시안이 타고 있었다.

우리는 드란과 폴라의 고향으로 향했다.

번외편 1 〈백랑의 핏줄〉 그란돌 편

모험가 길드의 총본산이라 할 수 있는 미궁 도시국가 그란돌.

이 땅에는 크고 작은 수많은 미궁이 혼재되어 있다. 그 미궁 안에서 출몰하는 마물의 힘도 제각기 다르다.

그래서 신참 모험가부터 상급 모험가까지 다양한 모험가들이 실력을 갈고닦고자, 또한 명성을 얻고자 모여든다. 그래서 이곳은 다른 이름으로 '모험가의 시작과 종언의 땅'이라고도 불린다.

그 그란돌에 A랭크 모험가 파티인 '백랑의 핏줄'과 밀리나, 메르넬이 방문한 지 2년의 세월이 흐르려고 하고 있었다.

'백랑의 핏줄'은 그새 그란돌에서도 유명한 파티가 되어 있었다.

물론 처음부터 일이 잘 풀렸던 건 아니다.

＊

"어째서 그때 조금 더 과감하게 공격하지 못한 거야. 그렇게 했으면 끝장을 낼 수 있었을 텐데."

바잔이 술잔을 단번에 비운 뒤 탁자에 내리치고서 외쳤다.

세키로스와 바슬라는 대꾸하지 못하고 심각한 표정으로 고개만 숙이고 있었다.

'백랑의 핏줄'은 모험가 길드에서 의뢰 보고를 끝낸 뒤에 술집을 찾았다. 그러나 그들의 표정은 대단히 어두웠다.

그도 그럴 것이 그란돌에 온 뒤로 토벌 의뢰를 벌써 여러 번 실패했기 때문이다.

처음에는 단순히 불운으로만 여겼지만, 실패가 거듭되자 그럴 수가 없었다.

결국, 한 번 진지하게 의논을 해봐야겠다고 세 사람은 의견을 모았다.

"하지만 그 타이밍에서 카운터를 당할 우려가 있었잖아……."

바슬라가 변명하듯이 말을 하자…….

"뭐? 지금까지 우리는 반격을 두려워하지 않고 필사적으로 덤벼드는 전법과 서로의 빈틈을 메워주는 연대공격으로 여기까지 왔잖아!"

바잔이 두 사람을 째려보며 반박했다.

말은 그렇게 했지만 사실 어쩌다 이 지경이 되었는지 바잔은 짐작 가는 바가 있었다.

그 이유는 세키로스와 바슬라가 멜라토니 모험가 길드의 접수처 직원이었던 밀리나, 메르넬과 결혼했기 때문이다.

지금까지 '백랑의 핏줄'은 수인족 특유의 신체 능력과 전투 감각만으로 싸워왔다. 다들 홀몸이었기에 두려운 것도 없었다. 하지만 두 사람은 이제 지켜야 할 가족이 있었다. 무모하게 움직이기보다 전략을 찾기 시작한 것이다.

그래도 '백랑의 핏줄'은 셋 모두가 소질이 있기에 A랭크로 올라간 파티였다. 성 슈를 공화국에 있을 때만 해도 토벌 의뢰를 무난하게 달성해왔다.

연대가 조금 흐트러진 정도야 큰 문제도 아니었다.

하지만 그란돌은 이야기가 달랐다. 미궁에서 나오는 마물은 성수를 공화국에서 상대했던 녀석들보다 강하고 교활했다. 셋의 호흡이 조금만 흐트러져도 위험하다는 걸 세 사람은 절실히 깨달았다.

그러던 와중에 두 사람이 무의식 간에 방어적인 전투를 하기 시작했다. 여전히 공격적으로 나서는 바잔과 달리 적극성과 과감함이 사라지니 셋이 호흡이 맞지 않는 건 당연한 이야기였다.

하지만 바잔은 입이 찢어져도 너희들이 결혼한 탓이잖아, 하고 말할 수는 없었다. 그건 말도 안 되는 불평이니까. 애초에 그런 소릴 해봐야 혼자 남은 청년의 질투로 보일 뿐이다. 결국 바잔은 문제도 원인도 다 알면서 말을 할 수가 없어 끙끙 앓고 있었다.

바잔은 고개만 끄덕이는 두 사람을 도끼눈으로 쳐다보며 "어떻게 하면 호흡을 다시 맞출 수 있을지 생각들 해봐. 오늘은 쉬어" 하고 말했다. 그들은 결국 해결책을 찾아내지 못한 채 조용히 한숨을 내뱉었다.

그리고 제각기 집으로 돌아가는 세키로스와 바슬라의 등을 보면서 바잔은 홀로 적적함을 느끼며 여관으로 돌아갔다.

말할 것도 없이 파티의 분위기는 최악이었다. 다만 오랫동안 생사고락을 함께 해왔기에 파티를 해산하자는 생각을 품은 사람이 하나도 없다는 것이 유일한 위안이었다.

바잔은 어떻게 해야 옛날처럼……, 아니, 그 이상으로 싸울 수 있을지 고민했다. 세키로스와 바슬라 역시 원인을 잘 알고 있기에 어떻게 해야 호흡을 맞출 수 있을지 고민했다.

그러던 어느 날.

"신참 모험가나 저랭크 모험가들을 지도해보면 어때요?"

바잔과 두 부부가 모여 식사를 하던 차에 밀리나와 메르넬이 그런 이야기를 꺼냈다.

"아니, 우리가 어떤 상황인지 알아? 그러고 있을 때가 아냐."

세키로스가 부드러운 말투로 단호하게 부정했다.

바잔과 바슬라도 맞장구를 치듯 고개를 끄덕였다.

"물론 알고 있어요."

"그럼……."

"그래서 해보라는 거예요."

밀리나와 메르넬은 이런 때이기에 필요하다고 말했다.

궁지에 몰린 상황이니 신참을 지도하면서 초심을 돌이켜볼 필요가 있다고.

더욱이 지켜야 할 대상이 있으니 공격보다는 방어에 중점을 두도록 해야 한다고도 덧붙였다.

그래도 세 사람이 수긍하지 못하자 밀리나와 메르넬은 더욱 열정적으로 설득했다.

결국 '백랑의 핏줄'은 마지못해 본업을 수행하는 틈틈이 신참 모험가와 함께 미궁 탐색과 호위 의뢰를 맡기로 했다.

그리고 세 사람은 놀랐다.

셋이서만 나갔을 때와 달리, 신참을 지켜야 한다는 방어 목적이 일치하자 셋의 호흡이 잘 맞아 돌아가기 시작했다.

그리고 이진처럼 손발이 맞자 전략도 점점 정교해졌다. 희망을 찾은 세 사람은 계속해서 신참 모험가들을 따라 움직이기 시작했다.

시간이 흐르자 그란돌 안에서 '백랑의 핏줄'은 훌륭한 파티라는 인식이 퍼져나가기 시작했다.

물론 본인들도 그렇게 평가받고 있다는 걸 알았지만, 뛰는 사람 위에는 나는 사람이 있다는 걸 알기에 방심하지 않았다.

그때부터 '백랑의 핏줄'은 2년에 걸쳐 모험가 길드가 붙여놓은 랭크에 따라 아래서부터 미궁들을 차례대로 공략하기 시작했다.

처음에는 다른 모험가들과 비슷한 속도였지만, 언젠가부터는 엄청난 속도로 미궁을 돌고 있었다.

그들을 그렇게 만든 결정적 계기는 모험가 길드에서 우연히 들은 모험가들의 대화였다.

"그게 사실이냐? 돈의 망자인 치유사가 자진해서 진료비를 낮췄다고?"

"나도 처음 들었을 때는 귀를 의심했는데, 성 슈를 공화국에서 온 상인들이 다 같은 소릴 한다니까?"

"으음, 뭔가 다른 꿍꿍이가 있는 건 아니겠지?"

"글쎄. 얼마 전에 새로 나온 S급 치유사가 그렇게 하라고 명령했다나 봐."

"자기 손으로 치료비를 깎다니, 별종이군. 역시 무슨 꿍꿍이가 있는 거 아냐?"

"그건 모르겠지만, 그 S급이 사실은 원래부터 별종으로 유명했던 치유사래. 옛날에는 모험가 길드에서 숙식하며 일을 했다더라."

"에이, 아무리 그래도 그건 헛소문이겠지."

"역시 그렇겠지?"

그렇게 말하면서 웃는 모험가들의 이야기를 들은 '백랑의 핏줄' 세 사람의 머릿속에는 루시엘의 얼굴이 떠올랐다. 그들은 서로를 마주 보며 웃었다.

"그 녀석이 S급 치유사가 됐다고? 질 수야 없지."

"우리도 S랭크를 노려볼까?"

"그거 좋네. 다음에 만났을 때는 우리도 S랭크다."

그리하여 '백랑의 핏줄'은 S랭크 모험가가 되고자 미궁 탐색에 전력을 쏟기로 했다. 그리고 경이로운 속도로 미궁을 공략해나갔다.

참고로 그들이 페이스를 유지할 수 있도록 지원해준 사람은 전직 모험가 길드 직원이었던 메르넬과 밀리나였다.

두 사람은 모험가 길드 직원이었던 경력을 살려서 그란돌에 있는 각 미궁의 정보를 수집하고 분석했다. 그리고 답파하기 쉽고 함정이 적은 미궁이나 약한 마물밖에 나오지 않는 미궁부터 답파해나가는 전략을 세웠다.

또한 메르넬은 길드에 있을 때 키운 눈썰미로 효과가 좋은 포션과 마도구를 사들였다. 밀리나는 음식을 조리하고, 미궁까지의 경로를 확인하고, 마차나 여관을 잡는 등 지원 활동을 했다.

그 덕분에 '백랑의 핏줄'은 오로지 강해지는 것만 생각하고 미궁을 공략해나갈 수 있었다.

그러니 '백랑의 핏줄'이 쉴 새 없이 미궁을 탐색하고 의뢰를 수행하자 모험가 길드에서 그들에게 당분간 탐색을 하거나 의뢰를 받지 말고 휴식을 취하라는 엄명을 내렸다.

이건 꽤 특이한 상황이었다.

모험가 길드는 기본적으로 모험가가 어떤 행동을 하든 간섭하지 않는다. 모험가들은 자신의 행동에 스스로 책임을 진다는 것은 규약에도 적혀 있다.

그러나 '백랑의 핏줄'은 그란돌에서 신참 모험가나 저랭크 모험가를 지도해주는 중요한 존재가 되어 있었기에 모험가 길드는 그들을 잃는 걸 두려워하고 있었다.

당연히 그들도 처음에는 반발했다. 그러나 불과 얼마 전에 그 명령을 받아들여 이질적인 미궁 순행에 종지부를 찍었다.

그러나 이는 모험가 길드의 명령을 따른 게 아니었다. 진짜 이유는 메르넬과 밀리나가 동시에 임신하는 바람에 '백랑의 핏줄'을 지원하기 어려워졌기 때문이었다.

세키로스와 바슬라도 아내가 염려되어 의뢰 수행과 미궁 탐색에 정신을 온전히 쏟을 수가 없었다. 그래서 무리하지 않기로 방침을 세운 것이다.

그리고 앞으로 이대로 그란돌에서 머물지, 아니면 살기 편한 멜라토니로 돌아갈지 생각했다. 그리고 결국 그란돌에 머물기로 했다.

그로부터 시간이 흘렀다. '백랑의 핏줄'은 무리하지 않고 매일 미궁을 탐색하고, 의뢰를 수행해나갔다.

그러던 어느 날 모험가 길드에서 '백랑의 핏줄' 앞으로 지명 의뢰 하나를 내밀었다.

무슨 의뢰냐면 신참 모험가와 저랭크 모험가를 잘 지도하기로 정평이 나 있는 '백랑의 핏줄'이, 정체를 감추고 모험가가 된 타국 의 귀족 자녀 두 명을 호위하며 모험가로서의 마음가짐을 깨우쳐 달라는 것이었다.

의뢰 내용을 들은 바잔은 '백랑의 핏줄'의 리더로서 어떻게든 의뢰를 거절하자고 생각했다. 하지만 그때 문득 블로드와 루시엘 의 얼굴이 떠올랐다. 남을 가르치면 자신의 결점도 찾을 수 있다. 결국 바잔은 생각을 고쳐 의뢰를 수락하기로 했다.

그리고 일주일 뒤 '백랑의 핏줄'은 의뢰인과 만나기 위해서 모 험가 길드로 향했다. 그곳에서는 E랭크 모험가가 '용살자'가 되었 다는 이야기로 북적거리고 있었다.

"시시한 가짜 소문으로 이렇게 들끓다니, 다들 어지간히도 한 가로운 모양이군."

바잔은 와자지껄 떠들어대는 모험가들을 한심하다는 눈으로 쳐다봤다.

하지만 세키로스는 손가락으로 턱을 긁으면서 천천히 입을 열 었다.

"으음…… 꼭 그렇지도 않은 것 같은데. 실은 그 '용살자'가 이 에니스 출신이라나 봐."

"무슨 소릴 하는 거냐, 세키로스. 넌 이에니스에 있는 E랭크 모험가가 용을 쓰러뜨릴 수 있다고 생각하냐?"

"뭐, 그렇겠지."

바로 그때였다.

"그래서 대단한 치유사가 용살자가 됐다나 봐" 하고 말하는 소리가 들렸다.

그리고 세 사람은 서로 얼굴을 마주 봤다.

"……방금 치유사라고 하지 않았냐?"

"했지……."

"대단한 치유사……. 아, 이런. 요즘에 조금 피로가 쌓였나? 자꾸 루시엘이 떠오르네."

바잔 뿐만이 아니라 세키로스와 바슬라도 마찬가지로 루시엘의 얼굴을 떠올리고 있었다.

그러나 겁쟁이에다가 걸핏하면 우는 루시엘이 '용살자'가 되었다니? 세 사람은 도저히 상상할 수가 없었다.

"……에이, 설마. 그 루시엘이?"

"그래도 루시엘 군이 치유사 길드를 재건하기 위해서 이에니스로 향했다는 정보가 있잖아?"

"확인하러 가는…… 건 역시 어렵겠지?"

"임신한 몸으로 이에니스까지 가는 건 역시 무리야."

"바잔, 미안하다."

"아니, 어쩔 수 없지. 직접 만나러 가지는 못하더라도 정보는 모을 수 있으니 개의치 마. 그나저나 그 루시엘이 '용살자'가 될 줄이야……."

"다음에 만나면 대련이라도 해볼까?"

"하핫. 틀림없이 줄행랑을 칠걸."

"만약에 싸우더라도 꼭 주변을 둘러보고 해라. 선풍이 있는 곳에서 싸우면 무슨 꼴을 당할지 몰라."

"당연하지. 무서운 소리 하지 마……. 그나저나 그 루시엘이 '용살자'라니……."

바잔은 루시엘을 떠올렸다. 처음에는 약한 소리와 우는 소리만 늘어놓지만, 한 번 결심하면 절대 포기하지 않고 끝까지 해내는 그의 모습이 떠올랐다.

그리고 바잔은 마지막까지 포기하지 않고 끝까지 해내는 자세를 배운다면 블로드나 가르바, 그루가와 같은 경지에 오를 수 있지 않을까, 하고 생각하게 되었다.

그로부터 얼마 지나지 않아 '백랑의 핏줄'은 의뢰인인 자매 모험가와 만났다.

그리고 이 만남이 다시 루시엘과 이어지는 계기가 되지만…… 그건 조금 뒤의 이야기다.

SEIJAMUSOU 5
©2018 by broccoli lion
First published in Japan in 2018 by broccoli lion
Korean translation rights reserved by Somy Media, Inc.
Under the license from MICRO MAGAZINE, INC., Tokyo JAPAN

성자무쌍 5

2019년 11월 25일 1판 1쇄 인쇄
2019년 12월 1일 1판 1쇄 발행

저   자 브로콜리 라이온
일 러 스 트 sime
옮 긴 이 박춘상
발 행 인 유재옥
본 부 장 조병권
담당편집자 조찬희
편 집 1팀 정영길 김민지 이성호 조찬희
편 집 2팀 김다솜
편 집 3팀 박상섭 임미나 김효연
라이츠담당 박선희 김슬비
디 지 털 박지혜
발 행 처 ㈜소미미디어
인쇄제작처 코리아피엔피
등   록 제2015-000008호
주   소 서울시 마포구 토정로 222, 403호 (신수동, 한국출판콘텐츠센터)
판   매 ㈜소미미디어
마 케 팅 한민지 한주원
전   화 편집부 (070)4164-3962, 3963 기획실 (02)567-3388
            판매 및 마케팅 (02)567-3388, Fax (02)322-7665

ISBN 979-11-6507-084-7
ISBN 979-11-6190-387-3 (세트)